DIE SCHULD

IAN TAYLOR

ROSI TAYLOR

Übersetzt von
JOHANNES SCHMID

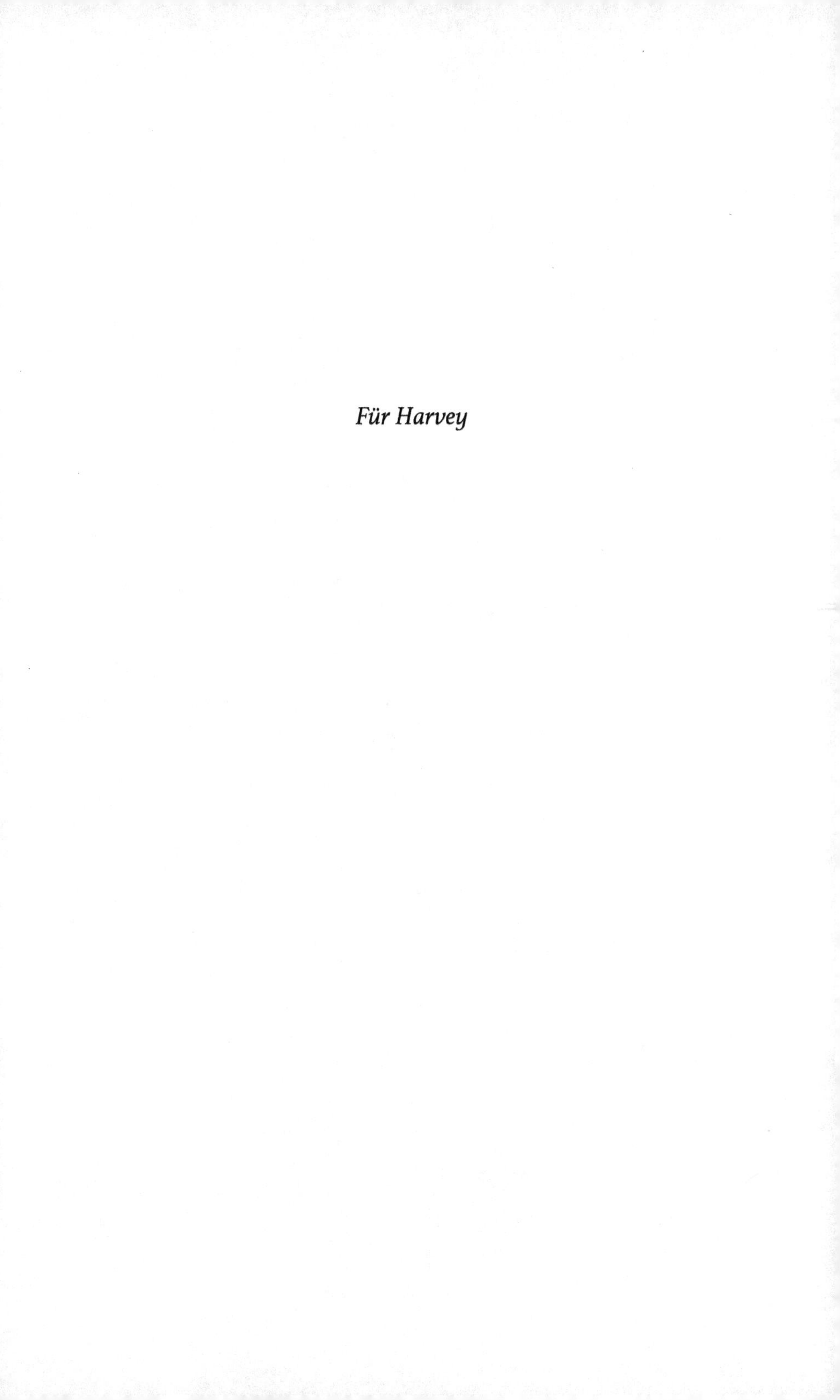

Für Harvey

PROLOG

Der Fluss, dieses geheimnisvolle, torfbraune Gewässer, das aus den Hochmooren entsprang, war seit Anbeginn der Zeit eine mächtige Erscheinung im Tal. Bevor die Römer kamen, hielten die keltischen Stämme sein Wasser für heilig. Das war es auch für die späteren Siedler, die seine Höhen und Tiefen verstanden. Sie hielten den Fluss für ein lebendiges Wesen, das man zu respektieren hatte und das man nicht missbrauchen oder als selbstverständlich erachten durfte. Seit Jahrhunderten war dieses Bewusstsein in den Köpfen der Menschen verankert. Es gab noch immer ein paar, welche die Verbindung zum Geist des Flusses hielten. Sie lasen die Zeichen und schauten nach den Warnungen, wenn das Wasser seine Muskeln spielen ließ und Bäume in Ufernähe entwurzelte. Es waren Menschen, die wussten, wann eine Katastrophe eintreten konnte...

* * *

Niemand konnte den Fluss lange ignorieren. Es gab Zeiten, da floss er ruhig und langsam durch die Stadt, die in Talsohle lag.

In solchen Zeiten verloren ihn die Menschen etwas aus dem Gedächtnis. Aber niemand konnte ihn völlig vergessen. Ladenbesitzer und Hausfrauen, die in den frühen 1960ern selten von ihren Geschäften und Türschwellen weg kamen, merkten, wie sie an den Fluss dachten, sobald Sturmwolken am umliegenden Horizont über den Mooren aufzogen.

„Jo, Tommy", grüßte Ralph Parnaby, der Kioskbesitzer, einen seiner Stammkunden...den legendären Tommy Page, einen Meister im Hechtfischen. „Da kommt ein Regenschauer. Wir behalten besser den Fluss im Auge."

„Stimmt so", meinte Tommy und bezahlte seine Zeitung. „Über eine Landschaft, die bereits jetzt so durchnässt ist, wird der Regen einfach so hinweg fließen."

„Und das heißt, es wird Fluten geben, Tommy."

„Ich sehe mir das heute Abend mal an. Die Fische werden es uns sicher sagen."

Der Fluss war allen Menschen hier ständig gegenwärtig. Bei Sturm jedoch wurde er zu einer regelrechten Besessenheit.

In solchen Zeiten verwandelte er sich von einem milden und ruhigen Begleiter zu einer mythische Bestie. Verängstigte Augen schauten zum Himmel empor.

„Hier kommt er!", riefen die Hausfrauen im Tante-Emma-Laden und nickten sich zu. „Sie werden unten bei Wade's Sandsäcke aufstapeln."

„Dieser Noah, du weißt, der alte Kerl aus dem Buch Genesis, der wurde am Ende von Water Lane geboren!"

Alte Fotoaufnahmen belegten, dass es Generationen vorher durchaus üblich war, dass sich kleine Gruppen von Schaulustigen auf der Stadtbrücke versammelten, um dem Fluss zuzusehen. Diese Gruppen bestanden hauptsächlich aus Ortsansässigen im Ruhestand und entlassenen Saisonarbeitern. Bücher, die von der örtlichen Geschichte handelten, bewiesen, dass die jüngeren Männer bei weitem nicht die Weisheit der älteren besaßen. Wenn das Wasser stieg, konnten die nämlich ganz genau sagen, ob es nur von kurzer Dauer oder vielleicht ernst war.

Schon oft hatte der Fluss die Höfe der Arbeiter am Fuß des Tals überschwemmt, ob nun in der Knochenmühle, dem Schlachthaus oder der örtlichen Brauerei. Die Arbeiter hatten immer ein Paar Gummistiefel in der Umkleidekabine, so dass sie nicht einfach überrascht werden konnten.

Zeitweise wurde die Stadtbrücke für alle Fahrzeuge außer Lastwagen und Traktoren unpassierbar. Der Fluss schlug mit seinen rammbockähnlichen Strudeln aus den sturmgepeitschten Mooren wie wahnsinnig gegen die Brückenpfeiler. Auch entwurzelte Bäume, ertränkte Rinder und Schafe...und im Winter große farblose Eisblöcke, riss die starke Strömung mit sich fort.

Niemand konnte sich an etwas Ähnliches wie die Fluten von 1962 erinnern. Ein halbes Jahrhundert später blickten ältere Ortsansässige voller Ehrfurcht auf dieses Jahr zurück. Die plötzlichen Überschwemmungen von April und Juli waren einfach nur apokalyptisch gewesen. Diejenigen, die sich an die Ereignisse dieses Jahres erinnern konnten, erzählten jedem, der lange genug aufmerksam zuhören konnte, dass diese Überschwemmungen sogar das Potential hatten, Leben zu verändern.

* * *

Im Januar und Februar hatte es heftig geschneit. Und schließlich, im März und Anfang April, hatten die sintflutartigen Regenfälle eine rapide Schneeschmelze zur Folge gehabt. Der geschmolzene Schnee war in einem einzigen großen Schwall die Hügel hinunter gestürzt...und der Fluss hatte sich verwandelt.

Tagelang hatte der Donner bedrohlich gepoltert und gewütet. Die steilen, begrünten Abhänge der Talseiten waren zu schimmernden Wasseroberflächen geworden. Bäche traten über die Ufer und wurden sofort zu Strömen, die sich Kopf voraus in den Fluss ergossen.

Im Morgengrauen war der Fluss so dunkel wie Mooreiche, und die Stadtbrücke stand mitsamt den Pfeilern im schlammigen, torfigen Wasser. Das Tosen des Wassers mischte sich mit dem Donner und Schaulustige mussten schreien, um sich Gehör zu verschaffen. Am Ufer bogen sich Salweiden und Haselnusssträucher ganz wirr im starken Wind. Fabrikschornsteine und Dachziegel hielten dem Sturm nicht stand, und die Straßen der Stadt waren mit Trümmern übersät.

Frühaufsteher zogen die Vorhänge zurück und schauten zu, wie Regenschauer sich auf die Talhänge ergossen. Selbst die jüngeren Arbeiterinnen und Arbeiter wussten, dies war ein großer Regen. Für die ältere Generation war es nicht annähernd katastrophal.

Eine gewisse Unruhe machte sich in der Stadt breit. Und es regnete immer weiter.

* * *

Michael Schackleton, der örtliche Wildhüter, schlug sein Sommerlager wie immer auf einer Anhöhe im Wald auf. Jeden Tag sah er zu, wie der Wasserspiegel stieg, bis er sich schließlich fragte, ob sein Lager vielleicht davon gespült werden könnte. Dies war aber bis jetzt noch nie passiert. Aber die Fluten würden der Wilderei ein Ende setzen. Es sei denn, die einfallsreicheren Schurken im Ort entschlossen sich, mit dem Kanu zu kommen.

Wenn ein besorgter Bauer ihn nach seiner Meinung über das Wetter fragte, wollte der Wildhüter wissen, ob er sich mehr um die Erde oder mehr um Geld scherte. Natürlich antwortete der Bauer mit Letzterem. „Dann müssen Sie mich ja nicht fragen", sagte der Wildhüter und lächelte spitzbübisch. „Die Erde liefert Ihnen alle Antworten, die Sie brauchen."

Florrie Gaunt, die von einigen Leuten Hexe genannte geheimnisvolle alte Frau, sagte Unheil und Katastrophen für alle voraus, die nicht Acht gaben. Wenn sich ihre Kunden die Tarotkarten legen ließen, bat sie sie um ihre Aufmerksamkeit. Verwirrt schüttelten sie den Kopf. Aufmerksamkeit wozu? Ihre kryptische Antwort lautete, dass man es nie erfahren würde, wenn man ihr keine Aufmerksamkeit schenkte.

Als Tommy Page hinunter zum ansteigenden Fluss ging, um sich die Fische anzusehen, bekam er den Schock seines Lebens. Seine Freunde hatten ihn gefragt, was er herausgefunden hatte. Er aber schaute sie nur an wie ein Verrückter.

„Keine Fische", sagte er mit ehrfürchtiger Stimme.

„Keine Fische?", wiederholten die Fragenden.

„Sie sind alle auf dem Grund und verstecken sich im Schlamm."

Die Flut im April 1962 hatte einen großen Teil Nordenglands getroffen und war die schlimmste gewesen, welche die Stadt je erlebt hatte. Aber die am folgenden Juli war, wie einige sagten, noch sehr viel größer.

Vielen kamen sie wie eine Warnung vor, aber wovor, da waren sich die meisten Stadtbewohner nicht sicher. Kam es von ihrer Gier und ihrer Kleinlichkeit? War dies die Strafe für ernste moralische Schwächen? Diese Selbstreflexion setzte sich fort, bis die Fluten nachließen und sie die Normalität wieder in den Schlaf wiegte.

Für ein paar arglose Seelen waren es mehr als Warnungen: Die Fluten dieses Jahres glichen in Stein gemeißelten Lektionen.

1

———

Red Junior, getauft auf den Namen Ronnie Patterson, ein großer 15-jähriger Jugendlicher mit rotem Haar, wachte wie immer um Viertel vor sechs auf. Als er zu Bett gegangen war, hatte es geregnet und als er durch die Vorhänge schaute, konnte er sehen, dass es noch immer regnete.

„Scheiße", stotterte er gähnend. Bei Regen war seine Arbeit immer schwerer.

Zehn Minuten später steuerte er, in Donkeyjacke und Jeans, sein Carlton-Rennrad in die Victoria Road, eine leere Zeitungstasche über der Schulter. Er hatte gerade den halben Weg die Straße runter zurückgelegt, als seine Mutter Nancy, eine verhärmte, aber immer noch attraktive, brünette Frau, mit einem Regenmantel unter dem Arm aus ihrem 1890 Semi Truck stieg.

„Ronnie...dein Regenmantel!"

Red ignorierte sie und fuhr mit dem Fahrrad weiter durch den Regen.

Die Turmuhr der Kirche St Margaret's auf dem Hügel über der Stadt zeigte 07:15 Uhr an. Er fuhr durch Straßen voller Pfützen, die gesäumt waren von Reihenhäusern, an denen er von Zeit zu Zeit Halt machte, um seine durchnässten Zeitungen in die Briefkästen zu werfen.

Auf einer Giebelseite hingen große Poster, die Acker Bilks Lied *Stranger on the Shore* und den jährlichen Marsch der Anti-Atomwaffen-Bewegung, *ALDERMASTON NACH LONDON–OSTERN 1962*, ankündigten.

Red schaute sich die Plakate an und zog eine Grimasse...weder sie noch der Regen juckten ihn.

Zwei Lastwagen, beladen mit Männern und Sandsäcken, fuhren vorbei. Plötzlich schaute er diesem Lastwagen ganz interessiert hinterher. Dann zählte er zwei und zwei zusammen.

„Mein Gott!",

stöhnte er und strampelte schnell davon.

Er stieg unterhalb der Turmuhr ab und schob sein Rennrad durch das Tor und in den Friedhof. Sein Fahrrad lehnte er an einen großen Grabstein und rannte auf eine Mauer aus moosbedecktem Sandstein zu, die sich auf der gegenüberliegenden Seite befand. Er sprang auf die Mauer und schaute hinunter.

Der Regen hatte nachgelassen und eine verschwommene Sonne kämpfte sich durch die kolossalen Hügel aus Sturmwolken. Er rieb sich die Augen, geblendet von hellen Sonnenstrahlen, die sich in etwas brachen, das wie eine Glasscheibe aussah. Es befand sich direkt unterhalb der Stadt, wo vorher noch der Fluss gewesen war.

Schließlich, weil es Samstag war, stieß er einen lauten Schrei aus, trat wieder in die Pedale wie ein Reiter in *Wells Fargo* und raste vom Kirchplatz.

* * *

Hinter den verschlossenen Toren von Dykes' Schrottplatz schnüffelte ein riesiger schwarzer Wachhund misstrauisch in der Luft. Hinter dem Hund befanden sich baufällige Nebengebäude, die schon fast hinter den riesigen Bergen aus Altmetall verschwanden. Auf der einen Seite des Platzes stand ein schäbiges, zweistöckiges Klinkerhaus.

Sam Dykes war ein kleiner, drahtiger Mann, in dessen Adern sowohl einheimisches als auch Roma Blut floss. Er stand oben auf dem Haufen, in Arbeitskleidung voller Ruß, und zog an einem langen Bleirohr. Deborah, seine Frau, schwarz und attraktiv, mit einem leicht weißen Stich auf der Haut, hackte in einem Schuppen neben dem Haus Bündel aus Feuerholz. Ihr dunkelhäutiger 15-jähriger Sohn Len, Spitzname Mouth, arbeitete in einem nahen Schuppen, wo er emsig Farbe von einer massiven Eichenkommode kratzte. Seine leere Zeitungstasche hing an einem Nagel neben der Tür.

Red hielt außen am Tor an. Der Wachhund fing heftig an zu bellen.

Mouth bewegte sich vom Schuppen weg. Er trug eine dreckige Jeans und eine alte, graue Wolljacke. Er winkte Red zu und ging dann zum Schuppen, wo er wieder dazu überging, ein altes Fahrrad hinauszuschieben. Misstrauisch schaute er seinen Vater an.

Sam hörte auf, das Bleirohr zu schleifen. „Bring diesen elenden Köter zum Schweigen!".

Mouth und warf mit einem Stein nach dem Hund. „Sperr ihn ein! Er ist wie du!"

Der Hund hörte auf zu bellen und winselte.

„Mouth, es ist alles überschwemmt!", schrie Red, der seine Aufregung nicht mal mehr eine Sekunde zurückhalten konnte.

Mouth näherte sich den Toren, wo er sich auf sein Fahrrad setzte. Auf seinem gummiartigen Gesicht hatte er ein böses Grinsen.

„Ich weiß. Ich habe es gesehen."

Sam nahm das Bleirohr ab und warf es in ein leeres Ölfass.

„Du bist um 12:00Uhr wieder hier, hast du gehört, Junge? Es kommt eine Ladung von Donny."

Deborah hörte auf zu hacken und richtete sich auf. „Es ist Samstag, Sam. Lass ihn doch ein bisschen Zeit mit seinen Freunden verbringen."

„Kümmere dich um deinen eigenen Kram, Frau!", knurrte Sam.

„Aber Sam...

„Halt den Rand!"

Deborah wandte sich ab und ihre Augen verrieten den jahrelangen verborgenen Schmerz. Sie hackte weiter Holz.

Mouth keifte bösartig und schaute seinen Vater finster an...mit einem solch giftigen Blick, dass Red schockiert war. Ihre Beziehung war noch mehr vergiftet, als ihm aufgefallen war.

Mouth öffnete das Tor. „Komm schon, Red, verschwinden wir von dieser elenden Müllhalde".

Die beiden Freunde radelten schnell davon.

* * *

Wasser hatte die Arbeitsstätten nahe des Flusses überschwemmt: Die Schafzüchter, die Knochenmühle, die Brauerei, die Futterhändler. Arbeiter aus dem Ort luden Sandsäcke von den Lastwagen, die Red vorhin gesehen hatte. Die Männer der 08:00Uhr-Schicht, die zu Fuß oder mit dem Fahrrad kamen, kämpften sich durch die Fluten vor dem Fabriktor.

Das bei weitem größte Gebäude stand im rechten Winkel zum Fluss. Auf einer langen Wand, die aus orangefarbenen Ziegeln gemauert war, standen in schwarzen Großbuchstaben die Worte *WADE'S KARTOFFELN*.

Rechts der Buchstaben befand sich das Logo, ein Riese auf grün-rapsgelbem Grund, mit einem Kartoffelsack über der

Schulter. In der anderen Hand jonglierte er mit drei großen Kartoffeln und im Gesicht hatte er ein dämonisches Grinsen. Mehrere Kastenwagen auf dem Hof waren mit demselben Logo bemalt. Sie standen bis zu den Achsen im Wasser.

Die Arbeiter legten Sandsäcke in die Gänge und pumpten das Wasser aus den Nebengebäuden. Dies war das übliche Vorgehen. Red und Mouth standen mit ihren Fahrrädern da und schauten von außerhalb der Fluten dem Treiben zu.

Mouth sagte mit spöttischem Grinsen zu Red:

„Die nächsten 50 Jahre hier drin, Red ... Knollen eintüten, bis zur Rente!"

Red war es gewohnt, dass Mouth ihn runter machte. Er sagte in hochtrabendem Ton:

„Besser als in der Knochenmühle, nicht wahr? Auch die Bezahlung ist besser als bei den Schienen."

Die Aussicht, nach der Schule bei Wade's zu arbeiten, lag sonnenklar vor seinen Augen. Aber ein Zeitraum von 50 Jahren lag jenseits seiner Vorstellungskraft.

Red Senior, getauft auf den Namen John Patterson, Reds Vater, fuhr in seinem Ford Popular vor Er war ein großer, starker Mann, mit dünnem, roten Haar und einem grünen Overall am Leib, darunter Hemd und Krawatte. Auf der rechten Vordertasche des Overalls prangte das Logo von Wade's.

Er streckte den Kopf aus dem Autofenster.

„Wäre der Boss nicht so gierig, dann hätten wir längst schon einen Hochwasserschutz. Der Fisch stinkt immer vom Kopf!"

Red Senior war der Vorarbeiter bei Wade's. Er war die Schnittstelle zwischen Geschäftsleitung und Arbeiterschaft und kritisierte alle. Alle waren daran gewöhnt und tolerierten seine heftigen Ausbrüche mit dem nötigen Humor. Er runzelte die Stirn, denn scheinbar merkte er jetzt, dass sein Sohn hier war.

„Hast du den Papierkram erledigt, Junge?"

Red zuckte mit den Schultern. „Natürlich."

„Hast du schon gefrühstückt?"

„Nein, Papa. Noch nicht."

Red Senior schaute die beiden Jugendlichen streng an und meinte: „Nun, hier unten könnt ihr euch nicht nützlich machen!"

Dann wartete er, bis Red und Mouth sich vom Acker machten, fuhr auf den Werkhof und brüllte durch sein Autofenster Anweisungen hinaus. Ein paar Minuten lang gaben sich die Männer auf dem Hof Mühe, schneller zu arbeiten.

* * *

Red saß auf der Mauer des Kirchplatzes, die Beine übereinander geschlagen. Mouth urinierte an einen Grabstein, dann hüpfte er neben ihn. Sie schauten die überschwemmten Felder im Osten der Stadt hinunter. Verwundert riss Mouth die Augen weit auf.

„Scheiße...die ist echt riesig! Eine solch große Überschwemmung habe ich noch nie gesehen! Das Wasser ist direkt zum Wald des Wilden Mannes hinunter geflossen! Warum zum Teufel hast du mir nichts davon gesagt, Red?"

„Habe ich doch."

„Ich wette, bis morgen ist das meiste davon wieder weg. So schnell wie der Wasserspiegel gestiegen ist, wird er auch wieder sinken. Wenn wir ihn auf dem Höhepunkt sehen wollen, sollten wir heute gehen. Am besten holst du Brock und Raggy."

Red sah mitgenommen aus. „Raggy ist eine Nervensäge. Wenn wir ihn mitnehmen, müssen wir auf ihn aufpassen."

Für einen Moment machte Mouth ein seltsam berechnendes Gesicht, das Red nicht deuten konnte. „Raggy ist nützlich", sagte er, ohne nähere Angaben.

„Aber der Hellste ist er nicht", widersprach Red. „Man kann nie wissen, ob er nicht etwas Bescheuertes tut."

Mouth zeigte ungeduldig auf die Grabsteine. „Du kannst nach ihm sehen, Red, wenn es dich stört. Sag ihnen, dass wir unterwegs zum Wald des Wilden Mannes sind. Sei um halb zehn beim Römerlager."

„Ach was! Was ist mit dir los? Warum kannst du Raggy nicht holen?"

„Mein Gewehr ist in Reparatur. Ich musst hinunter zum Battersby-Hof und es holen. Sag Brock, dass er sein Gewehr und seine Gummistiefel braucht. Und hol uns auch noch ein Sandwich für später, in Ordnung?"

„Herrische Sau!"

Mouth grinste ihn spöttisch an, sprang von der Mauer und schnappte sich sein Fahrrad. Red sah ihm hinterher, als er ging. Er nahm Mouths Launen hin, denn die Tage, in denen er mit ihm auf Abenteuerreise war, waren gute Tage. Mit Mouth betrat er eine wilde Welt, zu der alle anderen scheinbar den Bezug verloren hatten.

Mouth war der gefährlichste Mensch, den Red kannte.

* * *

Nach einem Frühstück aus Eiern, Speck und geröstetem Brot, gefolgt von mehreren Scheiben Toast mit Marmelade und einer Tasse Tee, fiel Red Mouths Aufforderung wieder ein.

„Könntest du mir heute ein paar Sandwiches machen, Mama? Ich hätte Lust auf eine Fahrradtour."

Nancy drehte sich vom großen Gasherd mit sechs Kochfeldern, der zu ihrer neuen Küchenerweiterung gehörte, zu ihm um und fragte: „Du bist nicht rechtzeitig zum Abendessen zurück?"

„Ich fahre vielleicht hinaus zum Schloss. Ich habe keine Zeit, zurückzukommen." Er erwähnte weder Mouth noch den gestiegenen Fluss, denn beides hätte mit Sicherheit zu heftigen Meinungsverschiedenheiten geführt.

„Käse und Essiggurke?"

„Toll."

„Tee um Sechs. Nicht vergessen."

Während Nancy das Essen zubereitete, radelte er zum Haus der Familie Brockless. Frank Brockless war Baudirektor im Gemeinderat und lebte mit seiner Familie in einem abgelegenen Steinhaus, das sich auf einem neu angelegten Grundstück am Westrand der Stadt befand. Edna Brockless war Anwaltssekretärin in einer Anwaltskanzlei im Ort. Sie hatten zwei Söhne, den 15-jährigen George, Spitzname Brock, und seinen 10-jährigen Bruder Simon, der für jeden ein frühreifer, kleiner Quälgeist war, besonders wenn man 15 war.

Red fühlte sich von der Familie Brockless etwas eingeschüchtert. Sie waren besser gestellt als seine Eltern und Frank glaubte an den Besitz von Eigentum. Diese kapitalistische Einstellung verurteilte Red Senior, wann immer ihn die Geschäftsleitung bei Wade's unter Druck setzte.

Die Tatsache, dass er ihr Haus in der Victoria Road gekauft hatte, wurde mit der Begründung gerechtfertigt, dass der Mietwohnraum in der Stadt *vom Fluss und den Kakerlaken eingenommen war.*

Red, der am Vordertor der Familie Brockless angehalten hatte, wollte gerade von seinem Fahrrad steigen, als ein Rover P4 aus der Ausfahrt auf die Straße fuhr. An dessen Steuer saß Frank im Geschäftsanzug. Red radelte an ihm vorbei, dann drehte er um und fuhr zurück, kaum dass Frank außer Sichtweite war.

Als er zur Vordertür ging, kam kurz etwas Sonnenlicht durch die Wolken und schien grell, fast bedrohlich im Glas der modernen Erkerfenster. Noch ehe er an die Tür klopfen konnte, kam die kleine, mollige, blonde Edna vom Garten aus auf ihn zu. Sie trug Gartenhandschuhe und hielt eine Gartenschere in der Hand.

Sie schaute Red misstrauisch an und kam seiner Frage zuvor. „George lernt gerade. Er muss an seine Zukunft denken. Wie soll er vorwärts kommen, wenn du ihn dauernd störst? Nächste Woche seht ihr euch in der Schule. Tschüss!"

Red lag eine Antwort auf der Zunge, die er aber für sich behielt. Mouth hätte ihr vielleicht gesagt, was sie mit ihrer Gartenschere tun konnte, wegen des Spitznamens seines Freundes, aber Red wollte keinen Streit. Heute, so hatte er entschieden, würden sie einfach Spaß haben.

Kaum war Edna wieder im Garten, öffnete Brock die Vordertür. Er war blond und stämmig, wie seine Mutter, hatte eine elegante, gut genährte Erscheinung und war hübsch anzusehen, in seiner Strickjacke und der grauen Flanellhose. Red fühlte sich schmuddelig in seiner alten Donkey Jacke und den Jeans.

„Was ist los, Red?", flüsterte Brock.

„Hast du den Fluss gesehen?"

„Nein."

„Der ist gewaltig."

„Gehen wir auf die Jagd?"

„Natürlich."

Sie grinsten verschwörerisch.

* * *

Red radelte durch die hinteren Gassen, in die ärmeren Straßen, zur südlichen Innenstadt. Er hielt neben einem schäbigen Gartentor an und stieg ab. Gerade wollte er sein Fahrradschloss abschließen, überlegte es sich dann aber anders, denn er merkte, dass das nicht viel Sinn machte. Jeder, der vorbei kam, konnte einfach das Fahrrad hochheben und damit abhauen.

Das war in diesem Stadtteil nicht unüblich. Er entschloss sich, das Fahrrad mit in den Hof zu nehmen.

Er tat sich schwer, in den Hof zu kommen. Dann merkte er, dort stand eine alte Wäschemangel mit festgelaufenen Walzen hinter dem Tor, die verhinderte, dass es sich ganz öffnete. Rostige Fahrradrahmen, kaputte Möbel und Unrat säumten den Hof. Kinder jeden Alters, die jüngsten halbnackt, gingen in dem heruntergekommenen Haus ein und aus.

Er lehnte sein Fahrrad gegen die Mangel und fragte sich, ob er das Richtige tat. Ohne Raggy wäre ihr Tag wesentlich entspannter, denn ihn würden sie dauernd im Auge behalten müssen, falls er etwas Dummes tat. Aber Mouth wollte ihn, weil er ihn herumkommandieren konnte. Und er wollte auch Brock, das wusste Red, weil er ihn aufziehen konnte. Mouth brauchte Leute um sich, die er dominieren und nerven konnte.

Noch ehe er die Hintertür erreichen konnte, drückte sich der 9-jährige Billy in einem zerrissenen, schmutzigen Hemd vorbei und versuchte unbeholfen die Lampe vom Fahrrad zu ziehen.

Red explodierte verbittert. „Weg da, Billy! Stehle die von jemand anders!"

Billy bedachte Red mit einem breiten, comic-stripartigem Grinsen. Aber er hörte auf, an der Lampe zu zerren.

Ricky Bottomley war 14 Jahre alt und bei allen unter dem Namen Raggy bekannt. Er tauchte im Gang auf. Er war mit einem dreckigen Pullover bekleidet, der an den Ellbogen Löcher hatte. Raggy war kümmerlich, hatte Pusteln und blasse Haut. Er grinste und entblößte blutendes Zahnfleisch.

„Wo gehen wir hin, Red?", fragte Raggie mit ausgebrannter, krächzender Stimme.

„Wilder Mann", formte Red langsam mit dem Mund, denn Raggy war taub und musste von den Lippen lesen. „Der Fluss ist angestiegen."

Raggy grinste breiter.

„Du brauchst Gummistiefel und einen Regenmantel."

Raggy nickte und kicherte aufgeregt. „In Ordnung."

Red starrte ihn mitleidig und mit Ekel an.

* * *

Ein Lastwagen, beladen mit Männern und Sandsäcken, fuhr dröhnend durch die Innenstadt. Die Männer, die hinten im Lastwagen saßen, grölten und pfiffen einem jugendlichen Mädchen hinterher, das mit einer älteren Frau die Straße entlang ging.

„Jo, Sally…zeig uns deine Titten!"

„Hol sie raus, Mädel und lass mal sehen!"

Sally Bell, eine hübsche, 15-jährige Blondine, gab sich die größte Mühe, das zu überhören. Ihre Tante Josie, schlicht und dürr, hob drohend den Finger und schrie zurück:

„Ihr solltet euch schämen!"

Die Männer auf dem Lastwagen verfielen in einen heulenden Chor, wie läufige Hunde.

Josie nahm schützend Sallys Arm und führte sie zum Schaufenster einer Metzgerei. Auf einem Schild, das über der Tür hing, stand: *DAVID BLADES FRISCHFLEISCH UND WILD*. Kurzsichtig schaute Sally durchs Fenster und legte ihre Hände auf das beschlagene Glas.

Sally fuhr mit dem Fuß ungeduldig über den Asphalt. Sie trug einen billigen Rock und ein Top, das zwei Nummern zu klein für sie war. In den letzten sechs Monaten war sie aufgeblüht, zum schönsten Mädchen der Stadt, und Josie konnte mit ihrem Bedürfnis nach neuer Kleidung nicht Schritt halten.

Während Josie in ihrem Geldbeutel wühlte, hielt sich Sally ein Transistorradio ans Ohr, aus dem leise das Lied *Nut Rocker* von B. Bumble & The Stingers drang.

„Ich geh nur mal schnell zu Blades's und hole uns etwas Blutpudding zum Tee. Sally...hörst du mich?"

Sally nahm das Transistorradio vom Ohr. „Gib mir etwas Kleingeld, Tante Josie."

„Was...für Zigaretten? Zigaretten und Popmusik...das ist alles, was du im Kopf hast!"

„Es ist Rock'n Roll", berichtigte Sally und runzelte die Stirn.

„Aber wie weit kommst du damit?", fragte Josie unruhig und frustriert. „Was wirst du mit deinem Leben anfangen?"

„Ich wollte nur eine Kippe", schmollte Sally.

„Wäre es nicht besser wir essen?",

fragte Josie und drehte sich zum Gang der Metzgerei. Sally trat einen Schritt zurück.

„Ich gehe dort nicht rein. Dieser David Blades hat scharfe Augen. Sein Blick wandert über deinen ganzen Körper."

„Dann bleib schön hier. Wir müssen früh beim Flohmarkt sein. Wie willst du eine Arbeit bekommen, wenn du nichts Anständiges anzuziehen hast?"

Als Josie sich in die Schlange vor der Metzgerei einreihte, tauchte Red auf und fuhr schnell mit dem Fahrrad vorbei. Sally rief ihm nach. Er hielt an und lächelte ihr freundlich zu.

„Schnell, Red, gib uns eine Kippe, bevor Josie zurückkommt."

„Ich habe dir in der Schule welche gegeben."

„Das war gestern. Ich habe keine mehr."

„Was bekomme ich dafür?"

„Einen Kuss, wenn du willst."

Sie gingen in eine nahe gelegene Gasse und küssten sich heftig und schlunzig. Red versuchte, sich zurückzuziehen, aber Sally klammerte sich eng an ihn.

„Bleib noch etwas, Red. Kuschle noch eine Minute mit mir. Die Macker von Kollegen kotzen mich an."

Das war ihm unangenehm. Sally war herzlich und liebreizend und sie machte ihn verrückt, wie auch die Hälfte der Männer in der Stadt. Er aber hatte einen Termin, der Vorrang hatte.

„Ich kann nicht, Sal. Ich treffe mich mit Mouth."

Sie schaute verletzt drein. Mehr als alles andere wollte sie mit Red zusammen sein. Er war so nachdenklich und liebevoll...sie war sich nicht sicher...sie dachte, sie sei vielleicht in ihn verliebt.

„Was hat Len Dykes, das ich nicht habe?"

„Er ist ein Kumpel", sagte er etwas dämlich. „Wir haben Spaß."

Sie drückte sich eng an ihn und fuhr ihm mit den Fingern über die Brust.

„Auch wir könnten Spaß haben, Red."

Das zerriss ihn förmlich. Noch ein paar Sekunden und er wusste, er würde nachgeben. Er warf mit einer Schachtel Players nach ihr.

„Du bist mir was schuldig, Sal."

Er gab sich Mühe und entschied sich. Er küsste sie auf die Wange und schob sie weg. Als er die Gasse verließ, schrie sie ihm nach:

„Wann immer du willst, Red!"

Sie zündete sich eine Zigarette an und schaute ihm traurig nach, als er wegfuhr.

Am Ende der Straße hielt Red an und schaute zurück, sein Gesicht voller widersprüchlicher Gefühle. Er wusste, er sollte echt zurück zu Sally, bevor ein schmieriger Junge versuchte, sie ihm auszuspannen. Seit zwei Monaten ging er mit ihr und dennoch war er sich immer noch nicht sicher, was sie für ihn empfand. Plötzlich versperrte ihm ein Kastenwagen von Wade's seine Sicht auf sie. Er unterdrückte seine Bedenken und radelte davon.

Als er um die Ecke bog grüßte ihn Cathy Raines, die wie Sally zur Oberschule. Cathy war groß, hatte schwarzes Haar und Sex drang ihr aus sämtlichen Poren. Sie winkte ihm heftig zu.

„Hey, Red, gehen wir anschließend schnell wohin?"

Red ignorierte sie und radelte weiter. Einst war er mit Cathy gegangen, aber sie ging mit jedem. Sie ging sogar mit den rauen Kerlen aus der Knochenmühle. Verglichen mit Sally war sie niemand.

Cathy schaute Red finster hinterher. Diese Sally Bell hatte es ihm angetan. Das kleine Fräulein Titte. Red sollte ihr Freund sein, nicht Sallys: Ein gut aussehender toller Mann mit einer sicheren Zukunft bei Wade's. Sie schwor sich, eines Tages würde sie es ihm heimzahlen.

2

———————

Das Römerlager war ein großes, holpriges Feld, welches die restliche Anhöhe jenseits der Kirche St. Margaret an der Ostgrenze der Stadt einnahm. Es war eine bekannte, archäologische Stätte, manche Forscher bezeichneten sie sogar als berühmt, und im Stadtmuseum befanden sich hunderte Artefakte von diesem Ort.

Jenseits des eingezäunten Bereichs des Lagers fiel das Land leicht ins Tal ab, von wo sich die überschwemmten Weiden stromaufwärts ausbreiteten, in abgelegene Wälder und auf den düsteren Horizont der Moore zu, die jenseits davon lagen.

Um 21:30Uhr, nach der Uhr der Kirche St Margaret's, hatte eine Gruppe von vier Jugendlichen das Lager erreicht und sie schauten über die Wildnis aus Bäumen und Wasser. Mouth und Brock lehnten sich an den Zaun, der die altertümliche Stätte umgab und schauten auf die überschwemmten Felder. Red kletterte über den Zaun in das nächste Feld und schnitt mit seinem Taschenmesser einen Ast von einem Schwarzdornbusch ab.

Auch Raggy kletterte darüber und stand in der ersten Grube voller Wasser. Er wirkte in seinem zerlumpten, beigefarbenen Dufflecoat und der geflickten Cargo Hose wie eine verwitterte Vogelscheuche, als er da so fasziniert in die glänzende Flut schaute.

Alle bis auf Raggy trugen Luftgewehre offen herum. Red hatte seine Airsporter mit neuer Feder, Mouth sein Vorkriegsmodell Webley Mark Two, mit abnehmbarem Lauf und Brock hatte das alte deutsche Original, das er von Red abgekauft hatte, eine Woche, nachdem dieser seine Airsporter gekauft hatte. Reds Gewehr war das neueste und hatte den höchsten Druck, kurz danach kam das von Mouth.

Sie alle trugen schwarze Gummistiefel mit schweren Gummisohlen. Die von Raggy waren halblange Damenstiefel. Red tippte mit dem Schwarzdornast auf einen und sagte:

„Hast du die Gummistiefel von deiner Mama gemopst, Raggy?"

Raggy, der das von seinen Lippen gelesen hatte, grinste.

Mouth und Brock stießen hinzu. Brock wanderte mit dem Arm über das unebene Feld.

„Die Römer haben dieses Feld nach dem Fluss, der einen alten keltischen Namen hat, benannt."

Er nickte altklug, als spräche er mit einem Geschichtskurs. Mouth und Red schauten gelangweilt drein.

„Die Römer waren 350 Jahre hier. Schon beeindruckend, bedenkt man, dass man nach so langer Zeit noch immer den Grundriss dieser Festung sehen kann."

Mouth schaute finster. „Von dir wird gleich kein Grundriss mehr übrig sein, du Brockle-Arsch, wenn du nicht aufhörst, so anzugeben."

Brock erwiderte mit einem unantastbar überlegenen Gesichtsausdruck: „Ich meine nur, es ist wichtig, dass ihr die örtliche Geschichte kennt."

Niemand hörte ihm zu. Mouth schaute Raggy mit einem abgeneigten Gesichtsausdruck an.

„Hey, Raggy, du hässliches Balg, du hast kein Gewehr, also musst du den beschissenen Teil erledigen."

Raggy schaute verwirrt drein, denn er konnte Mouths Worten nicht folgen. Red stieß ihn mit dem Ast, um seine Aufmerksamkeit zu erhalten. Langsam bewegte er die Lippen.

„Raggy, du bist der Späher. Du sagst uns, wenn es gefährlich wird. Tiefes Wasser und Löcher und so etwas."

Damit reichte er Raggy den Ast.

„In Ordnung, ich bin der Späher", bestätigte Raggy und zeigte sein blutendes Zahnfleisch.

Mouth spuckte an den Zaunpfahl.

„Auf zum Wald des Wilden Mannes, Raggy. Erlege für uns ein zwei Tonnen schweres Kaninchen!"

Raggy grinste und lachte dreckig, denn er hatte kein Wort verstanden. Er fuhr mit dem Ast durch das Weidegras.

Er war Ede. Er war wichtig. Er schaute stolz.

* * *

Jack Parnabys Haus befand sich am Ostende einer Reihe hochwertiger Steinhäuser, dreistöckige Gebäude, die um 1910 erbaut worden waren. Jack war der ehrgeizige, 25-jährige Sohn von Ralph Parnaby, dem Kioskbesitzer.

Von der Gasse hinter dem Haus sah man auf das Römerlager. Jacks Jaguar Mark 2 parkte in der Gasse.

Jack trug eine Lederhose und einen schlabbrigen, konventionellen Pullover und belud das Auto mit Bannern der Anti-Atomwaffen-Bewegung für den Aldermaston-Marsch. Reds 19-jährige Schwester Janet, eine große, sehr markante Brünette, half ihm dabei.

„Diese Aufmärsche werden echt groß", sagte Jack enthusiastisch. „Das muss der Regierung doch auffallen",

Janet und schaute nachdenklich auf die Banner. „Wir

sollten ein paar Plakate malen und sie in den umliegenden Städten aufhängen, Jack. Dann kommen wir in die Zeitung."

Sie gingen jetzt zwar schon fast ein Jahr miteinander, er hatte sich aber noch immer nicht recht an ihren, wie er es nannte, *wilden Enthusiasmus* gewöhnt. Er hatte auch nie jemanden getroffen, der einen solch ansteckenden Eifer an den Tag legte, wenn er von einer neuen Idee angetan war. Wenn er Zeit mit ihr verbrachte, fühlte er sich gleichzeitig zu ihr hingezogen und unsicher. Aber sie war seine Boudicca, seine Kriegerkönigin. Auf seine umsichtige, bürgerliche Art verehrte er sie.

„Glaub ja nicht, dass meinem Vater das recht ist, Jan … deinem auch nicht."

„Die werden die Welt nicht retten!"

„Ich muss an die Kunden denken, Jan. Sie werden denken, ich hätte sie nicht alle. Und da werde ich ihnen wohl nicht widersprechen können!"

„Du gehst nie Risiken ein, oder?", fragte sie in einem etwas zu scharfen Ton.

„Würdest du das an meiner Stelle tun?"

Dumme Frage, dachte er. Natürlich würde sie das. Er musste das Thema wechseln. Sein Blick fiel über das Römerlager.

„Dein kleiner Bruder ist dort drüben. Mit Len Dykes. Das gibt Ärger."

Sie folgte seinem Blick. Das war doch Ronnie, das konnte sie auf den ersten Blick an den Haaren erkennen. Mit Len, dem intelligenten George Brockless und dem armen, kleinen, tauben Kerl, den sie Raggy nannten.

Sie waren wohl auf ein Abenteuer im Hochwasser aus. Sie konnte sich nicht vorstellen, dass Jack so etwas tun würde.

„Warst du früher einmal ein Junge, Jack? Der kleine Jack Parnaby, ein 50-Jähriger im Körper eines 15-Jährigen."

„Das ist nicht fair! Ich bin nur der Meinung, Len Dykes ist

ein schlechter Umgang. Ich weiß echt nicht, warum mein Vater ihn eingestellt hat."

„Vielleicht mag er ihn. Hast du je daran gedacht?"

„Len Dykes kann man unmöglich mögen. Er ist ein Roma, oder wie immer man sie nennt. Denen kann man einfach nicht über den Weg trauen."

Jack hasste die niederen Stände der fahrenden Völker. Ihre verschlagenen Blicke machten ihn nervös, als könnten sie erahnen, wie viel Geld er in der Tasche hatte. Er verspürte immer einen gewissen Kontrollverlust, wenn sie den Laden betraten oder an seiner Tür klopften und ihm die Zukunft voraussagen wollten. Sie behaupteten, so viel zu wissen, das jenseits seiner Vorstellung lag. Und manches davon mochte durchaus wahr sein, in der Zukunft vor ihm verborgen. Aber ihm gefiel der Gedanke nicht, dass andere Menschen mehr über sein Leben wussten als er selbst. Ganz der gewitzte Geschäftsmann, der er war, machten ihm ihre so genannten Fähigkeiten Angst. Das schüchterte ihn ein.

„Roma", sagte er wieder und schüttelte den Kopf.

Sie schaute ihn traurig an. Dann streckte sie neckisch die Zunge raus.

* * *

Die überschwemmten Felder am Flussufer waren eine unberührte Welt. Überall hörte man Geräusche im fließenden Wasser, schwache, anzügliche Stimmen, leises Glucksen, Tröpfeln und die sanfte Strömung. Das seichte Gewässer war ständig in Bewegung, sprudelte und plätscherte, untermalt vom Wind. Unheimliche Rufe von brütenden Brachvögeln und Schnepfen wurden mit dem Wind her geweht, während Wildenten am Himmel flogen. Nieselregen setzte ein, verzog sich, setzte dann wieder ein und ergoss sich als Sprühnebel am bleiernen Horizont.

Die Gestalten von vier Jugendlichen, die ineinander übergingen, durchquerten ein überschwemmtes Feld. Raggy, der voraus ging, steckte seinen Ast ins Wasser, um nach der flachsten Stelle zu suchen. Red, Mouth und Brock alberten herum und schossen hin und wieder auf treibende Trümmer.

Brock grinste. „Was wirst du bei Wades verdienen, Red? Genug für ein neues Fahrrad?"

„Für so etwas werde ich dort lange schuften", antwortete Red plötzliche recht lässig. „Es müsste was Anderes sein. Zu den Kommandotruppen."

„Dein Vater wird durchdrehen! Er hat dich die letzten 15 Jahre klein gehalten, nicht?"

Die letzten paar Monate hatte sich in Red immer mehr Hass aufgebaut bei dem Gedanken, dass er kein eigenes Leben wählen konnte. Was es noch verschlimmerte, waren die Erwartungen der Leute wie auch die seiner eigenen Familie.

Für ihn gab es entweder Wade's oder Wade's. Keine Frage.

„Das ist mir egal. Ich werde tun, was ich will!", antwortete er trotzig.

Mouth und Brock schauten sich misstrauisch an.

Mouth sprang schließlich für Red in die Bresche, jedoch nur, dachte Red, um Brock eins auszuwischen.

„Nun, du wirst nie arbeiten, Brockle-Arsch", spottete Mouth. „Auf dem Hintern sitzen in der örtlichen Planungsstelle ist keine Arbeit."

Brock erwiderte mit einem herablassenden Lächeln: „Dort habe ich es warm. Dort mache ich mir nicht die Hände schmutzig. Und du wirst mit deinem Vater im Regen Schrott sortieren."

Mouth verzog verächtlich den Mund und erwiderte: „Wenigstens ist das Arbeit für Männer und man muss ein echter Mann sein, um sie tun zu können! Du hattest bisher noch nicht mal eine Frau."

Brock erwiderte: „Du hattest bisher nur Cathy Raines. Und die hatte was mit allen!",

Mouth keifte. „Immer noch mehr als du, Brockle-Arsch." Er schaute Red argwöhnisch an. „Du würdest sicher gerne dein Bein über Sally Bell schlagen. Mit ihrer süßen, kleinen Möse spielen."

Red lief rot an und ballte die Fäuste. „Verzieh dich!",

schrie er und Mouth wich zurück, aber er konnte jetzt nicht abbrechen, was er angefangen hatte. „Das war nur ein Scherz, Red. Dein Name steht auf ihren Spitzenhöschen, nicht?"

Red schaute Mouth finster an, weigerte sich aber, darauf einzugehen. Er würde keinen Streit anfangen und sich damit den Tag versauen. Man wurde am besten mit Mouth fertig, wenn man ihn ignorierte...sofern man konnte.

Mouth wandte sich ab und verbarg seine Eifersucht.

Es überraschte sie, Raggys Stimme zu hören. „Ente auf zehn Uhr!", sagte Raggy und deutete mit seinem Ast.

Mouth flüsterte eilig: „Wildenten. In der Feldecke ... seht ihr? Raggy, du gehst voraus."

Er deutete, dass Raggy es verstand. Dieser ging vorsichtig los, wobei er mit seinem Ast im Wasser stocherte. Die anderen folgten und blieben so dicht sie konnten an der nächstgelegenen Hecke.

Sie näherten sich. Die vier Wildenten hatten sie nicht gesehen. Vorsichtig zielten sie und schossen, als Red das Zeichen gab. Eine Ente hatten sie getroffen. Diese löste eine heftige Unruhe auf dem Wasser aus, kreiste vor sich hin, schlug mit den Flügeln und schnatterte wie wahnsinnig. Ihre drei Artgenossen flogen weg und strampelten auf dem Wasser, bis sie in der Luft waren.

„Hey, Reggy. Schnapp sie dir, Junge!", brüllte Mouth.

Raggy warf alle Bedenken über Bord und rannte wie wild durch das Wasser. Er nahm den sterbenden Vogel und hob ihn triumphierend über seinen Kopf. Sogleich ergossen sich

Wasser, Blut und Exkremente über ihn. Die anderen grölten fröhlich:

„Nochmal, Raggy!"

Raggy grinste und konnte vor Aufregung nicht von den Lippen lesen. Mit dem schwächlich flatternden Vogel unter dem Arm watete er zurück zu ihnen. Red nahm ihm die Wildente ab und legte sie vorsichtig in einen Hagedornbusch.

„Heb sie für später als Abendessen auf."

Mouth zog eine Miene und keifte: „Jemand sollte sie dir in den Rachen stopfen, du elendes Wrack."

Sie starten Raggy feierlich an. Red fiel auf, dass Mouth und Brock den Körperkontakt zu der dürren, kleinen Vogelscheuche mieden. Mit dem Ärmel seiner Donkeyjacke wischte er vorsichtig den Vogeldreck aus Raggys Gesicht.

Raggy hielt still und lächelte beiläufig. Einen Moment lang spürte Red, wie seine Augen vor Mitleid brannten.

* * *

Sie kletterten über den Zaun in den Wald des Wilden Mannes, eines großflächigen heimischen Waldes, welcher das örtliche Liegenschaftsamt für die Jagdsaison erhalten hatte. Mouth gab ihnen ein Zeichen, sie sollten still sein. Raggy, der voraus ging, war bis zu den Schenkeln durchnässt.

Red, Mouth und Brock schossen hin und wieder auf die Vögel in den Bäumen. Red dachte, er hätte eine Ringeltaube getroffen, sie konnten sie aber nicht finden.

„Vermutlich ist die Kugel abgeprallt", meinte Red und nickte. „Ihre Federn sind wie ein Panzer."

„Zähe Vögel", bestätigte Brock. „Zäh wie die alte Florrie, nicht Red?"

Sie lächelten, als sie an die geheimnisvolle und zurückgezogene Florrie Gaunt, Reds Großtante mütterlicherseits, dachten. Manche im Ort fürchteten sich vor ihr und sagten, Florrie sei eine Hexe. Aber Red nahm sie immer in Schutz. Für ihn war sie eine gute Hexe.

Das Thema Hexen spukte in Reds Kopf herum. Woher kamen sie? Hatte es einst viele von ihnen gegeben? War Florrie die Letzte? Wenn sie es war, wohin waren die übrigen verschwunden? Vielleicht würde er eines Tages Antworten finden.

Brock wickelte einen Karamellriegel aus und saugte, selbstzufrieden lächelnd, daran. Mouth sah ihm zu, ein leichtes Grinsen auf den Lippen.

„Vielleicht möchtest du Cathy Raines wieder zum Kloster mitnehmen", meinte Mouth plötzlich. „Willst du Sal mal mit hier runter bringen, Red?"

Red schaute Mouth misstrauisch an und fragte sich, was wohl als nächstes kam. „Keine Ahnung. Vielleicht."

„Hast du gehört, Brockle-Arsch? Red und ich werden zusammen ein bisschen vögeln. Du kannst mit Rainesy rummachen, wenn du willst. An ihren Titten saugen, nicht an diesem Karamell."

Brock hörte auf, an seinem Karamell zu saugen und schaute missmutig. „Keine Ahnung. Vielleicht", wiederholte er lahm.

Mouth hatte plötzlich so einen herablassenden Gesichtsausdruck.

„Was würdest du dann tun, wenn sie daliegt, auf dem Rücken, den Rock hochgezogen und sie sagen würde *komm schon, George, mach's mir*?"

Red merkte, wie ihn Mouths ansteckende Art mitnahm und er fragte: „Du würdest Rainesy sicher gern flach legen, nicht George? Spüren, wie sie an deinem kleinen Schwanz spielt?"

In Mouths Gesicht spiegelten sich Spott und Böswilligkeit. Er rannte im flachen Wasser herum. Rainsy lag mit dem kleinen George Brockless im Gras. Und George wurde rot, als er sah, dass sie ihren Rock ausgezogen hatte. Ihm war, als spräche eine hohe Stimme zu ihm: *„Na komm, George, bin ich es* *nicht wert, genommen zu werden?* George jedoch schaute in seine Unterhose und konnte nichts finden!"

Red und Mouth verfielen in schallendes Gelächter. Raggy sah amüsiert zu, nicht sicher, ob er auch lachen sollte. Brock deutete mit seinem halb aufgegessenen Karamellriegel vorwurfsvoll auf Mouth.

„Es gibt Wichtigeres, als zu vögeln!" Damit machte er eine Geste, welche die halbe Welt in sich aufnahm. „Eines Tages werde ich unsere Stadt völlig umbauen!"

Mouth legte seinen Arm um Brocks Schultern. „Was soll's, Brock Schätzchen. Echt schade, wenn man keine Eier in der Hose hat."

Brock wollte mit dem Schaft seines Gewehrs auf Mouth einschlagen, aber sein Peiniger sprang grinsend zur Seite und konnte ihm so spielend ausweichen. Mouth fiel ins Wasser und seine Jeans wurden nass. Alle lachten. Mouth stimmte zögerlich mit ein.

Abwehrend sagte er: „Das war Absicht, damit du die Chance hast, mich zu fangen."

* * *

Sie kamen an eine Lichtung, wo es fast nur alte Erlen und Bruchweiden gab, zwei Arten, die durchnässten Waldboden gewohnt waren.

Brock schaute missmutig drein und meinte: „Ich muss mal kurz meine Gummistiefel ausleeren."

Sie saßen auf Baumstümpfen und leerten das Wasser aus ihren Stiefeln. Anschließend zogen sie ihre Socken aus und wrangen sie aus.

Raggy, der etwas abseits saß, zog seine halblangen Stiefel aus. Er leerte recht viel Wasser aus, aber Socken, die er hätte auswringen können, trug er nicht. Red und Brock schauten Raggy mitleidig an, Mouth jedoch schenkte ihm einen teilnahmslosen Blick. Raggy grinste nicht gerade selbstbewusst und zog sich wieder seine Stiefel an.

Brock hängte seine Socken zum Trocknen auf einen Ast und meinte: „Ich glaube, ich esse mal zu Mittag."

Red und Brock packten ihr Essen aus. Red reichte Mouth ein Sandwich und Raggy auch eins, denn auch der hatte keinen Proviant mitgenommen. Widerwillig tat Brock es ihm gleich, brach eine Wurst entzwei und gab Mouth und Raggy je ein Stück. Raggy aß gierig und grunzte dabei mit unverhohlenem Genuss.

Brock biss in eine große Fleischpastete. Mouth schaute ihn neidisch an.

„Wenn du so weiter frisst, Brockle-Arsch, dann siehst du irgendwann aus, wie eine dieser elenden Michelin-Mumien."

Brock erhob mit vollem Mund den Mittelfinger. Mouth verzog das Gesicht zu einer grotesken Grimasse. Beim Essen äffte er Brock nach. Red musste wegsehen, denn er fürchtete, sich zu verschlucken.

Red und Mouth aßen zu Ende. Brock packte noch einen Karamellriegel aus. Mouth streckte seine sehnigen Glieder, anmutig wie eine Katze.

„Gib uns mal eine Kippe, Red. Dann kann ich besser schlafen."

Red schaute in seine Schachtel Du Maurier. „Ich muss sie einteilen. Die müssen noch bis Montag reichen."

Brock sah ihnen zu. „Wirst du noch welche von Ralph Parnaby's mopsen, wenn du deine Papiere abholst?"

Noch bevor Red ihn zurückhalten konnte, stürzte sich Mouth auf Brock. Erschrocken schrie Brock auf, ließ sein Karamellbonbon fallen und stürzte von seiner Stange. Mouths Gewehr war wenige Zentimeter von seinem Gesicht entfernt.

„Wenn du auch nur ein Sterbenswörtchen darüber verlierst, was wir bei Ralph's tun, blase ich dir deinen verdammten Schädel weg!"

Red packte den Lauf von Mouths Gewehr und schob es weg. „Um Himmels Willen! Wir wollen doch nicht, dass hier was passiert!"

Mouth schaute Red direkt in die Augen. „Sei nicht so verdammt bescheuert! Die Dinger haben nicht genug Druck, um durch seinen Dickschädel zu gehen!"

Red wartete, bis sich sein Freund etwas beruhigt hatte, dann löste er seinen Griff um das Gewehr.

Mouth schaute Brock finster an. „Pass auf, Arschgesicht. Ein Wort über uns und Ralph und du bist tot."

Red schaute Mouth traurig an. „Steck das Ding weg. Er ist einer von uns", zischte er. „Er wird nichts sagen."

Mouth sah nicht sehr überzeugt aus. Wütend spuckte er aus.

Red und Mouth setzten sich wieder und rauchten still und gereizt ihre Du Maurier. Brock stand auf und klopfte sich Splitter von seiner Kleidung. Er zog sich seine Socken und Stiefel an und schenkte Mouth einen nachtragenden Blick.

Red und Mouth rauchten ihre Zigaretten fertig und standen auf. Red sah sich um.

„Wo ist Raggy, zum Teufel?"

Raggy war verschwunden. Auf der Lichtung war es gespenstisch still. Ein paar Blätter raschelten und ihre Augen folgten ihren Bewegungen. Es war aber nur eine kurze Brise.

Die Baumstämme um sie herum neigten sich im Wind. Vom Himmel kam Zwitschern, dann kam eine Stille, die noch viel tiefer wirkte. Red wurde sich seiner eigenen Bedeutungslosigkeit bewusst, als existierte er kaum, und die Bäume und Vögel, wie auch der Wind, waren weit realer als er. Er fühlte sich befremdlich hohl, als hätte er nicht viel mehr Masse als Kleidung auf einer Schneiderpuppe.

Es war ein Gefühl, das ihn schon öfter überkommen hatte als er zugeben wollte, wenn er vom Geschehen um ihn herum getrennt wurde. Als hätte er keinen Körper mehr, sondern wäre nur noch eine Art schwebender Geist. Was ihm Angst machte war, dass er anfangen könnte, seinen neuen Zustand zu mögen und eines Tages auf Nimmerwiedersehen zu verschwinden.

Er merkte, dass Mouth etwas gesagt hatte und auf eine Antwort wartete.

„Was?"

„Ich sagte, er ist vielleicht in einen Sumpf gerutscht oder so. Vielleicht hat er sich den Kopf an einer Baumwurzel gestoßen."

Red war mit einem Mal wieder ganz normal. Er schüttelte den Kopf. „Ich glaube nicht. Dann hätte er geschrien."

„Wir teilen uns besser auf und sehen nach", schlug Brock vor. „Nach ihm zu schreien wird nichts bringen, denn er würde uns nie hören."

Sie schauten sich gegenseitig extrem verzweifelt an.

„Ich wusste, dass so etwas passiert", sagte Red wütend. „Ich sagte, es würde so kommen."

Mouth schaute ihn finster an, sagte aber nichts.

* * *

Red bahnte sich allein seinen Weg durch die Bäume. Er war jenseits der seichten Fluten und watete in feuchter Lauberde. Mit seinem Gewehrlauf fuhr er über das Unterholz aus Weidengestrüpp und Farnen...

Nichts. Verdammt! Sie hatten ihn verloren.

Raggy war ein Problem. Sie hätten ihn nie mitnehmen sollen. Es war Mouths schuld. Er musste immer jemanden haben, den er herumschubsen konnte. Das kam daher, dass er einen Vater wie Sam Dykes hatte. Mouth musste es an irgendwem auslassen. Und er wusste, Raggy würde sich nicht wehren.

Ein großer Weiher versperrte das Vorrücken. Ein paar gelbe Blätter und etwas weißer Nebel waren auf dem Wasser zu sehen. Salweiden und Haselnusssträucher säumten das Ufer.

Er ging um den Weiher herum. Er war noch nicht weit gekommen, da stieß er sich den Zeh an einer Weidenwurzel und ließ fast sein Gewehr fallen. Als er sich an einem Ast festhielt, um sein Gleichgewicht wieder zu erlangen, bemerkte er ein Gesicht, das ihn vom Wasser aus anstarrte. Er blinzelte mehrmals und schaute wieder dorthin. Das Gesicht war zu einem großen Seerosenblatt geworden.

Scheiße, dachte er, wieder die alte Florrie. Ein bisschen an mir ist so wie sie. Es lässt mich Dinge sehen, die nicht da sind.

Er taumelte herum, zur anderen Seite des Weihers, wo er sich am Rand einer noch größeren Wasserfläche wiederfand. Er merkte, er hatte die Weiher erreicht, die die Waldmitte einnahmen. Das waren einst Fischweiher gewesen, die vor mehreren hundert Jahren von Mönchen im nahe gelegenen Kloster angelegt worden waren, als es dort noch überhaupt keinen Wald gab. Tommy Page hatte ihm erzählt, dass der Wald des Wilden Mannes die Felder auf der Flussseite, östlich des Klosters, überwuchert hatte. Das örtliche Liegenschaftsamt hatte den Wald selbst einpflanzen und wachsen lassen, bis er die alten Fischweiher umgab.

Er war noch nie zuvor so tief im Wald des Wilden Mannes gewesen. Er fragte sich, ob es in den Weihern noch immer Fische gab. Er hatte gelesen, dass Mönche Karpfen gehalten hatten. Als die Mönche ausgestorben waren, so erzählte man sich, lebten die Karpfen weiter und wurden riesig. Man würde sie mit Harpunen jagen müssen, wie Haie, sagte Tommy, denn sie seien zu groß, als dass man sie mit einer Angel hätte fangen können.

Es platschte. Red wurde aus seinen Träumen gerissen und kroch hinunter. Es platschte ein zweites Mal, schließlich ein drittes. Karpfen! Sie müssen es sein! Er war in Alarmbereitschaft und wich zurück, denn er fragte sich einen Moment, ob sie groß genug waren, ihn unter Wasser zu ziehen.

Schnell verwarf er diesen Gedanken. Karpfen waren nicht wie Krokodile.

Hinter einer Weide am anderen Ufer sah er Raggy stehen, der gerade einen weiteren Stein in den Weiher werfen wollte. Red fiel ein Stein vom Herzen, er schämte sich aber gleichzeitig, dass er sich von Tommys Lügengeschichten so hatte verunsichern lassen.

Raggy kicherte fröhlich und zeigte geheimnisvoll in die Bäume. Er winkte Red, ihm zu folgen.

Als Mouth und Brock zu ihnen stießen, führte sie Raggy auf einen Pfad, der zu zwei weiteren Weihern führte. Sie kamen zum Galgen eines Wildhüters, wo Kadaver von Wieseln, Hermelinen, Elstern und Eichelhähern gruselig im Wind baumelten.

Raggy ging direkt daran vorbei. Red, Mouth und Brock sahen den Galgen und blickten sich an.

„Raggy hat Shacks Lager gefunden", verkündete Red lächelnd.

3

———————

Sie drangen zu einer Lichtung vor. Die war mit Gras bewachsen und überlagerte etwas höheres und trockeneres Land. In der Mitte, ganz in der Nähe einer Holzhütte, die aus Eichenbrettern gezimmert war, brannte ein Feuer. Ein großes Gewehr mit Zielfernrohr lehnte an der Tür. Nahe des Feuers war Feuerholz aufgestapelt. Unter Bäumen am anderen Ende der Lichtung stand ein Land Rover. Michael Schackleton, für fast alle Shack, gebräunt, bärtig und in der Kluft des Wildhüters, saß auf einem Baumstamm und zog mit einem großen Fahrtenmesser einem Kaninchen das Fell ab.

Mit seinen 40 Jahren eilte Shack bereits ein beachtlicher Ruf voraus. Man erzählte sich vielerlei Geschichten über seine Weidmannskunst und seine List und ein Wilderer, der dachte, er könnte ihn austricksen, war ein Narr. Seit frühester Kindheit hatte Red Shack gekannt, denn der Wildhüter wohnte von Oktober bis März in einem Landhaus, knapp zehn Minuten zu Fuß von seiner Tante Florrie Gaunt entfernt. Von April bis September verbrachte Shack die meiste Zeit in seinen Sommerlagern. Eines hatte er im Wald des Wilden Mannes, das andere in einem Wald nördlich der Stadt.

Für Red gab es nichts in der Welt der Natur, das Shack nicht zu verstehen schien. Er wusste, wie viele Eulen auf dem unbestellten Land, das zum Grundstück gehörte, brüteten und wie viele Falken. Er wusste immer, wann der Regen einsetzte, selbst wenn der Tag schön war. Er wusste, ob es an den frühen Frühlingsmorgen Frost oder starken Tau geben würde. Er kannte jedes Vogelnest an einem Flecken, jeden Baum am Weg und jede Wasserpfütze.

Wann immer er ihn traf, wünschte sich Red, er könnte mehr wie er sein. Shack war mit der echten Welt verbunden, mit der Erde, dem Himmel und den Jahreszeiten...kurz gesagt mit allem, was zählte. Dann wiederum hatte Shack keinen Vater wie Red Senior oder einen sicheren Arbeitsplatz bei Wade's.

Shack schien einfach zu tun, was er wollte, wobei er die örtliche Liegenschaft für die Familie eines auswärtigen Grundherren kontrollierte. Die beschäftigten auch noch einen pensionierten Major der Armee, um gelegentliche Fasanenjagden zu organisieren. Red merkte, er war neidisch.

Red verspürte eine Zuneigung zu Shack. Oft hatte er ihn in den Wäldern und Feldern getroffen...und obwohl er sein Luftgewehr dabei hatte, hatte er nie das Gefühl, dass er sie unbefugt betrat. Shack hatte ihn immer davor gewarnt, dass es falsch war, auf Wild zu schießen, aber er hatte nicht gedroht, ihn festzunehmen oder sein Gewehr beschlagnahmt. Stattdessen hatte er ihm Tricks der Wildhüter gezeigt, wie man Krähen schoss oder Hermeline fing. Red hatte, wie die anderen auch, Ehrfurcht vor dem Wildhüter, aber keine Angst vor ihm. Selbst Mouth passte bei Shack auf, das konnte er sagen.

Die Jungen sahen sich beifällig im Lager um. Shack sah ihnen zu, wobei seine leuchtenden braunen Augen freudig strahlten.

„Nun denn. Eine Bande Gesetzloser sieht man nicht oft. Am besten, ihr setzt euch und sagt mir, was ihr vorhabt."

Sie legten ihre Gewehre im Gras ab und nahmen am Feuer Platz. Während Red völlig entspannt war, wirkte Mouth ungewöhnlich unterwürfig. Brock schien sich geschmeichelt zu fühlen, in Shacks Lager zu sein und schaute erstaunt auf das Gewehr. Raggy kicherte fröhlich und wärmte sich am Feuer die Hände.

Shack sah ihnen zu, wobei seine scharfen Augen mal auf den einen, mal auf den anderen fielen. „Hat es euch die Sprache verschlagen, Jungs? Ihr habt doch sicher eure Gründe, hierher zu kommen."

Sie sahen alle zu Red, der sich lauthals räusperte. Er war gewöhnlich nicht so der Redner.

„Wir sind nur hier runter, um Dohlen zu schießen, Shack. Denn vor einer Weile hast du gesagt, hier gäbe es zu viele. Wir wollten uns nur die Flut ansehen und dabei etwas Sport treiben."

Shack schaute sie eine Minute still an, lächelte schließlich und wirkte besänftigt. Red und die anderen entspannten sich etwas. Shack drehte das gehäutete Kaninchen auf einem Spieß am Feuer. Dann hob er einen Schlingenpflock auf und fing an, ihn mit seinem Fahrtenmesser zu schnitzen.

„Dohlen, wie? Welche erwischt?"

„Ein paar", log Red. „Und ein paar Tauben."

Auch er hob einen Schlingenpflock auf und fing an, ihn mit seinem Taschenmesser zu schnitzen. Er hatte schon vorher Schlingenpflöcke für Shack geschnitzt.

Shack schaute Red aufmerksam an. Die Atmosphäre entspannte sich.

„Gibt es Fische in den alten Weihern, Shack?", musste Red fragen.

„Nicht seit damals, Red Junior, als die Mönche hier waren. Heutzutage sind nur noch Tote darin."

Brock, sichtlich fasziniert, fasste sich Mut, zu fragen: „Sind diese Weiher so tief, Shack? Könnte man in ihnen ertrinken?"

Shack hörte auf, Schlingenpflöcke zu schnitzen Er starrte Brock an, bis der Jugendliche rot wurde und nach unten schaute.

„Nun, George, du könntest vielleicht in ihnen ertrinken. Ein Wilderer namens Matt Freer fiel vor ein paar Jahren hinein. Vermutlich hat er sich an einem Ast gestoßen, wurde bewusstlos und versank. Als ich ihn fand, war er schon ganz verschrumpelt. Drei von uns mussten ihn mit Gaffen herausziehen."

Raggy, der Shacks Geschichte nicht von den Lippen lesen konnte, starrte hungrig das Kaninchen an. Die anderen klebten an den Lippen des Wildhüters.

Mouth fasste sich mehr Mut. „Wodurch wurde der Wilderer so aufgedunsen, Shack?"

Shack setzte seine Schnitzarbeit fort, wobei er seine Zuhörer ansah. „Nun, Len, hat eine Leiche erst eine Weile im Wasser gelegen, können ihre Gase nicht mehr entweichen."

„Welche Gase, Shack?", fragte Brock und lehnte sich eifrig vor.

Mouth drehte das Kaninchen am Spieß. Shack hatte die Augen halb offen und schaute ihm zu.

„Der Körper ist voller Gas, George, frag einen Totengräber. Haben sie eine Leiche aufgebahrt, furzt und rülpst sie, als wäre sie noch am Leben." Shacks Blick wanderte von einem aufmerksamen Gesicht zum nächsten. „Wenn die Totenstarre einsetzt, fängt sie an, sich zu zersetzen, versteht ihr? Und diese Gase müssen ja irgendwohin."

Er schwieg und schaute sie schwach lächelnd an.

Mouth drehte das Kaninchen. Raggy starrte ins Feuer. Brock und Red waren ganz gespannt darauf, es zu erfahren.

„Wohin gehen die Gase dann, Shack?", fragte Red.

Shacks schwaches Lächeln verschwand. Er hatte einen

sachlichen und ernsten Gesichtsausdruck. „Das Wasser füllt die Löcher und die Gase können nicht entweichen. Dann quillt der Körper auf. Wenn einer ertrinkt, kommt er normalerweise am Stück wieder nach oben. Das kann entweder nur ein paar Tage oder auch Wochen dauern. Das kommt auf die Körpergröße an und wie viele Gase er produzieren kann. Dieser Wilderer im Weiher wurde wie ein Korken nach oben getrieben...ganz aufgedunsen, als hätte man ihn mit einer Pumpe aufgeblasen."

Red, Mouth und Brock starrten sich gegenseitig verwundert an. Shack sah ihnen zu und lächelte vor sich hin.

„Das Fleisch gelingt dir echt gut, Len. Denkst du, es ist durch?"

Mouth wich schnell zurück, während Shack sich um das Kaninchen kümmerte. Sein Blick fiel sehnsüchtig auf Shacks Fahrtenmesser, während der Wildhüter das Fleisch zerteilte. Shack schaute hoch, direkt in Mouths Augen. Mouth schaute finster und wandte sich ab.

Als Shack damit fertig war, das Kaninchen zu zerteilen, bot er Raggy etwas Fleisch an, das auf der Messerspitze steckte. Raggy warf das heiße Fleisch in seinen Händen hin und her und grunzte beim Essen fröhlich. Shack lächelte ihn freundlich an.

Dann bot er den anderen Stücke des Kaninchens an. Sie bliesen auf das heiße Fleisch, um es abzukühlen.

„Ihr habt bisher weder Wild noch Enten geschossen, oder Jungs?", fragte Shack ernst. Seine Frage überraschte sie und er schaute sie von Nahem an.

Mouth setzte eine gekränkte Unschuldsmiene auf. „Nein, Shack. Nur Kleintiere. Ratten und Wühlmäuse und so etwas."

„Und Dohlen", erinnerte sie Red.

„Belasst es dabei, Jungs", sagte Shack und nahm sich ein Stück Fleisch. „Ihr wollt doch nicht den Wilden Mann auf euch hetzen!"

„Wilder Mann?" Brock sagte plötzlich abschätzig: „Das ist nur eine Geschichte."

„Wärst du so oft wie ich hier unten, George, dann wüsstest du, darin steckt ein Funken Wahrheit. Der Wilde Mann ist echt, wenn er es sein will."

Voller Neugier sahen sie Shack an. Shack lehnte sich zurück und sah ihnen zu.

„Bei Nacht kann man ihn nicht von den Schatten des Mondes unterscheiden. Bei Tag nicht von Blättern, die im Sonnenlicht wehen. Er könnte die Form einer Brise in den Baumkronen annehmen. Oder die leichten Nebels über einem Weiher. Oder die eines Haufen Äste." Er schwieg kurz und putzte sein Messer mit einem Tuch ab. „Diese Vogelscheuche am Waldrand. Dieser zerlumpte Landstreicher unter einem Busch. Sie scheinen nicht ganz das zu sein, wonach sie aussehen. Dieser Wilde Mann weiß, was ihr macht, da könnt ihr euch sicher sein. Tanzt ihr aus der Reihe, wird er davon wissen. Er wird sich auf euch stürzen ... bumm!", sagte Shack und klatschte in die Hände, sodass sie aufsprangen. „Ebenso, wie ein umstürzender Baum!",

Mouth und Brock sahen sich an und lachten betreten. Für einen Moment schien Red von Shacks Geschichte gefesselt zu sein. Er lachte auch, jedoch viel unsicherer.

Shack stand auf. „Gut. Macht am besten damit weiter. Junge Fasane füttern. Alte Wilderer fangen."

Sie standen auf und nahmen ihre Gewehre. Shack sah ihnen nachdenklich hinterher, als sie sein Lager verließen.

* * *

Sie machten sich auf den Rückweg, durch den Wald des Wilden Mannes. Sie schossen zwei Wühlmäuse, die in einer Waldlache eingesunken waren, aber die Tauben und Dohlen waren längst fortgeflogen.

Als sie sich dem Zaun am Waldrand näherten, hielt Raggy, der wie immer voraus ging und sich immer noch auf seine Rolle als Späher konzentrierte, plötzlich an und deutete auf etwas.

„Feinde auf zwei Uhr!"

Sie schielten durch die Stangen des Zauns und sahen drei Jungen, zwischen 13 und 14, die durch das überschwemmte Feld in Richtung Wald gingen. Die Jungen trugen Luftgewehre, lachten und alberten herum, während sie hin und wieder unsichtbare Schüsse auf die Bäume abgaben.

Brock beäugte sie nachdenklich. „Ich kenne sie nicht. Die besuchen sicher diese neue Oberschule in der Sozialbausiedlung."

Red schob Raggy hinter die schützenden Bäume. „Versteck dich lieber, Raggy. Sie pusten vielleicht noch ein Loch in deine Hose!"

Mouths böses Grinsen wurde breiter. „Gönnen wir uns etwas Spaß!"

Sie stellten ihre Gewehre auf die Mittelstrebe des Zauns und warteten, bis die Jungen näher kamen. Dann eröffneten sie das Feuer. Bald schon tänzelten die drei Jugendlichen vor Schmerzen im flachen Wasser. Voller Furcht schrien sie auf, als Kugeln ihre Beine und Hintern trafen. Panisch flohen sie.

Red, Mouth und Brock sprangen über den Zaun und verfolgten sie, luden nach und schossen, während sie sie durch die Felder hindurch verfolgten.

„Raus aus unserem Wald, ihr jungen Arschficker!"

„Ihr betretet das Land hier unbefugt!"

„Raus mit euch, sonst schneiden wir euch die Eier ab!"

Schreiend und schießend jagten sie die drei Jungen durch die Felder. Ihre Opfer schrien und taumelten und flehten um Gnade. Einer stürzte und verlor seine Mütze. Ein anderer rutschte in einem Bach aus und ließ sein Gewehr fallen. Red,

Mouth und Brock traten zurück und lachten. Dann jagten sie wieder hinter ihnen her.

Auf einer kleinen Anhöhe kam ein Bauernhaus zum Vorschein. Die drei kleinen Jungen rannten darauf zu und schrien um Hilfe. Ihre Verfolger lehnten sich an ein Tor und schauten hinterher, während sie nach Atem rangen.

„Das ist die Willow Farm", informierte sie Red. „Das Haus des alten Hardacre."

Brock schaute sich misstrauisch die Farm an. „Er könnte herauskommen und mit seiner 727er Schrotflinte auf uns losgehen",

Mouth keifte wütend. „Scheiß auf Hardacre. Wir könnten ihnen den Weg abschneiden und sie meilenweit jagen."

„Lasst sie ziehen", sagte Red ernst. „Sie sind jetzt ohnehin schon längst über alle Berge."

Sie sahen den drei Jungs hinterher, bis sie hinter den Schuppen der Willow Farm verschwunden waren.

* * *

Red, Mouth und Brock gingen durch die Felder zurück. Aufs Geratewohl schossen sie auf treibende Trümmer, Schildmasten, weit entfernte Vögel, alles.

„Seht mal, wie diese dämlichen Arschficker rennen können!"

„Derjenige, der seinen Hut verloren hat...ich wette, der ist jetzt bereits in die Stadt gespült worden."

„Und derjenige, der sein Gewehr verloren hat! Eine echte Schande, dass er es nicht finden konnte!"

Brock hatte plötzlich Zweifel. „Denkt ihr, sie wissen, wer wir sind?"

„Vergiss es!", keifte Mouth. „Sie sind geflohen und haben keine gottverdammte Personenbeschreibung aufgeschrieben!"

Brock sagte nichts mehr, wirkte aber noch immer misstrauisch.

Auf halbem Weg zurück zum Wald des Wilden Mannes merkten sie, dass Raggy nicht mitgekommen war.

Red sah besorgt aus. „Scheiße! Wir sollten doch auf ihn aufpassen."

Brock kicherte: „Er hält vermutlich noch immer Ausschau. *Elefant auf drei Uhr!*"

Sie mussten lachen, weil Brock Raggy nachahmte.

Mouth leierte noch einen seiner spontanen Reime: „Drei Jäger sind in den Wald des Wilden Mannes gegangen. Dort haben sie einen Wilden Mann gefangen. Sie schnitten ihm ab die Beine, den Kopf und die Hände. Doch er sprang wieder auf, denn das war nicht sein Ende!"

Sie alle stimmten mit ein und riefen:

„Sprang wieder auf, denn das war nicht sein Ende!"

Als sie am letzten Feld vor dem Wald des Wilden Mannes ankamen, grüßte sie ein Fremder. Etwa 45 Meter vom Waldrand entfernt, stand in den 10 cm tiefen seichten Fluten eine kleine Gestalt in einem abgetragenen Dufflecoat. Die Gestalt drehte sich langsam um, die Arme seitlich ausgestreckt, und imitierte ungeschickt ein Geflatter. Sie rannte mal hierhin, mal dorthin, wedelte mit den Armen, öffnete und schloss dabei den Mund, ohne einen Ton zu sagen. Sie flatterte wie eine Krähe, watschelte und rollte wie eine Möwe, stand dann still da und ihre Hände zitterten, wie bei einem schwebenden Falken.

Danach beschuldigten sie sich gegenseitig, diese Worte geschrien zu haben, was sie jedoch alle leugneten. Aber einer von ihnen musste es getan haben, denn alle drei hörten die Worte:

„Ein Wilder Mann...seht! Schnappen wir ihn uns!"

Sie rannten auf die flatternde Gestalt zu. Die Gestalt sah sie und hörte auf zu kreisen. Ihr pickliges Gesicht grinste sie an. Dann wurde das Grinsen zu einem überraschten

Gesichtsausdruck. Die Gestalt gab ein heiseres Kichern ab und rannte los, dass das flache Wasser nur so spritzte. Ihre drei Verfolger lachten auch und hüpften und tanzten ihr durch die Fluten hinterher. wobei sie ihr durch den Wald hinterher hüpften und hinterher tanzten.

Wer den ersten Schuss abgefeuert hatte, konnte keiner von ihnen sagen. Aber das war nicht wirklich wichtig. Jemand hatte eine Kugel abgefeuert und das war für die anderen ein Signal. Die Jagd wurde wie die vorige, die drei Verfolger rannten, hielten dann zum Schießen und Nachladen an, dann rannten sie wieder der schäbigen, fliehenden Gestalt hinterher.

Die Stimmung wurde wilder. Kugeln schlugen rings um die rennende Gestalt ins Wasser ein. Die verwirrte und verängstigte Gestalt gab ihnen ein Zeichen, sie sollten aufhören. Aber sie gingen weiter auf sie los.

Raggy, der ganz verängstigt schaute, drehte sich zu ihnen um und hob abwehrend die Hände. Aber seine Verfolger schossen weiter. Verängstigt machte er kehrt und rannte, wobei er mit den Armen wedelte und vergeblich versuchte, schneller zu rennen.

Er kletterte über ein Tor, jedoch kannte er die Gegend auf der anderen Seite nicht, sodass er geradewegs im reißenden Wasser landete...

Seine Verfolger merkten es in ihrer Aufregung nicht, denn sie hatten alles um sich herum vergessen, bis auf die Gestalt des Wilden Mannes, die vor ihnen rannte.

Das Wasser reichte Raggy bereits über die Knie. Er war jetzt ganz außer sich und winkte ihnen zu, sie sollten aufhören, wobei er krächzte: „Nein, nein, nein!"

Red, der zehn Sekunden Vorsprung auf Mouth hatte, legte sein Gewehr an und brüllte: „Jetzt haben wir dich, Wilder Mann!"

Während Red sein Gewehr anlegte, taumelte er in eine

schnellere Strömung und drückte versehentlich den Abzug. Ein kurzer, hoher Schrei ertönte.

Mouth kam gerade zu ihm gerannt. „Verdammt, Red! Du hast ihn erschossen!"

Red fand sein Gleichgewicht wieder und schaute hoch. Raggy war verschwunden. Entsetzt überprüfte er sein Gewehr. Es war leer. Es gab keinen Zweifel, dass die Kugel abgefeuert worden war.

Red protestierte: „Aber Mouth, sie hat nicht genug Druck."

„Der verdammte Lauf war leer, Red! Und Raggy hat eine dünne Schädeldecke, Herrgott...die ist schon zur Hälfte durchlöchert."

Diese Schlussfolgerung traf Red wie ein Schlag ins Gesicht. „Oh, Gott!", schrie er auf. „Oh, verdammte Scheiße!"

Brock holte sie ein. Sie starrten auf die leere Wasseroberfläche. Red watete hinaus, bis ihm das Wasser zu den Schenkeln reichte.

Er deutete wie gestört und rief: „Er ist hier, ich komme aber nicht an ihn ran! Er ist zu weit weg und treibt in den Fluss hinein!"

Raggys Körper tauchte auf, mit dem Gesicht nach unten, dann wurde er in den Hauptstrom des Flusses gespült. Red und Mouth versuchten, ihm hinterher zu waten, aber die starke Strömung machte ihnen einen Strich durch die Rechnung. Bedrohlich sprudelte das Wasser um sie herum und drängte sie zurück.

„Oh, Gott. Oh, Gott", jammerte Brock. „Oh, Gott! Oh, Gott!" OH, GOTT!!"

Mouth ging voller Wut um Brock herum und schrie: „Halt's Maul! Halt's Maul, du verdammter Irrer!"

Raggy's Körper wurde von einer schäumenden Wasserströmung nach oben gespült und umgedreht. Auf seiner Stirnmitte befand sich ein leuchtend rotes Mal. Der Körper gelangte in den Hauptstrom der Fluten und wurde rasch davon gespült.

Die Jungen rannten über das Feld, dann auf eine Anhöhe.

Mouth deutete, ganz angespannt vor Schock und rief: „Er ist schon zwei Felder flussabwärts getrieben. Den holen wir nie ein."

Brocks Gesicht war so fahl, wie der bewölkte Himmel. „Vielleicht bleibt er bei der Brücke in der Stadt hängen...und kann raus klettern", meinte er hoffnungsvoll.

„Die Strömung ist zu stark. Er ist nicht stark genug, um dagegen anzukämpfen." Mouth, der für gewöhnlich immer in Bewegung war, schien plötzlich starr vor Entsetzen zu sein.

Red war so, als drehe er sich in einer gesichtslosen Leere. Er hatte sein früheres Leben zurückgelassen, wie einen Traum. Das hier war jetzt die neue Realität. Ihm kam der Gedanke, dass er sich für ewig so weiter drehte. Dann wurde er wieder klarer im Kopf und die Wahrheit platzte in seinem Kopf, wie eine Bombe.

„Er ist tot", sagte er hölzern. Dann mit etwas mehr Empathie: „TOT!"

Die Fluten flossen davon, ins Nichts.

* * *

Sie lehnten am Zaun, der das Römerlager umgab. Brock weinte. Red war schlecht. Mouth klopfte ihm auf die Schulter. Ruhig, aber hastig sagte er:

„Hör mal, Red, es war ein Unfall. Ein Unfall, richtig? Wie er den Menschen jeden Tag passiert. Autounfälle. Flugzeugabstürze. Brände. Überschwemmungen. Hunderten von Menschen. Nur ein weiterer Unfall."

Red schaute seinen Freund lange an. Er konnte es einfach nicht fassen, wie Mouth plötzlich so distanziert sein konnte. Er schüttelte den Kopf.

„Wir hätten auf ihn aufpassen sollen", brachte er heraus. „Und haben es nicht getan."

Eine Weile saßen sie im nassen Gras und sagten kein Wort. Die Turmuhr schlug 17:00Uhr.

Mouth fand schließlich Worte: „Rauchen wir eine, Red. Dann komme ich besser nach Hause."

Red und Mouth rauchten Reds Du Maurier und starrten mehrere Minuten ins Leere. Brocks Stimme erschreckte sie.

„Was ist mit Raggys Mutter? Sie wird ihn vermissen. Sie wird die Polizei rufen."

Für einen Moment dachte Mouth scharf nach. „Nein, wird sie nicht. „Es ist Samstag. Sie wird sich in die Vaults verzogen haben. Sie wird Raggy eine ganze Weile nicht vermissen."

„Shack ist noch da", erinnerte ihn Red. „Er hat uns vier zusammen gesehen. Shack ist ein vernünftiger Kerl. Wenn er etwas sagt, wird jeder ihm glauben."

Mouth stand auf und sagte: „Seht mal, wir gehen entweder zu den Bullen..."

Red und Brock schauten erschrocken.

„Oder wir halten dicht." Mouth zuckte mit den Schultern. „Mehr bleibt uns nicht übrig."

Red und Brock wirkten misstrauisch.

Mouth fuhr ruhig und hastig fort: „Hört zu. Wir sagen, Raggy hätte sich von uns gelöst, nachdem wir mit Shack gesprochen hatten. Er ist einfach abgehauen, wie er es eben so tut ... nicht?" Er schaute zuerst Red, dann Brock an. Die Leute werden uns glauben, denn es ist wahr."

Hoffnung machte sich auf dem Gesicht seines Freundes breit, als hätten sie etwas Zeit gewonnen.

„Aber sagt ja nichts, bis jemand fragt. Denkt dran: Wir sitzen in einem Boot. Wenn wir alle dasselbe sagen, haben wir kein Problem."

Alle drei warfen sich still zustimmende Blicke zu.

4

Im gepflegten Hausgarten der Pattersons öffnete Red die Tür zum Werkzeugschuppen seines Vaters. Er stand zwischen Gießkannen, Heckenscheren, Hacken und Spaten und starrte auf das Gewehr in seiner Hand. Er hasste den Anblick der Waffe, als wäre es der Vorbote seines moralischen Zerfalls.

Er musste es loswerden. Er wickelte es in einen Leinensack und warf es in die Ecke. Dann versteckte er es hinter Vogelnetzen und einem Sack alter Samen.

Es war weg...einfach so. An die Sache mit Raggy würde er nie wieder denken müssen.

Es sei denn, ihn fragte jemand danach.

Aber im Kopf hatte er sich seine Geschichte gut zurechtgelegt.

Es war eine wasserdichte Geschichte, die niemand je würde widerlegen können.

Also war es vorbei. Ein für alle Mal vorbei. Und das Leben, für diejenigen, die noch eines hatten, würde weitergehen...

Er lehnte mit dem Rücken an der Tür zur Gartenhütte,

schloss die Augen und versuchte, sich zusammen zu reißen. Er musste normal wirken, wenn er zum Tee das Haus betrat.

Normal. Als wäre nichts passiert.

Nun, es war ja nichts passiert, oder? Nicht wirklich. Es war ein Unfall gewesen. Etwas, das täglich passierte. Nichts, worüber man sich aufregen musste.

Es gab keine Zeugen. Sie hatten ihre Geschichte. Niemand konnte das Gegenteil beweisen.

* * *

Das Vorzimmer der Familie Brockless war nicht wirklich behaglich, aber es war bequem, wenn auch etwas unpersönlich, mit hochwertigen Möbeln und einem dicken Teppich. In sauberer Kleidung saß Brock auf der Sitzgarnitur, neben seinem kleinen Bruder Simon. Sie waren allein im Zimmer. Im Fernsehen waren leise die 18:00Uhr-Nachrichten zu hören... Keiner von beiden beachtete sie.

Brock tat so, als lese er *Große Erwartungen*. Er wirkte angespannt. Auch wenn er zu weit hinten war, um die Einzelheiten zu erkennen, so war die Tatsache, dass Raggy erschossen worden war, eine drückende Last in seinem Kopf. Sie wog so schwer auf ihm, dass er kaum atmen konnte. Es war gerade so, als drücke ihm diese Last die Lunge zusammen, als bräche eine Höhle langsam unter dem tonnenschweren Gewicht eines Berges über ihr zusammen. Er wurde an Wilkie Collins' Kurzgeschichte *Ein unheimlich merkwürdiges Bett* erinnert, das die siegreichen Glücksspieler erstickte, die in ihm geschlafen hatten. Er war kurz davor, durchzudrehen.

Simon zappelte herum, dann sprang er auf der Sitzgarnitur auf und ab.

„Beruhige dich", keifte Brock. „Ich versuche, zu lesen."

„Spiel mit mir *Monopoly*, George. In der Glotze läuft nichts." Simon hüpfte erneut. „Wirst du spielen, George? George!"

„Lass mich in Ruhe, Si. Ich muss das hier für die Schule lesen.“

„Warum kannst du es nicht später lesen, nachdem wir *Monopoly* gespielt haben?“

Simon sprang von der Sitzgarnitur, packte Brock am Arm und versuchte, ihn auf die Beine zu stellen. Brock stieß ihn weg.

„Runter, Herrgott!“ Brock schlug nach Simon, der wich aus und griff nach einem Kissen, das auf der Sitzgarnitur lag. Er schlug mit dem Kissen nach dem Kopf seines Bruders. Brock streckte einen Arm aus, um sich zu schützen.

Er wollte gerade aufstehen um seinem Bruder eine verpassen, als Edna und Frank den Raum betraten. Beide waren für einen formellen Anlass gekleidet. Edna trug ein Abendkleid und Frank einen dunklen Dreiteiler. Brock und Simon verharrten unmittelbar.

„Wir gehen zum Abendessen in den Rotary Club“, teilte ihnen Frank fröhlich mit. „Es wird nicht allzu spät. Vielleicht machst du dieses Puzzle fertig, nicht, Simon?“, meinte er und zeigte auf ein unfertiges Puzzle. „Dann kann George in aller Ruhe mit seinen Hausaufgaben weitermachen.“

„Das Abendessen ist im Ofen. Lasst es nicht zu trocken werden“, sagte Edna und schaute Brock misstrauisch an. „Alles gut, George?“

„Ich habe leichte Kopfschmerzen“, log Brock. Dem Blick seiner Mutter wich er aus.

„Du hättest nicht nass bis auf die Haut werden dürfen. Was hat dich nur geritten, dass du bei Regen nach draußen gegangen bist? Zum Glück hast du dir keine Erkältung eingefangen!“ Sie drehte sich im Gang um. „Dieser Fluss ist gefährlich! Zeit, dass du etwas zur Vernunft kommst!“

Kaum waren Frank und Edna weg, setzte sich Simon wieder auf die Sitzgarnitur und hüpfte auf und ab.

„Ich habe Hunger. Essen wir jetzt, George? Dann können wir *Monopoly* spielen.“

„Halt's Maul!" Brock stand plötzlich auf und torkelte aus dem Raum.

Er eilte ins Badezimmer, zog seine dreckige Kleidung aus dem Wäschekorb und roch daran. Der unverkennbare Geruch des Flusses erfüllte ihn mit Schrecken. Plötzlich überkam ihn Abscheu und er warf die Kleidung wieder in den Korb. Er wusch sich die Hände, roch daran, dann wusch er sie nochmal. Aber ihm war so, als könne er noch immer den Geruch des Flusses wahrnehmen. In seiner Not streute er Fußpuder darauf.

Er betrachtete sein Gesicht im Spiegel. Es war blass und Furcht stand in seinen Augen.

Simon schlug gegen die Tür. „George...können wir jetzt essen? George? George!"

Brock saß auf der Toilette und wippte vor und zurück. Mit kaum hörbarer Stimme stammelte er:

„Oh, Gott. Oh, Gott. Oh, Gott."

* * *

Die große hintere Küche der Familie Dykes war dreckig und unordentlich. Sam nutzte sie als häuslichen Arbeitsplatz, eine Verlängerung des Hofs draußen. Verschiedene Gegenstände wurden gerade restauriert, eine Wanduhr, ein Schaukelstuhl, ein Hutständer. Autobatterien standen auf dem Boden und Werkzeuge hingen an Haken an den Wänden.

Mouth lehnte an der Spüle. Deborah saß an einem einfachen Tisch aus Pinie. Ihr Gesicht war grün und blau geschlagen und geschwollen.

„Freut mich, dass du ausgegangen bist, Junge. Du musst die Gelegenheiten beim Schopf packen, außer die Freiheit wird zu groß für dich." Sie versuchte zu lächeln, hatte aber zu starke Schmerzen im Gesicht.

Wütend spuckte Mouth in die Spüle. „Ich bin jetzt wohl

wieder im Knast, oder? Er hat es an dir ausgelassen, nicht? Weil ich nie wieder zurückgekommen bin und vor ihm zu Kreuze kroch."

„Ich bin hingefallen, das ist alles. Als ich die großen Paletten verrückt habe."

Mouth schüttelte den Kopf. „Ich sag's Onkel Dan, der bringt ihn um."

Deborah sah ihren Sohn flehend an. „Tu's nicht, Len. Wir haben schon genug Ärger."

„Wäre er nicht, hätten wir überhaupt keinen Ärger. Kein Wunder, dass meine Brüder abgehauen sind. Kein Mensch auf der Welt hält es mit ihm aus!"

„Er ist wütend auf sich selbst, das ist alles. Die Arbeit fällt ihm schwer. Er hat es als Mann nicht gerade leicht. Würdest du ihm ein bisschen Verständnis entgegenbringen, vielleicht wäre er dann netter."

„Verständnis? Früher oder später breche ich ihm seine gottverdammten Arme!"

Draußen im Hof waren Schritte zu hören. Sam trat mit seinem Stiefel die Tür ein und platzte herein. Er ging an Mouth vorbei.

„Wo hast du gesteckt, zum Teufel? Den ganzen verdammten Tag musste ich allein dort draußen arbeiten! Das Geschäft gehört dir, wenn ich nicht mehr bin. Willst du es denn nicht, verdammt?"

Mouth starrte seinen Vater einen Moment düster und still an. „Je eher du nicht mehr bist, desto besser!"

„Du bist ein elendes Nichts!", schrie Sam und schlug Mouth fest ins Gesicht, dann zog er seinen Gürtel aus. „Ich werde dich lehren, mich nicht zu respektieren!"

Mouth stand zwischen Sam und seiner Mutter. Er schnappte sich die nächstbeste Waffe, den abgebrochenen Stiel eines Kehrbesens. Bevor er ihn jedoch aufheben konnte, schlug ihm Sam diesen aus der Hand.

„Richte doch eine Waffe auf mich, wenn du dich traust, du elendes Nichts!", brüllte Sam. „Dir bringe ich die Flötentöne schon bei!",

schrie er und zog den Gürtel aus.

„Nein, Sam, lass ihn in Ruhe!", flehte Deborah.

Sam verpasste ihr einen flüchtigen Schlag auf das Ohr. „Das ist deine Schuld. Du hast ihn verweichlicht. Ihn gegen mich aufgehetzt!"

Mouth stellte sich schützend vor seine Mutter und schrie: „Fass sie noch einmal an, dann bringe ich dich um!"

Sam schlug ihm mit seinem Gürtel ins Gesicht.

* * *

Die Pattersons aßen immer im Esszimmer, wie sie den Raum hinten in der großen Doppelhaushälfte neben der Küchenerweiterung nannten. Nie aßen sie mit dem Teller auf den Knien, vor dem Fernseher, wie es manche taten. Red Senior hätte das nie zugelassen. Um Punkt 18:30Uhr lag auf dem Tisch ein sauberes, geblümtes Tischtuch und die Pattersons saßen erwartungsvoll da, gebadet und gekämmt.

Das Esszimmer war spärlich möbliert und funktional. Eine lange Anrichte nahm fast eine ganze Wand ein, und zwei Sessel standen neben dem Kamin. Er war einfach und heimelig und glühende Kohlen verbrannten auf dem Rost. Ein 35 Zoll Schwarz-Weiß-Fernseher stand auf einem niedrigen Beistelltisch und ein Netzradio, Marke Bakelite, stand auf einem Eckregal, neben einem von Nancys Wollknäuel und zwei langen Stricknadeln. Der Fernseher war ausgeschaltet. Red Senior hasste Fernseher. Er hatte nur einen wegen Nancy und der Kinder gekauft. Er verurteilte sie als *die Entscheidung eines anderen was für uns gut ist. Und wofür werden sie benutzt? Für Propaganda des Establishments! Damit wir alle weiterschlafen!*

Red Senior, in Cavalry Twill Hose und einer wollenen

Strickjacke, wärmte seine Hände am Feuer. Red trat, in Karohemd und sauberen Jeans, ein. Auch er hätte sich gerne die Hände gewärmt, jedoch begab er sich an seinen Platz am Esstisch, weil sein Vater hier war.

Einen Moment später nahm Red Senior seinen Platz gegenüber von seinem Sohn ein.

„Hast du heute irgendwelche Banken ausgeraubt, Junge?"

Red fragte perplex: „Was?"

Sein Vater musste über seinen bestürzten Sohn lachen. „Spaß, Junge. Du verstehst doch Spaß, oder nicht? Du musst bei Wade's einen Sinn für Humor entwickeln, sonst ziehen sie dich auf."

Er lächelte behäbig. Red merkte, er konnte nicht antworten. Er fragte sich, was wohl als nächstes kam.

Red Senior fuhr fort, ermutigt von seiner eigenen Überschwänglichkeit: „Heute Morgen kam die Bestätigung. Du fängst Ende Juli auf dem Entladedock an. Da wirst du gutes Geld verdienen, mehr als die meisten Jungs in deinem Alter. Schöne Neuigkeiten, nicht? Ein paar Jahre wirst du eingearbeitet, dann gehst du ins Büro. Der erste Schreibtischtäter in der Familie!"

Red Senior gab es nicht zu, aber er war fest entschlossen, dass sein Sohn nicht im Niemandsland enden würde, in dem er als Vorarbeiter gelandet war. Jedoch hatte ihm diese Position Einblick in beide Seiten des Geschäfts ermöglicht...und nun war er entschlossen, das zum Vorteil seines Sohnes zu nutzen.

Red schaute seinen Vater leer an. Er konnte zwar Red Seniors Worte hören, sie bedeuteten ihm aber weniger als das Krächzen der Dohlen im Wald des Wilden Mannes. Er schien nichts als Wasser und Bäume im Wind im Kopf zu haben.

Bevor Red Senior erneut etwas sagen konnte, kam Nancy mit einem Tablett Essen. Sie servierte ihre Suppe und dazu Knödel. Sie sah mitgenommen aus.

„Wo hast du den ganzen Tag gesteckt, Ronnie?"

Ruckartig setzte bei Red wieder die Normalität ein. Er zuckte. „Nirgends.“

Nancy nahm die Brille ab und das bedeutete immer, sie wollte ihren Standpunkt klar machen. „Diese Cathy Raines und ihre Freundinnen sind den ganzen Nachmittag abgehangen. Und haben sich benommen wie ein Haufen Flittchen!“

Nancy bekräftigte ihre Aussagen, indem sie mit ihrer Brille gestikulierte. Sie hatte noch nicht zu Ende geredet, da stand Janet im Gang und schaute dem Treiben ruhig und belustigt zu.

Nancy fuhr etwas lauter fort: „Wir sind jetzt nicht in der Commercial Street!“ Als sie sich umdrehte, bemerkte sie Janet. „Warum machst du es nicht wie deine Schwester...und schließt mit jemandem Freundschaft, der anständig und solide ist?“

Red ertrug diesen Angriff schweigend. Janet setzte sich an den Tisch, damit Nancy sie bedienen konnte.

„Willst du noch immer auf diesen Marsch morgen?“ Nancy schaute Janet an und runzelte die Stirn.

„Natürlich will ich. Der Aldermaston-Marsch ist entscheidend.“

Nancy bediente sich selbst und setzte sich an den Tisch.

„Diese linken Intellektuellen richten dieses Land noch zu Grunde“, meinte Red Senior energisch. „Lass die verdammten Kommunisten rein. Dann haben wir Hexenjagden. So viel zu konstruktiver Politik!“

„Wir brauchen radikale Denker!“, antwortete Janet gefühlvoll. „Wir können nicht so weitermachen und für die Yankees den Dackel machen! Dieses Land muss wachgerüttelt werden!“

„Kommunismus ist keine Lösung!“, platzte es aus Red Senior heraus. „Nicht so, wie er heute läuft. Ihr habt doch vom Gulag gehört, nicht? Jack Parnaby sollte es nicht egal sein, mit wem er sich einlässt!“

Janet lief vor Wut rot an. „Wir wollen doch nur Frieden. Was ist so schlimm daran? Zumindest sollten wir mit dem Hintern hochkommen und etwas tun. Marx hat kein Monopol auf die Wahrheit. Es ist nur vernünftig, atomare Waffen loszuwerden. Ich dachte, ihr seid auf der Seite der Arbeiter."

„Die Arbeiter kann man zu leicht anführen", brummte Red Senior. „Schaut euch nur Moseley und seinen faschistischen Pöbel an! Arbeiter müssen die Geschichte verstehen. Das ist die Grundlage. Dann sehen sie, wer ihre Feinde sind!"

Vater und Tochter sahen sich gereizt in die Augen. Janet wandte sich an Red.

„Wir haben dich heute Morgen gesehen. Im Römerlager, zusammen mit drei anderen. Wir haben dich an deinem roten Haar erkannt...damit kommst du nicht durch!"

„Du hast nichts Besseres zu tun, als mich zu beschatten?", erwiderte Red wütend.

Nancy schaute Red böse an. „Du warst doch nicht mit diesem Leonard Dykes zusammen, nach allem, was ich gesagt habe? Er ist ein Lügner und ein Dieb, genau wie sein Vater!"

„Wir wollen nicht, dass du mit solchen Leuten umherziehst!" Red Seniors Worte fielen wie Steine auf das geblümte Tischtuch. „Was hast du überhaupt beim Römerlager gemacht?"

Diese Frage kam für Red unerwartet. „Wir wollten uns nur die Flut ansehen. Dann ist Len nach Hause, um mit seinem Vater Schrott zu sortieren und ich...ich bin allein in der Stadt herumgeschlendert."

„Du lügst uns doch nicht an, oder Kumpel?", fragte Red Senior in schärferem, kälteren Ton.

„Natürlich nicht. Das ist die Wahrheit."

Red starrte seinen unberührten Knödel an und seinem Vater nicht in die Augen. Es war ihm nicht gelungen, bei ihrer Geschichte zu bleiben. Aber das war in Ordnung. Er hatte gelogen und nachgebohrt hatte niemand.

* * *

Nancy und Janet standen in der Küche und machten den Abwasch. Red Senior trat ein und nahm seine Jacke und die Mütze von der Garderobe an der Hintertür.

„Auf in den Club, Liebes. Wir sind um zehn Uhr zurück."

Er tätschelt Nancys Wange, nahm seine Queuetasche und ging.

„Bist du glücklich, Mama?", fragte Janet, als sie hörte, wie die Hintertür hinter ihrem Vater ins Schloss gefallen war.

„Glücklich? Natürlich bin ich es."

„Ich meine, willst du nicht...mehr?"

„Ich kümmere mich viel um dich. Ich habe meine Arbeit im Wollgeschäft. Das reicht mir völlig, danke."

„Mir wäre das nicht genug. Was geht vor...ich meine...auf der Welt. Ich will mich von anderen abheben."

In Janets Gesicht sah man den Eifer. Nancy fasste das mit Sorge auf. *Politik*, dachte sie sichtlich verbittert. Die vereinnahmt das Leben so, bis einem nur noch dies bleibt.

„Du solltest Jack dazu bringen, mit dir zum Tanz zu gehen. Nur damit ich dich in diesen hübschen Kleidern herumwirbeln sehe. Dein Kleiderschrank ist voller Klamotten, die du nie anziehst."

Janet sah ihre Mutter energisch an. „Die Welt schert sich einen feuchten Kehricht um neue Kleider, Mama. Außerdem ist Tanzen nicht so Jacks Ding."

Nancy schaute ihre Tochter traurig an. „Mit Jack hast du eine glänzende Zukunft. Für jede wäre er eine gute Partie. Das solltest du zu schätzen wissen."

„Er wurde zu einem dieser *dreckigen kleinen Kapitalisten,* die es Papa immer so antun. Er hat Angst, irgendetwas zu tun, es sei denn, seine Kunden sind damit einverstanden."

„Ich dachte, dein Vater hätte von Korruption gesprochen. Jack scheint eine ehrliche Haut zu sein."

„Ehrlich und öde. Das ist unser Jack."

Ihre mütterliche Intuition sagte Nancy, dass ihre Tochter kurz davor war, ihre Zukunft aufs Spiel zu setzen. Sie wollte gerade etwas zu dieser Torheit sagen, als sie hörte, wie die Küchentür ins Schloss fiel und merkte, dass sie allein war.

* * *

Red saß auf seinem Bett und starrte ins Leere. Allmählich plagten ihn Zweifel. Es war nicht wirklich so gelaufen, wie er es geplant hatte. Auf die ganze neue Situation war er nicht vorbereitet. Er hatte kein Wort darüber verlieren wollen, dass er in der Stadt abhing. Es war ihm einfach rausgerutscht. Und jetzt war es zu spät. Er fragte sich, was Mouth und Brock erzählt hatten. Vielleicht hatten sie alle verschiedene Lügen erzählt. Wenn das der Fall war, dann war alles hoffnungslos für sie.

Red verfluchte sich dafür, dass er so wenig auf dem Kasten hatte. Er hatte den Verstand eines Kartoffelsacks. Aber jeder Moment kam für ihn unerwartet. Er würde lernen müssen, ganz von vorn anzufangen. Er war ein 15-jähriges Kind.

Er konnte es nicht fassen, dass er Raggy erschossen hatte. Als die Waffe abgefeuert wurde, hatte es ihm den Boden unter den Füßen weggezogen. Die Chancen, dass die Kugel Raggy an einer empfindlichen Stelle traf, schienen gering...

Aber es gab diese unverkennbar rote Narbe auf seiner Stirn... Dafür hatte er keine plausible Ausrede. Das war so sicher, wie das Amen in der Kirche.

Wieder hallten Mouths Worte in seinem Kopf:

Verdammt, Red! Du hast ihn erschossen!

Er hatte das Gefühl, sie für den Rest seines Lebens zu hören...

Mit einem Seufzer warf er sich auf das Bett und vergrub sein Gesicht im Kissen.

Wieder hallten Janets Worte in seinem Kopf:

Wir haben dich an deinem roten Haar erkannt...damit kommst du nicht durch!

Er torkelte zum Garderobenspiegel. Sein Gesicht sah gezeichnet, seine Augen leer aus. Er fuhr sich mit den Fingern durchs Haar.

„Verdammt!"

Er hatte Lust, in dieses dumme Gesicht zu schlagen, das ihm entgegenstarrte. Er verfluchte seinen Vater dafür, dass er ihm rotes Haar vererbt hatte. Er fragte sich, wie viele Leute ihn außer Jack Parnaby und Janet noch im Römerlager gesehen hatten. Wenn man Raggys Leiche fand, gäbe es Tratsch...und man würde mit dem Finger auf ihn zeigen. In allen Wohnzimmern und Bars der Stadt hatte man ihn bereits schuldig gesprochen.

Langsam nahm ein Plan in seinem Kopf Gestalt an. Er verließ sein Schlafzimmer, stand nun am Treppenabsatz und lauschte. Im Esszimmer hörte er den Fernseher, Lachen und laute Stimmen. Seine Mutter schaute allein eine Comedyshow, wie üblich, bis dann der Rest der Familie zum Abendessen kam. Er schaute aus dem Fenster am Treppenabsatz; dort war noch immer viel vom einstündigen Tageslicht zu sehen.

Er begab sich ins Schlafzimmer seiner Eltern und öffnete den Kleiderschrank. An einem Haken in der Tür hing die beste Sonntagsmütze seines Vaters. Er nahm die Mütze und ging aus dem Zimmer. Als er wieder in seinem eigenen Zimmer war, setzte er sich die Mütze auf und betrachtete sich im Spiegel. Das war besser...jetzt würde ihn niemand erkennen.

Er stopfte die Mütze in seine Jacke und ging nach unten. Er öffnete die Esszimmertür und musste schreien, so laut dröhnte der Fernseher.

„Ich fahre nur etwas mit meinem Fahrrad herum. Ich bin um zehn wieder da."

Seine Mutter strickte und schaute kaum zu ihm her. Etwas

an diesem kurzen Blick sagte ihm, dass sie unglücklich war. Er hatte Schuldgefühle, dass da noch etwas nachkommen könnte.

„Sei es auch ja."

Er nahm sein Gaff aus seinem Angelkoffer, der im Werkzeugschuppen war und schloss das Tor zum Hausgarten. Dann setzte er sich die Mütze seines Vaters auf und stellte seinen Jackenkragen hoch. Richtig. Er war bereit.

Er fuhr mit seinem Fahrrad in die Stadt.

5

———

Die Straßenbeleuchtung ging gerade an, als Red sich der Brücke näherte. Er fragte sich, ob ihm genug Zeit blieb. Gäbe es ausreichend Tageslicht, um auf dem Fluss Einzelheiten zu erkennen. Aber wenn es zu viel Licht gab, dann entdeckte man ihn vielleicht. Und das konnte er nicht zulassen.

Erleichtert stellte er fest, dass die Brücke verlassen war. Alle waren entweder in der Billardhalle, im Kino oder im Pub. Als er die Brücke überquerte, konnte er das gedämpfte Donnern des Hochwassers unterhalb hören. Am unteren Ende stieg er ab und hob das Fahrrad über den Zaun am anderen Ende des Pfads am Flussufer. Dieser Pfad führte am Südufer des Flusses entlang, flussaufwärts, in den Osten der Stadt.

Auf dem Pfad war es dunkler, weg von der Straßenbeleuchtung, aber nicht so dunkel, dass man nichts mehr sehen konnte. Er setzte die Mütze ab, zog seinen Kragen hoch und hoffte, dass er nicht erkannt wurde, wenn ihm jemand über den Weg lief.

Das Wasser stand noch immer hoch, etwa drei Meter höher als gewöhnlich, wie er meinte. Er beurteilte dies anhand des Wasserstands an den Brückenpfeilern. Unterhalb der Brücke floss es donnernd dahin, als hätte man eine urzeitliche Bestie auf die Stadt losgelassen.

Voller Furcht starrte er auf das Wasser, machte sich Mut, dann versteckte er sein Fahrrad in einem Gestrüpp aus hohem Unkraut am oberen Ufer. In einer Hand hatte er sein Gaff, in der anderen sein Fahrradlicht und ging den Pfad entlang.

Der Fluss, der aus bedrohlichen Wellen und heftigen Windungen bestand, raste keine zwei Meter unterhalb des engen Pfads entlang, obwohl er ihn noch am frühen Vormittag überschwemmt hatte. Er hatte eine lange Strecke aus seichten Pfützen hinterlassen, die im restlichen Abendlicht blass schimmerten. Die Oberfläche war tückisch glitschig. Er musste sich auf den Griff des Gaffs stützen, damit seine Füße Halt hatten und er nicht ins Wasser rutschte. Der Fluss brodelte und schäumte und außer seinem Dröhnen konnte er nichts hören.

Von Minute zu Minute wurde es dunkler. Als er den Pfad entlang eilte, fühlte er sich allmählich der Aufgabe, die er sich vorgenommen hatte, nicht mehr gewachsen. Nie zuvor hatte er sich so hoffnungslos einsam gefühlt.

Er erreichte das Blood Hole und starrte über die düstere Flut hinter dem Schlachthaus. Das große schwarze Abflussrohr, durch welches das Blut vom Schlachten in den Fluss gelangte, gaffte ihn grimmig an.

Er ging am Hof der Schafzucht vorbei, wo die Umrisse eines Hubwerks über ihm empor ragten. Dann kam der Kamin der Brauerei und am anderen Ufer der Innenhof der Knochenmühle. Neben der Knochenmühle flackerten noch immer die Lichter von Wade's und er konnte das Klappern der Aufzüge des Entladedocks hören. In drei Monaten würde er dort arbeiten. In seinem gegenwärtigen, überreizten Zustand ergab dieser Gedanke für ihn keinen Sinn.

Er eilte weiter flussaufwärts, weg von der Stadt, zu den alten Anlegestellen, wo vor Jahren noch Binnenschiffe über Nacht vor Anker gegangen waren. Jetzt war er auf Weideland, am Stadtrand, wo der Fluss breiter wurde und seine Strömung bei normalem Wetter etwas langsamer wurde. Noch vor ein paar Stunden hatte Wasser die Felder am Flussufer bedeckt. Jetzt, wo der Regen nachgelassen hatte, war es fast ganz verschwunden und in den Löchern hatte es große Pfützen hinterlassen.

Im Halbdunkel sah Red Büschel von Hornkraut, die wie nasse Haare auf dem Wasser trieben. Plötzlich überkam ihn ein Schauer; er hatte sie vorher nie mit dem Tod in Verbindung gebracht. Nun war dort die erste der Anlegestellen, die in den Fluss hinaus führte und die schon 30 cm oder Mehr über der Flut stand. Er stand auf den rutschigen Holzleisten und starrte ins Wasser. Dann fiel sein Blick zum Ufer und er hoffte und fürchtete zu finden, weswegen er gekommen war.

Er konnte nichts sehen. Als er weiter den Pfad am Flussufer entlang ging, wurde seine Panik immer größer. Immer wenn dieses Gefühl ihn überkam, schaute er zurück zu den Lichtern der Stadt. Die Lichter beruhigten ihn. Unter den Lichtern befanden sich Straßen und Menschen. Die Dinge, die er immer gekannt hatte. Bis zum heutigen Tag war das der Ort gewesen, wo er sich immer sicher gefühlt hatte. Beharrlich schritt er voran, durch eine sich verfinsternde Welt aus Wasser und Weiden, umklammerte sein Gaff fester, starrte auf den Fluss, schielte an den Anlegestellen vorbei. Hoffnung und Furcht überkamen ihn.

Der Mond ging auf. Ein Wind kam auf und schüttelte die Bäume am Flussufer. Red eilte los, als hätte er eine unsichtbare Erscheinung wahrgenommen. Er spürte, wie sich seine Nackenhaare aufstellten, während er am Rand des Wassers mit dem Gaff die Binsen absuchte. Der Wind schüttelte die Binsen und grub Kerben und Grübchen in die Wasseroberfläche

Nachtvögel riefen und erschreckten ihn. Er benannte sie als *Brachvogel, Wildente, Waldkauz,* um die irrationale Furcht abzuschütteln, die die Vögel in ihm auslösten. Wieder spürte er etwas hinter sich. Er drehte sich um, sah aber nichts.

Er erreichte die letzte vorhandene Anlegestelle und untersuchte den Fluss unterhalb. Da lag etwas im Wasser. Ein dunkles, buckliges Ding. Ein Klecks tieferer Dunkelheit auf der sich schnell verfinsternden Flut. Das bucklige Ding war nicht groß, aber vielleicht groß genug...

Das Ding im Wasser steckte im Winkel flussaufwärts, zwischen Anlegestelle und Flussufer. Im abnehmenden Licht sah es aus wie eine Leiche. Es war ganz sicher eine Leiche! Und sie war aufgequollen, wie Shack gesagt hatte, jedoch fast vollständig unter Wasser.

Red kniete an der Anlegestelle, seine Arme zitterten und er stocherte mit seinem Gaff an der Leiche herum, um die Arme zu bewegen, dass er den Kopf sehen konnte. Die Spitze des Hakens drang in das weiche Gewebe und vor Ekel ließ er fast den Griff los. Der Gestank, der ihm in die Nase stieg, war kaum auszuhalten und er schrie vor Schock und Abscheu auf. Er biss die Zähne zusammen, zog erneut und der Kopf kam an die Oberfläche.

Vor Schreck schrie er auf, als der Kopf zu sehen war. Er konnte ihn nicht gut erkennen, er sah aber nicht so aus, wie Raggys Kopf hätte aussehen müssen... Als er dieses Ding im Wasser anstarrte, wurde ihm allmählich klar, worum es sich handelte. Es war der Kadaver eines Schafs, das schon lange ertrunken war.

Als er an der Anlegestelle kniete, fiel im Mondlicht ein Schatten auf ihn. Erschrocken richtete er sich auf. Als er sich umdrehte, merkte er, dass Mouth ihn anstarrte und dabei etwas spöttisch grinste.

„Etwas herausgefunden?"

Red schüttelte den Kopf. Er traute sich nicht, seiner Stimme jetzt schon zu vertrauen.

Ohne ein Wort zu sagen, schaute Mouth das tote Schaf an, dann zeigte er flussaufwärts.

„Ich war ein, zwei Meilen flussaufwärts. Überhaupt gar nichts." Er spuckte ins Wasser. „Er ist nicht hier, nicht wahr? Also können wir ihn uns nicht vom Hals schaffen."

In der Dunkelheit, die sich ausbreitete, schauten sie sich hilflos an.

* * *

Red und Mouth machten sich auf den Rückweg, den Pfad am Flussufer entlang, Richtung Stadt. Mouth hinkte etwas.

„Was ist mit dir los? fragte Red.

„Mein elender Vater." keifte Mouth.

Plötzlich packte er Red am Arm und zog ihn in die Büsche. „Schnell!", zischte er. „Versteck dich. Es kommt jemand."

Von der Stadtseite her näherten sich zwei düstere Gestalten. Die Gestalten kamen aus dem Dunkeln und erwiesen sich als Brock und Simon. Mouth und Red sprangen wild schreiend aus den Büschen. Brock und Simon kreischten erschrocken.

„Was spielt ihr hier, verdammt?", fragte Mouth wütend.

„Was macht der hier, zum Teufel?" Red schaute Simon finster an.

„Ich musste...", begann Brock. „Ich musste einfach nachsehen. Habt ihr ihn gefunden?"

Red und Mouth schauten sich ungläubig an.

„Scheiße!", rief Mouth, denn ihm platzte der Kragen.

„Er weiß überhaupt nichts", sagte Brock abwehrend.

Simon zerrte an Brocks Ärmel. „Was, George? Was weiß ich nicht?"

Red und Brock starrten sich gegenseitig verwundert an.

* * *

Red Senior und Nancy saßen mit Teetassen und einem Teller Kekse am Feuer im Esszimmer. Red Senior sah mitgenommen aus. Er war früh von der Billardhalle zurückgekommen.

„Unsere Janet ist besessen von der Sache mit dem Frieden", sagte er nach langem Schweigen. „Sie ist ganz von der Rolle."

„Solange sie mit Jack zusammen ist, geht es ihr gut."

Red Senior stellte seine leere Teetasse runter zum Herd. „Die Politik ist ein gefährliches Terrain. Besonders jetzt. Sie kennt nicht mal zehn Prozent davon."

„Aber diese Sache der Anti-Atomwaffen-Bewegung sollte eine Friedensbewegung sein."

„Ach, Nancy, das erzählt man uns gerne. Aber Bewegungen werden infiltriert. Kommunisten und Anarchisten mischen sich dort unter die Normalbürger. Wer weiß schon, wohin das führt? Ich hasse unser Establishment aber dort draußen gibt es andere, die ebenso schlimm sein könnten. Das Problem ist, wir wissen nicht, was sie langfristig geplant haben."

Sie schwiegen wieder eine Weile und starrten ins Feuer. Sie füllte seine Teetasse erneut und bot ihm einen Keks an. Nachdem er den Keks gegessen und seinen Tee halb ausgetrunken hatte, schien er etwas besser drauf zu sein.

„Jack möchte sie ins Kino ausführen. Aneinander gekuschelt auf dem Doppelsitz, wie bei uns, nicht, Nancy?"

Nancy lächelte. „Wir hatten eine gute Zeit, nicht Liebling?"

„Ja, Nancy. Die hatten wir."

Er stellte seine Tasse ab, fasste über den Tisch und nahm ihre Hand. Sie drückte beruhigend seine Finger.

Sie versuchte, ihn aufzuheitern. „Im Moment ist Janet etwas wild. Aber das kommt nur daher, weil sie jung ist. Falls sie mit Jack zusammenzieht, wird sie das bald ablegen."

Er schaute sie scharf an. „Falls? Du meinst, sie wird es vielleicht nicht?"

Heute Nacht kam er schnell zur Sache, dachte sie. Etwas zu

schnell, für ihren Geschmack. „Ich meinte, *wenn*, John. Nicht *falls*.“

Er schaute sie forschend an. „Nein, Nancy. Du meintest *falls*.“

Sie seufzte leise. Sie respektierte ihn zu sehr, um zu versuchen, ihn anzulügen.

„Nancy, du weißt, was immer ich tue, bei der Arbeit oder zu Hause, es macht keinen Unterschied. Ich nehme einfach alles hin, wie Kopfschmerzen oder einen starker Husten. Sie warten nur darauf, dass ich gehe.“

„Unser Ronnie ist nicht so“, erwiderte sie schnell. „Er bemerkt dich.“

„Vielleicht schon. Zumindest hoffe ich das. Ich freue mich schon darauf, wenn er bei Wade's anfängt. Nach der Arbeit wird er zu müde sein, um noch Schwierigkeiten machen zu können. Sie reden davon, ihn zum Einkäufer auszubilden. Das war meine Idee, aber sie behaupten, das sei alles auf ihrem Mist gewachsen.“ Er trank seinen restlichen Tee aus. „Das kann gar nicht bald genug passieren. Ich freue mich auf meine Zusammenarbeit mit ihm.“

„Das wird euch beiden gut tun.“

Sie schenkte ihm noch etwas Tee ein.

* * *

Red trat durch die Hintertür ein. Im Esszimmer hörte er seine Eltern reden. Er zog sich die Stiefel aus und ließ sie zum Trocknen auf dem Schuhabstreifer stehen, dann schlich er auf Zehenspitzen hoch in sein Zimmer.

Er legte die Mütze seines Vaters wieder in den Kleiderschrank, zog sich seine Jacke aus und legte sich aufs Bett. Er war erschöpft. Für sie vier war es ein anstrengender Marsch zurück gewesen, den Pfad am Flussufer entlang. Sie gingen auf die Lichter der Stadt zu und die

Straßenbeleuchtung hatte sie geblendet, so dass sie auf dem rutschigen Weg quälend langsam vorwärts kamen. Simon hatte die ganze Zeit gestöhnt und Brock immer wieder gefragt, was sie vorhatten. Niemand hatte geantwortet. Schließlich verlor Mouth die Beherrschung und drohte, Simon in den Fluss zu werfen, wenn er nicht den Mund hielt.

Als sie zur Brücke kamen, stieß Mouth Brock in die Rippen und warf ihm einen solch drohenden Blick zu, dass Brock anscheinend echt Angst bekam. Es gab nichts weiter zu tun.

Wie er so auf seinem Bett lag und an die Decke starrte, wusste Red, dass Simons Anwesenheit eine weitere Bedrohung war, die sie alle in Gefahr bringen konnte. Ihre einzige Hoffnung war, dass Simon, der doch noch sehr jung war, bald das Interesse an ihrer unerklärlichen Nachtwanderung verlieren würde.

Aber sein Abstecher zum Fluss hatte eines bewiesen: Hätte sich eine Leiche im Seegras verfangen, so hätte er sie gesehen. Vielleicht war Raggy einfach rausgeklettert und nach Hause gegangen.

Man konnte unmöglich anzweifeln, dass es auch anders gekommen sein konnte. Raggy hätte sich in den niedrigen Ästen eines Baums am Flussufer, vielleicht einer Bruchweide, deren Äste bis tief ins Wasser reichten, verheddern können. Oder er konnte in einem der vielen, mit Wasser gefüllten Hohlräume weiter stromaufwärts liegen, wo sie noch keine Zeit gehabt hatten, nachzusehen. Wenn das der Fall war, würde man ihn schnell finden und die Todesursache käme ans Licht.

Es wäre Mord...und der Mörder war er.

Er konnte nicht schlafen. Gefühlt stundenlang wand er sich im Bett. Schließlich schlief er ein. Er träumte, er wäre an einem Flussufer. Etwas platschte im Wasser und er schaute auf. Raggy war am anderen Ufer und wollte gerade einen Stein ins Wasser werfen. Er grinste und Red grinste zurück. Raggy bat Red hinüber zu kommen und zeigte geheimnisvoll in die trübe Ferne.

Red eilte am Flussufer entlang und suchte eine Stelle, an der er es überqueren konnte. Eine Reihe Trittsteine tauchte auf. Als er zur Hälfte drüben war, verschwand Raggy, der am anderen Ufer stand, wie ein Geist. Das Wasser stieg an und Red stellte fest, dass er ans Ufer gespült worden war. Dann tauchte plötzlich Raggy auf, aufgedunsen und scheußlich. Mit übermenschlicher Kraft packte er Red und zog ihn in den Fluss, hinunter in einen Wasserstrudel.

Red wachte auf und keuchte. Er war schweißgebadet.

Er stand auf und schaute aus dem Fenster. Der Tag war angebrochen und die ominösen Wolken der letzten Tage waren verschwunden. Dies versprach ein schöner Frühlingsmorgen zu werden.

6

Demonstranten strömten auf die Straße. Manche trugen Banner mit der Aufschrift *WEG MIT DER BOMBE*. Von mehreren protestierenden Gruppen wurden fröhliche Lieder gesungen, begleitet von Gitarren und Mundharmonikas. Gelegentlich ertönte eine Geige oder eine Ziehharmonika. *Down By The Riverside, We Shall Overcome, Scarborough Fair, Michael Row The Boat Ashore* und *The Crooked Cross*.

Jack und Janet trugen inmitten der Demonstranten ein Banner mit der Aufschrift: *FRIEDEN STATT KRIEG*. Sie sangen herzhaft: *Die Bombe Muss Weg*. In Janets Gesicht sah man den Eifer.

Sie sah einen gut aussehenden jungen Mann, der scheinbar einen besseren Platz verlassen hatte und nun einen Platz in der Reihe Demonstranten vor ihr einnahm. Er hatte halblanges, schwarzes Haar und trug Jeans und eine Lederjacke. Er kam ihr vor wie eine Kreuzung zwischen Rocker und Beatnik. Sie hatte wohl zu lange gestarrt, denn der junge Mann drehte sich um und plötzlich trafen sich ihre Blicke. Er lächelte sie an und sie lächelte zurück.

Der junge Mann kam näher, bis er neben ihr lief. Jack war

auf der anderen Seite in ein Gespräch mit einem Demonstranten vertieft und bekam davon nichts mit.

„Hallo. Ich bin Doug",

sagte er mit lauter, sexy Stimme. Sie schätzte ihn auf Mitte 20.

„Hallo, Doug. Ich bin Janet."

Sie fühlte sich zu dem jungen Mann, der sie musterte, hingezogen und wurde leicht rot.

„Ein kleines Nähkränzchen, meinst du nicht auch, Janet?" Er lächelte sie wieder an, hatte aber einen starren, ernsten Blick in seinen dunklen Augen.

„Nein, ich glaube nicht. Das ist die größte Friedensdemonstration, die es je gegeben hat."

Er schüttelte den Kopf, lächelte aber immer noch. „Sie wird rein gar nichts ändern. Die Regierung wird nicht mal Notiz davon nehmen."

Sie schaute ihn weiter an. „Aber dennoch bist du gekommen."

„Ich suche nach Seelenverwandten. Willst du mehr tun als nur zu marschieren, vielleicht könntest du mich dann anrufen", sagte er und drückte ihr eine Visitenkarte in die Hand. „Ruf mich an. Ich verspreche dir, es passiert wirklich etwas."

Plötzlich war er weg und verschwand in der Gruppe Demonstranten hinter ihr.

Jack starrte sie misstrauisch an und fragte: „Wer war das?"

Sie schob Dougs Visitenkarte in die Tasche und antwortete: „Oh...nur ein Kerl, der nach der Uhrzeit gefragt hat."

Jack runzelte die Stirn. Sie war sich nicht sicher, ob er ihr glaubte. Zum Teufel damit, dachte sie. Doug hatte recht: Man konnte so oft marschieren wie man wollte und dennoch nirgends hinkommen.

Sie sangen wieder: *Doomsday Blues.*

Jack schaute sie verwirrt an. „Was ist los? Du singst ja gar nicht."

Zögerlich stimmte sie mit ein, hatte aber den Glauben an die ganze *friedliche* Sache verloren. Sie war überrascht und es berührte sie, dass jemand anders dasselbe empfand wie sie. Sie konnte nicht aufhören, an Doug zu denken. Sie steckte seine Karte säuberlich in ihr Geheimfach.

Nachdem sie noch eine Meile singend marschiert waren, tranken sie Tee aus Thermoskannen. Sie sah Doug bei einer Gruppe junger, langhaariger Männer stehen. Ihr Herz schlug schneller. Sie sahen radikal und gefährlich aus. Doug bemerkte sie und lächelte wieder.

Die Gruppe löste sich und mischte sich unter die anderen Demonstranten. Sie suchen wohl neue Rekruten, dachte sie. Etwas ist im Busch.

* * *

Der Fluss plätscherte durch die Innenstadt. Neun Tage nach der Flut war sein Pegel wieder normal und er sah vergleichsweise ruhig aus. Er hatte noch immer diese dreckige, braune Farbe, die kam aber vom Torf, der vom Hochmoor aus hinunter gespült wurde und die würde er immer haben, etwas mehr, wenn die Flut einsetzte, etwas weniger, wenn es trocken war.

Die Werkhöfe an seinen Ufern standen nicht länger unter Wasser, und die Arbeiter gingen trockenen Fußes ein und aus. Wühlmäuse und Moorhühner schwammen im Schutz der Uferpflanzen, die ihre Blätter in die sanfte Strömung hängen ließen. Jenseits der Stadt, auf den Weiden am Flussufer, grasten Schafe und gaben gut auf ihre Lämmer acht, die in der seltsamen, neuen Welt herum hüpften, in die es sie verschlagen hatte. Der Frühling hatte nach der Flut scheinbar alles wieder ins Gleichgewicht gebracht.

Der so genannte Sumpf war ein Niemandsland aus Hagedornbüschen, das zwischen der Rückseite der Oberschule und dem Fluss lag. 20 Jahre zuvor waren es Schrebergärten gewesen, wo wortkarge Männer in Overalls Stunden damit zugebracht hatten, Bohnenstangen aufzustellen und den Schlamm zu verteilen, den der Fluss hin und wieder auf ihr Land spülte.

Nach dem Krieg häuften sich die Überschwemmungen des Flusses, sodass die Schrebergärten sich verlagerten und die alten Schuppen langsam durch den Wind und durch Obdachlose, die Feuerholz suchten, zerlegt wurden. Bei Nacht streunten und kämpften an diesem Ort wilde Kater. Bei Tag zogen sich die älteren Schüler hierher zurück und in seiner abgeschiedenen Umgebung gab es eine lange Tradition von geheimen Affären und gewalttätigen Intrigen.

Im April, wenn die älteren Knospen zu Blättern wurden und die Trümmer, die im Fluss trieben, von frischem Gras überwuchert wurden, sah dieser Ort fast angenehm aus. Die Flut neun Tage zuvor hatte den ganzen Sumpf überschwemmt, aber jetzt war sie verschwunden, sodass das Niemandsland dampfte und in der Sonne verdorben roch.

Ein Loch im Zaun des Schulhofs führte geradewegs in den Sumpf. Am ersten Montag des Sommerhalbjahrs, um 12:30Uhr, schlüpften Red, Mouth und Brock an dieser Stelle hindurch und gingen durch das nasse Gras zu mehreren Hagedornbüschen. Die Stimmen von Jugendlichen waren hinter ihnen auf dem Schulhof zu hören.

Die Jugendlichen verschwanden hinter den Büschen und dieser Ort wirkte verlassen, bis auf die Gestalt von Sally Bell, die mit ihrem Transistorradio durch das Gras ging.

Red, Mouth und Brock saßen auf alten Milchkisten und Autositzen zwischen den Hagedornbüschen. Sie waren angespannt und gereizt. In Mouths gummiartigem Gesicht bildeten sich Sorgenfalten, wie Furchen auf einer Indianermaske.

„Gib uns mal eine Kippe, Red. Da kann ich besser denken."

Red holte eine neue Schachtel Du Maurier heraus und Mouth zündete sie an.

„Sie haben ihn noch nicht gefunden?", fragte Red und schaute die anderen an. Er sah abgezehrt aus und hatte dunkle Augenränder.

„Das hätte sich doch schon in der ganzen Stadt herumgesprochen, nicht?", antwortete Mouth ungeduldig. „Dann wären hier überall Bullen."

Brocks Unterlippe zitterte etwas, als finge er gleich an zu weinen, dann fragte er: „Warum stellen wir uns nicht einfach?" Er zögerte und fuhr dann fort: „Wir könnten sagen, dass es ein Unfall war. Dann wäre alles vorbei."

Mouth sprang auf, schaute Brock böse an und schrie: „Nein, Brockle-Arsch, das wäre es nicht! Ein Kind mit einem Kopfschuss. Das sieht nach Absicht aus...nach einer Hinrichtung. Man würde uns für immer einsperren!"

Es herrschte eine angespannte Stille. Brock verdrückte sich die Tränen.

„Vielleicht hat ihn die Flut durch die Stadt und ins offene Meer hinaus gespült", meinte Red hoffnungsvoll.

„Scheiße, Red!", rief Mouth, denn ihm platzte der Kragen. „Das sind mehrere Kilometer, verdammt! Es gibt Stauwehre und abnehmende Flut und so etwas, bevor das Meer kommt. Das habe ich alles gesehen, als ich mit meinen Brüdern Schrott sammeln war. Der treibt niemals vorbei, ohne dass ihn irgendjemand sieht."

Red dämmerte, dass Mouth recht hatte. Er war fast jedes Wochenende in dieser Gegend spazieren gegangen, bevor seine Brüder weggezogen waren.

„Wo ist er dann?", fragte Brock etwas lauter.

Einen Moment schaute Mouth sie fest an. „Nirgends. Er ist gleich hier. Im Fluss. In der Stadt. Unter den gottverdammten Algen und wir können nichts dagegen tun!"

„Aber wir haben bereits nachgesehen und ihn nicht gefunden", widersprach Brock.

„In der Stadt haben wir nachgesehen. Nicht stromabwärts der Brücke."

Schweigend ließen sie sich Mouths Kommentare durch den Kopf gehen.

„Wie lange wird er dort bleiben?", fragte Red, der wieder seinen verstohlenen Blick hatte.

Mouth zuckte mit den Schultern. „Wer weiß? Wie Shack gesagt hat, das kommt darauf an, wie viel Gas er halten kann. Wenn er nach oben treibt, wird ihn jemand sehen."

Brocks Gesicht glänzte und war kreidebleich. Er schwitzte etwas, als hätte er Fieber. „Mein Vater könnte ihn sehen. Auf dem Rückweg von der Planungsstelle kommt er am Fluss vorbei."

„Also?", keifte Mouth wütend. „Müsst ihr das regeln. Bleibt einfach bei eurer Geschichte."

„Aber was können wir *tun*?", kreischte Brock. „Können wir nicht weiter nach ihm suchen?"

Mouth schaute Brock lange und kalt an. „Man wird uns sehen. Wir verhalten uns einfach ruhig. Schauen, was passiert."

Sie schwiegen wieder. Schließlich putzte sich Brock die Nase und stand auf.

„Ich muss los. Ich habe eine Arbeit in Geschichte. Muss sie nachholen. Bis später."

Damit verließ er die Büsche. Red und Mouth zündeten sich noch zwei Zigaretten an.

„Das hält er nicht durch", sagte Red düster. „Er hat nicht die Eier. Früher oder später wird er reden." Er hätte noch ergänzen können, dass es Mouths Schuld war, dass Brock überhaupt dort gewesen war. Aber seine Meinung behielt er für sich.

„Dann solltest du ihn besser schnell umbringen, Red. Und ihn anschließend im Klosterbrunnen versenken, oder?",

Mouth schaute ihn kritisch mit erhoben Augenbrauen an.

Red konnte nicht sagen, ob er es ernst meinte. Sein Herz raste schnell.

„Was zum Teufel hast du genommen?"

Mouth grinste böse. „Einen hast du schon umgebracht, Red. Beim nächsten wird es leichter."

Entsetzt starrte Red Mouth an. „Fick dich!

„Das war nur ein Scherz, Red", lachte Mouth. „Ruhig Blut."

Sie verließen das Gebüsch und kamen direkt auf Sally zu, die ihr Radio dabei hatte. Das Radio war ausgeschaltet. Ihr verstörter, besorgter Gesichtsausdruck wich schon bald einem Lächeln. Mouth knurrte ihr ins Gesicht:

„Was schnüffelst du hier herum, du blöde Kuh?"

Sally schüttelte ihre seidigen, blonden Locken und streckte die Zunge raus. „Ich schnüffle nicht!", antwortete sie und tat so, als ob sie schmollte. „Ich wollte nur eine rauchen."

Drohend hob Mouth die Hand und fragte: „Was hast du alles gehört?"

Red warf ihm einen warnenden Blick zu, worauf Mouth zögerlich seinen Arm senkte. Red schaute Sally ernst an und meinte:

„Es kann gefährlich sein, anderer Leute Gespräche zu belauschen. Da kann man sich viel Ärger einfangen."

Sally schmollte: „Ich habe gar nichts gehört! Ich habe nur Radio gehört."

Still schauten sie sie an. Mouth warf Red einen Blick zu.

„Gib ihr die Schachtel Kippen, Red."

Red reichte ihr eine verschlossene Schachtel Craven A. Während er das tat, war ihm, als gleite ihm sein Leben immer weiter aus der Hand.

Sie lächelte ihn an, lange und fortwährend, wobei sie Mouth völlig ignorierte. „Danke, Red."

Die Schulglocke ertönte. Das ignorierten sie.

„Du gibst mir ein paar Kippen, wenn ich will, versprochen? Und vielleicht ein oder zwei Platten?"

Red schielte zu Mouth und im Stillen schlossen sie einen Pakt.

„In Ordnung", sagte Red vorsichtig.

„Versprochen?

Er schaute Mouth nochmal in die Augen und nickte.

„Versprochen."

* * *

Nach dem Tee lag Red auf seinem Bett und versuchte, das Chaos, zu dem sein Leben geworden war, zu begreifen. Noch vor neun Tagen war alles in Ordnung gewesen. Er war ein überdurchschnittlich guter Schüler in der letzten Klasse der Oberschule, mit einer überdurchschnittlich guten Zukunft bei Wade's, für den Sohn eines Arbeiters ganz sicher. Man hatte ihn in eine Bahn gelenkt, die ihn geradlinig durch sein Leben als Erwachsener bringen würde.

In ein paar verrückten Minuten hatte er all das ausgelöscht und war zum Mörder geworden.

In seinem früheren, sorglosen Leben war er in den Werkzeugschuppen gegangen und hatte sein Luftgewehr gereinigt, wenn ihm langweilig war. Jetzt konnte er den Gedanken an Waffen nicht mehr ertragen...das Gewehr im Schuppen konnte er ebenso wenig berühren wie einen Haufen Feuerameisen.

In seinem früheren Leben hätte er seinen Angelkoffer durchwühlt, seine Ausrüstung auf Vordermann gebracht und sich auf die beginnende Saison vorbereitet. Ans Fischen konnte er nicht mehr denken. Fischen bedeutete Flüsse, wo Tote lauerten.

Er hatte einst Freunde und eine Familie gehabt. Jetzt konnte er niemandem mehr trauen. Er war sicher, Brock würde einknicken...es war nur eine Frage der Zeit. Wenn Raggys Leiche gefunden wurde, würde Brock alles erzählen. Ihn konnte nichts schrecken. Er war der intelligenteste Schüler der Schule. Er machte keinen Ärger, stahl nicht und mit Mädchen wie Cathy Raines fing er auch nichts an...

Red entschloss sich, ihn im Auge zu behalten. Aber dauernd konnte er ihn nicht beobachten. Eines Tages würde es an der Tür klopfen, vor der dann ein Kastenwagen der Polizei auf ihn warten würde. Brock hatte es schließlich erzählt.

Wie viel hatte Sally gehört? Wie lange hatte sie zugehört? Hatte sie gehört, wie sie über Raggy gesprochen hatten? Würde sie es dieser geschwätzigen Tante erzählen, mit der sie zusammenlebte? Wenn sie Zigaretten stahlen, damit sie nichts sagte, wie viele würden sie stehlen müssen?

Es gab Jack Parnaby, der sie von seinem Haus aus gesehen hatte. Es gab Shack, mit seinen Warnungen vor leichtsinnigem Verhalten. Es gab die drei Kerle, denen sie hinterher gejagt waren. Er hatte rotes Haar, was ein Fluch war. Es war schlimmer, als nackt zu sein.

Dann gab es Mouth, den Unruhestifter, dem alle misstrauten. Die Tatsache, dass Mouth auf seiner Seite war, machte alles noch schlimmer. Jeder hielt ihn für einen Lügner und einen Dieb. Niemand würde ein Wort dessen glauben, was er sagte.

Er konnte nicht schlafen. Er konnte nicht essen. Er konnte sich nicht auf die Hausaufgaben konzentrieren.

Noch immer hatte man die Leiche nicht gefunden...

Aber das würde geschehen. Das wäre nur eine Frage der Zeit. Und dann würde Brock alles ausplaudern.

* * *

Die Mathestunde am nächsten Morgen wurde unerwartet von Herrn Rektor Whitelaw unterbrochen. Er verkündete, dass die ganze Klasse sich sofort in der Aula versammeln musste. Red und Mouth schauten sich an. Es ist aus, dachte Red. Etwas war passiert.

Als Reds Klasse eintraf, waren alle Schüler bereits in der Aula versammelt. Auch das ganze Personal war anwesend und stand auf einer Seite. Die Aufmerksamkeit aller war auf die Bühne gerichtet, wo Herr Whitelaw stand, neben ihm ein großer, schlanker Polizeiwachtmeister in Uniform.

„Mist, es ist Mawson", flüsterte Mouth in Reds Ohr.

Wachtmeister Mawson, das wusste Red, war der gemeinste Polizist in der Stadt. Scheinbar sah er jeden als potentiellen Verbrecher. Auch seine Vorgesetzten ließen kein gutes Haar an ihm. Die rauen Jugendlichen von der Knochenmühle nannten ihn *den langen Pissestrahl.*

Mawsons Hass schien besonders den männlichen Stadtbewohnern zu gelten, insbesondere denen zwischen 13 und 21. Scheinbar sah er diese Altersgruppe als zukünftige Berufsverbrecher, die von Natur aus das Gesetz missachteten. Einmal hatte er zu einem Chef bei Wade's gesagt, als Red Senior zuhörte, dass er es als seine Pflicht sähe, der Jugend der Stadt die Flausen auszutreiben.

Zu diesem Zweck startete er eine Kampagne, die auf Strafverfolgung abzielte. So wurden Jungen auf dem Schulweg aufgehalten oder Jugendliche auf dem Weg zum Tanz abgepasst und zu Verbrechen befragt, die sie ziemlich sicher nicht begangen hatten.

Red Senior dachte, dass Mawson versuchte, eine Kultur aus Informanten heranzuziehen. „Der hier gehört in die rote Stasi", sagte er eines Tages zu Nancy. „Teile und herrsche, das ist sein Motto. Er will ganz allein einen Polizeistaat errichten."

Nancy stimmte zu. „Er braucht einen Bericht, dass er die Leute einschüchtern kann."

Aber niemand sagte etwas über Mawson. Als Folge daraus hatte er das Gefühl, unantastbar zu sein.

Reds Klassenkameraden reihten sich hinten in der Halle

auf. Mouth wies Brock zurecht, der weiter oben und direkt neben ihm stand. Sally stand zwischen Mouth und Red.

Herr Whitelaw trat vor und gab ein Zeichen, sie sollten ruhig sein. „Dürfte ich um Aufmerksamkeit bitten? Wachtmeister Mawson möchte etwas Wichtiges sagen."

Mawson trat vor zur Bühne. Er warf den versammelten Schülern einen selbstzufriedenen Blick zu, als würde er jeden Augenblick die ganze Schule festnehmen.

„Ich bin hier, weil ich mir von euch Informationen, einen Vermissten betreffend, erhoffe", begann er in seinem harten, nordischen Akzent. „Ein männlicher Jugendlicher namens Richard Bottomley, Alter 14, ist vor ein paar Tagen verschwunden...Ihr kennt ihn vermutlich alle, zumindest vom Sehen, obwohl er die Schule für Gehörlose besuchte."

Brock, der sehr blass wurde, schien gleich in Ohnmacht zu fallen. Mouth stieß ihn kräftig in die Rippen und er schien wieder Haltung einzunehmen.

Sally schaute Mawson an und machte dabei ein zutiefst besorgtes Gesicht. Mouth stupste sie am Arm und runzelte die Stirn, bis sie sich entspannte.

Red starrte Mawson wie hypnotisiert an, den Blick voller Grauen und Schuld. Mouth warf ihm einen warnenden Blick zu. Mit Mühe konnte Red sich zusammenreißen und starrte auf seine Stiefel hinunter.

Mawson fuhr fort: „Wir stufen Richard Bottomleys Verschwinden als verdächtig ein. Zum jetzigen Zeitpunkt kann nicht ausgeschlossen werden, dass etwas faul ist. Sollte irgendjemand Informationen über seinen Aufenthaltsort haben, so möge er es bitte Herrn Whitelaw mitteilen. Alle Informationen werden streng vertraulich behandelt. Habt also keine Angst, mit der Sprache raus zu rücken."

Mawson musterte die versammelte Schülerschaft. Er schien seine Worte vorsichtig abzuwägen.

„Helft uns bitte, diesen vermissten Jungen zu finden. Das

Gesetz braucht Menschen, die darauf vorbereitet sind, die Wahrheit zu sagen…selbst wenn das bedeutet, jemanden zu verraten, den man kennt. Ich appelliere an euch, an eure sozialen Pflichten zu denken. Danke."

Red, Mouth und Brock tauschten einen angespannten, versteckten Blick aus; einen ganz flüchtigen Blick, um sicherzustellen, dass sie alle noch durchhalten würden. Red merkte, dass er seinen Atem angehalten hatte und atmete langsam aus.

Als der Mathematikunterricht weiterging, flüsterte Mouth Red zu: „Schätze, Mutter Bottomley hat gemerkt, dass er fehlt. Dafür hat sie nur zehn Tage gebraucht!"

„Was nun?", fragte Red.

Mouth zuckte mit den Schultern. „Sei einfach auf alles vorbereitet."

* * *

Während Red mit dem Fahrrad von der Schule nach Hause fuhr, stellte er fest, dass Polizisten an den Haustüren die Leute vernahmen. Als er kurz abgelenkt war, wäre er fast mit einem Kastenwagen von Wade's zusammengestoßen. Der Fahrer schrie ihn an und schüttelte den Kopf.

Als er zu Hause ankam, kam er nicht zur Ruhe. Jede Minute rechnete er mit dem Anruf der Polizei. Das war einer dieser Nachmittage, an dem seine Mutter im Wollgeschäft arbeitete, deshalb legte er einen Zettel auf den Tisch: *Bin auf eine Radtour gegangen…besorge mir ein paar Pommes.* Er ging zur Pommesbude, aß schnell seine Pommes und radelte aus der Stadt.

Am Sonntag zuvor hatte er an seinem Fahrrad gearbeitet. Er musste etwas tun, um sich von seinen wachsenden Ängsten abzulenken. Er hatte das Fahrrad bis auf die Räder und den Rahmen zerlegt und sogar die Bremsschläuche und

Bremsklötze entfernt. Das Fahrrad war jetzt so leicht, wie er es nur machen konnte. Er schätzte, dass wenn er seine Geschwindigkeit nicht falsch einschätzte, er mit den metallenen Stoßplättchen an seinen Stiefeln recht gut bremsen konnte. Er freute sich auf eine Fahrt auf einem neuen, extrem leichten Fahrrad.

Es war ein angenehmer, sonniger Abend. Er fuhr in westlicher Richtung und anderthalb Stunden trat er heftig in die Pedale. Es gab sehr wenig Verkehr und er hatte die Feldwege für sich. An jedem anderen Tag in seinem Leben hätte er die Freiheit, die ihm eine lange Fahrradtour gab, genossen. Aber egal, wie weit oder schnell er wegfuhr, er wurde die nagende Furcht nicht los, die ihn jeden Moment heimsuchte, den er wach war.

Die Drohung, ihn festzunehmen, schwebte über ihm wie ein Damoklesschwert. Sogar die schöne Abendsonne schien davon beeinflusst, sodass sie leicht feindlich und düster wirkte, als beobachte sie ihn und wartete...

Er konnte es nicht länger aushalten. Er musste handeln.

7

———

Die Hollins Farm war mal ein kleiner Bauernhof mit Milchvieh und 120 Morgen Land. Dieser wurde von Florrie und ihrem Ehemann, Reds Großonkel, mit Hingabe bewirtschaftet. Hubert wurde von allen nur Hubs genannt, im örtlichen Dialekt „Ubs" ausgesprochen. Nach Hubs' Tod hatte Florrie die Herde verkauft und die Felder an einen benachbarten Biobauern verpachtet. Sie sah darin die einzige Möglichkeit war, das Land zu bestellen. Die Außengebäude, die der neue Pächter nicht benutzte, verfielen. Jetzt wurden sie von einer lauten Bande wilder Hühner, die brüteten, wo immer sie wollten, sowie drei streitsüchtigen Mutterziegen, die in der alten Molkerei tobten wie Furien, bewohnt.

Ein Geist harmonischen Zerfalls schien sich an dem Ort breit gemacht zu haben. als verschmelze der Bauernhof mit einer früheren Welt, wo die wilde Natur nicht Profit und Maschinen gewichen war. Ein Wald wucherte entlang des alten, gepflasterten Viehhofs hinter dem Bauernhaus. Die Bewohner, die von Eulen über Fledermäuse bis hin zu Füchsen oder Dachsen reichten, betraten und verließen nach Lust und

84

Laune Florries Welt. Florrie wurde jenseits ihres zerfallenden Grund und Bodens kaum gesehen...und bald schon entstanden Gerüchte, dass dort Hexerei praktiziert wurde.

Die Wahrheit war, dass Florrie sich nach Huberts Tod dazu entschieden hatte, sich nur noch ihrem Interesse an Erdmagie zu widmen; dies war, so hatte sie ihren alternden, aber treuen Freunden gesagt, einzig und allein im Einklang mit der Natur zu leben.

Red hielt die Hollins Farm bei Tag für einen recht angenehmen Ort. Jedoch wurde sie in den seltenen Fällen, wenn er des Nachts dort war, zu einer völlig anderen Welt. Knorrige, alte Obstbäume, die Überbleibsel eines einst fruchtbaren Obstgartens, nahmen ein paar Äcker vor dem Bauernhaus ein. Eine Reihe alter Erlen und Zwergeichen berührte fast die Hauswände auf der Westseite, wie eine lebende Sammlung albtraumhafter Gesten. Die Wälder hinter dem Viehhof wurden von nächtlichen Stimmen erfüllt, dem Echolot der Fledermäuse und den unheilvollen Rufen der Eulen.

Direkte Nachbarn gab es keine; das Landhaus des Wildhüters Shack war das einzige Haus innerhalb einer halben Meile. Die Hollins Farm war weit genug weg vom Schuss, dass sie zu einem fruchtbaren Thema für Tratsch unter denen wurde, die sonst nichts mit ihrem Leben anzufangen wussten, wie Florrie sie nannte.

Als Red am Bauernhof ankam, verdunkelte sich bereits der Himmel. Vor dem Haus waren keine Lichter zu sehen, also schob er sein Fahrrad hinter das Haus. In einem Erdgeschossfenster, hinter einem Gemüsegarten voller Kräuter und Wildblumen, konnte er ein gelbliches Glühen sehen. Sein Fahrrad lehnte er an eine Hausmauer und wollte sich gerade der Hintertür nähern, als ein großer, grauer Hund, eine Mischung zwischen Bedlington Terrier und Irischem Wolfshund, aus dem Schatten trat und ihm stumm den Weg versperrte.

Red stand ruhig da und behielt seine Hände dort, wo der Hund sie sehen konnte. „Guter Junge, Dusky. Ich bin es, Ronnie, ich wollte Florrie besuchen."

Sorgsam vermied er den Augenkontakt mit dem Hund, worauf das Tier die Lippen kräuselte und knurrte. Er ließ Dusky an seinen Händen und seiner Kleidung riechen und war erleichtert, als der Hund aus dem Weg ging.

Dusky bellte nur einmal, ein hohler Laut, durch den sofort ein Gesicht durch ein Erdgeschossfenster schielte. Kurze Zeit später wurden Riegel zurückgezogen und die Hintertür geöffnet. Florrie Gaunt stand im Gang, groß und imposant, und schaute Red scharf an. Dusky sah ihnen zu.

Florrie sagte zum Hund: „Schon gut, Dusky, er gehört zur Familie." Dann zu Red: „Bist du wegen einer Vorhersage gekommen, Kumpel?"

„Hallo, Tante Florrie. Ja...ich hätte gerne eine Vorhersage. Wie hast du das erraten?"

„Ich fange immer an, mich vorzubereiten, wenn die Dunkelheit hereinbricht", antwortete Florrie geheimnisvoll. „Dann kommen sie, musst du wissen. Sie kommen nicht bei Tageslicht. Du bist heute Nacht der erste."

Er merkte, sie sprach von Leuten aus der Stadt, die sich im Stillen hinausstahlen, um die „Hexe" der Hollins Farm um Rat zu fragen. Red Senior selbst war bei Florrie gewesen wegen einer Behandlung am Ischias. Die hatte funktioniert, wo die Ärzte nicht weitergekommen waren. Er sprach nicht von seinem Besuch, gab aber acht, dass er Florrie nicht in Nancys Gegenwart kritisierte.

Red folgte seiner Großtante in den Raum, der von einer Paraffinlampe, die an einem Ende des Küchentisches stand, gelb beleuchtet wurde. Es war das erste Mal, dass er sie so spät am Tag besuchte. Bis zu seinem zwölften Lebensjahr war er immer mit seiner Mutter gekommen, aber sie waren immer ins Vorzimmer gegangen. Bis vor kurzem wäre er mit seinen Geschenken von Nancy davongeradelt, aber Florrie wartete immer auf ihn auf der Stufe zur Vordertür. Als sein Großonkel Hubert noch lebte, wirkte rein gar nichts eigenartig. Er überlegte, ob vielleicht Eigenartigkeit normal erschien, wenn man jünger war.

Er war nie auf dem Schleichweg gekommen oder hatte den Raum mit der Lampe betreten. Sein erster Eindruck war der eines sehr vollgestellten Raums. Alte, schwere Möbel, Schränke und eine walisische Kommode standen an den Wänden. Auf den Möbeln standen Möbel waren scheinbar ungewöhnlich viel Zierrat. Abgelaufene Kalender und verblasste Fotos hingen an Bilderhaken an den Wänden. Die Regale waren mit dicken, alten Büchern vollgestellt. Ein halbes Dutzend Bündel Kräuter baumelten an einem Balken.

„Sie haben deine Stromleitung gekappt?", fragte Red verwundert. Das war bei armen Leuten in der Stadt keine Seltenheit, aber er fand es zutiefst beunruhigend, dass so etwas seiner Tante passieren konnte.

Florrie lachte. „Nein, Kumpel. Aber ich kann ohne sie nicht *sehen*. Mit dieser alten Lampe kann man besser *sehen*; Kerzen sind noch besser, wenn man einen Laden findet, der sie auf Lager hat. Weißt du, elektrisches Licht ist kein natürliches Licht. Ich habe jetzt die Lampe nur eingeschaltet, für später, wenn sie kommen.

„Wer kommt bei Nacht, Tante Florrie? Warum verhalten sie sich wie Verbrecher?"

Er hatte nur noch eines im Kopf.

Sie lachte trocken. „Die Lebenden kommen mit den letzten Fetzen Hoffnung ... und die Toten, wenn alle Hoffnung verschwunden ist!"

Ihr Schatten tanzte im Licht der Lampe wie ein tanzender Kobold.

„Nimm am Tisch Platz, Kumpel."

Sie ging hinaus. Red saß da und schaute sich die Fotos, die alten Bücher und die Kräuter an. Die Fotos zeigten bärtige Männer in Tunika-Shirts und Westen sowie auch ernst aussehende Frauen, deren Haare zu strengen Dutten gebunden waren. Die Toten haben in ihrer Welt noch immer Vorrang, dachte er.

Er hätte zu gerne in die geheimnisvollen alten Bücher gesehen, er traute sich aber nicht, irgendwas anzufassen. Seine Aufmerksamkeit galt einer Reihe winziger Gestalten auf dem Sims. Sie sahen düster und seltsam aus. Er fragte sich, was sie bei der Hexerei seiner Tante für eine Rolle spielten.

Florrie kam zurück und hatte einen kleinen Karton in der Hand. Sie nahm ein Spiel Tarotkarten heraus, die in ein rotes Seidentaschentuch gewickelt waren. Sie zog die Lampe näher heran, mischte und verteilte die Karten wie gewohnt, dann legte sie sie in der traditionellen Form des keltischen Kreuzes hin.

Red fand seine Stimme wieder: „Tante Florrie...ich muss wissen, ob die Zukunft in Ordnung ist."

Florrie beugte sich über die Karten. Sie kam zur fünften Karte und das keltische Kreuz teilte sich. Es war der Narr, aber auf dem Kopf.

Er konnte ihr Gesicht nicht sehen, denn das Licht der Lampe fiel als gelblicher Kegel auf die Karten. Er konnte nur ihre Stimme hören, die nicht aus ihrem Körper, sondern aus einer Parallelwelt zu kommen schien.

„Ich sehe, du warst ein verrückter, dummer Junge." Ihre Stimme schien zu hallen, als wären sie in einer tiefen Höhle. Dann schaute sie ihn plötzlich an. „*Und* ich sehe auch, dass du das weißt."

Red starrte beschämt den Tisch an. Er war außerstande zu sprechen.

Florrie deckte die sechste Karte auf. Es war der Mond, auch auf dem Kopf. „Schwierigkeiten, Junge. Davon hast du reichlich." Ihre Stimme hallte um ihn herum. „Schwierigkeiten mit den Lebenden und den Toten."

Red sah besorgt aus. Sein Mund fühlte sich staubtrocken an.

Florrie fuhr fort, bis sie die zehnte Karte aufgedeckt hatte. Es war der Gehängte, richtig herum.

„Und du wirst dafür bezahlen müssen."

Diese Worte stachen in ihn, wie unsichtbare sternförmige Waffen.

„Welchen Preis, Tante Florrie?", konnte er gerade noch flüstern.

Florrie stellte die Lampe etwas zurück und blickte ihn an. „Das wirst du feststellen, wenn der Wilde Mann in die Stadt kommt.

Er schaute sie verängstigt an, als ob er gar nichts verstand. Sein Gehirn war taub. Sein Kiefer steif. Er konnte weder denken noch sprechen.

„Du bist nicht frei, bis die Wahrheit ausgesprochen wird. Und du bist es, der sie erzählen muss; aus zweiter Hand geht das nicht."

Er starrte sie betroffen an, als er die Auswirkung erkannte.

Er reichte seiner Großtante den Schilling, um den sie gebeten hatte, und ging. Gott, dachte er zitternd…Hexerei!

Dusky, dessen Umriss im aufgehenden Mond zu sehen war, gab ein schauerliches Heulen von sich. Der gruselige Wald begann plötzlich im heftigen Wind zu beben und zu zittern. Schatten breiteten sich unter den zerfallenen Gebäuden der Abfertigung aus.

Er sprang auf sein Fahrrad und fuhr davon so schnell er

konnte und zwang sich, nichts zu hören oder zu sehen, was ihn noch mehr aus der Fassung bringen würde.

* * *

Während er nach Hause radelte, drehten sich Reds Emotionen im Kreis. Er eilte nach oben und warf sich völlig bekleidet ins Bett. Eine weit entfernte Trommel begann in seinem Kopf zu hämmern. Nach einer Weile hörte er auch noch ein krachendes Becken.

Schließlich ließen die Nebenwirkungen nach, und er dachte langsam klar. Meinte Florrie, er würde gestehen müssen? Aber das war das letzte, worauf er vorbereitet war. Wenn er gestand, würde er im Knast landen und sein Leben in der Stadt wäre vorbei.

Aber es war sowieso alles aus. Jeden Tag konnte die Polizei anrufen und ihn zur Vernehmung mit aufs Revier nehmen. Shack würde aussagen. Brock würde ihn beschuldigen, um seine eigene Haut zu retten. Dann die Jugendstrafanstalt und das Gefängnis.

Er würde nicht gestehen. Warum sollte er? Er hatte Raggy nicht wehtun wollen. Es war ein unglücklicher Unfall gewesen. Aber die Polizei würde es nicht so sehen. Wenn Mawson involviert war, würde er sein Bestes tun, um ein Exempel an ihm zu statuieren und damit der Gesellschaft zu drohen. Man würde ihn wegen Mordes einsperren.

Also durfte die Wahrheit nie ausgesprochen werden.

Er bereute es schon, dass er seine Großtante besucht hatte. Das war ein Fehler gewesen, der ihn kein bisschen weitergebracht hatte. Sie bat ihn, im Spätsommer nochmal zu einer weiteren Lesung zu kommen. Aber er würde nicht dorthin gehen. Er brauchte keine Hilfe, besonders nicht von seltsamen alten Frauen, die in einer Art Zeitschleife steckten.

Hexerei war alles Hokuspokus. Es war ein Haufen

abergläubischer Unsinn. Er war sehr wohl in der Lage, alles selbst zu regeln.

Und das hieß *kein Geständnis*.

Er schlief ein und träumte. Er rannte durch eine Art Tunnel. Er rannte und rannte, das Ende erreichte er aber nie. Dort war noch jemand anders bei ihm und er dachte, es wäre Mouth, aber sehen konnte er ihn nicht. Dann war die Gestalt der anderen Person verschwunden und er war allein. Ihm war so, als renne er auf ewig im Dunkeln.

* * *

Jack und Janet fuhren in Jacks Jaguar in die Stadt zurück. Sie waren auf dem monatlichen Treffen der Anti-Atomwaffen-Bewegung in der Stadt gewesen. Er schaute sie besorgt an.

„Beim Treffen heute Abend warst du sehr still. Alles in Ordnung?"

„Es geht mir gut, Jack, danke", antwortete sie steif.

Ein paar Minuten fuhren sie schweigend vor sich hin. Wieder schaute er sie an.

„Ich glaube dir nicht."

„Was?"

„Dass du in Ordnung bist. Etwas stimmt nicht."

Sie atmete lang und ausgiebig aus. „Was bringt das alles, Jack?"

„Ich kann dir nicht folgen, Jan. Was bringt was?"

„Was bringen diese ganzen Treffen? Alle klopfen sich auf die Schulter, als hätten sie wirklich etwas erreicht. Dann planen sie wieder einen Marsch, der zu nichts führt."

„Solange wir marschieren, bleibt die Sache im Licht der Öffentlichkeit. Wir müssen weitermachen, uns Gehör verschaffen. Was können wir sonst tun?"

„Das genügt nicht. Die Regierung ignoriert uns. Wir müssen mehr tun."

„Du schlägst Akte zivilen Ungehorsams vor?"

„Warum nicht? Wir müssen radikaler werden, sonst ändert sich nichts."

„Aber du musst verstehen, in so etwas darf ich nicht hineingezogen werden. Ich will diesen Wahnsinn beenden, wie alle anderen auch. Aber ich bin Geschäftsmann. Ich bin auf Kunden angewiesen, die meine Ansichten vielleicht nicht teilen."

„Wir reden hier von Leben und Tod, Jack! Wir reden von Vernichtung! Ich glaube, das ist größer als Kunden."

„Aber Kunden sind mein täglich Brot! Die Anti-Atomwaffen-Bewegung wächst, ist aber noch sehr klein. Die Mehrheit der Leute hat keine Vorstellung. Sie können nicht eigenständig denken. Das bekomme ich alles mit. Aber ich kann nicht zulassen, dass ein Ideal, so edel und richtig es auch sein mag, meine Kunden verschreckt. Das bin ich meinem Vater einfach schuldig. Er hat das Geschäft aus dem Nichts hochgezogen."

Sie schwiegen ein paar Minuten. Schließlich war ihm, als müsste er etwas sagen.

„Weißt du, Jan, wir leben in einer Demokratie."

„Tun wir das?", fiel sie ihm scharf ins Wort.

„Ja, das tun wir. Es ist keine Diktatur."

„Ach nein? Die Diktatur des alteingesessenen Establishments, zusammen mit den Yankees, geht hinter den Kulissen recht rücksichtslos vor. Wir müssen nur noch härter dagegen kämpfen."

„Wir haben das Recht, im Rahmen des Gesetzes friedlich zu demonstrieren. Daran glaube ich."

„Das Gesetz? Das ist der Feind! Es wird gegen jeden eingesetzt, der die Wahrheit aussprechen will, während die anderen schlafen!"

„Was du sagst ist gefährlich, Jan. Mit wem hast du gesprochen?"

„Mit niemandem. Ich habe mir nur meine Gedanken gemacht. Wir werden scheitern, Jack. Nichts wird sich jemals ändern."

Sie kamen in der Stadt an und hielten vor ihrem Haus in der Victoria Road. Er schaute sie traurig an.

„Du denkst, ich sei ein Feigling. Aber ich glaube nicht, dass radikale Aktionen etwas Gutes bewirken. Damit hat die Regierung allen Grund, uns in Stücke zu schießen. Innerhalb der Anti-Atomwaffen-Bewegung gibt es extreme Elemente, die die Bewegung unterwandern könnten!"

„Extreme Elemente? Sie müssen extrem sein!"

„Wie kommst du darauf, dass man ihnen vertrauen kann? Die Veränderung, nach der sie suchen, könnte weniger demokratisch sein als das System, das wir jetzt haben."

„Das weißt du nicht."

„Genauso wenig wie du!"

„Man kann der Regierung einfach nicht vertrauen. Wir müssen die Menschen darüber aufklären, was wirklich im Busch ist."

„Wir? Wer ist wir?"

Sie sah ihn an. Die Wut in ihrem Blick war ein Schock für ihn.

„Ich kann darüber nicht mehr länger diskutieren, Jack."

Plötzlich zog sie ihren Verlobungsring vom Finger und warf ihn nach ihm.

„Tut mir leid, Jack. Es tut mir...so leid."

„Mach das nicht, Jan. Sei vernünftig. Lass uns alles in Ruhe besprechen."

„Das haben wir getan. Wir sind auf keinen grünen Zweig gekommen."

Sie öffnete die Tür, um nach draußen zu gehen. Er spürte, wie ihn seine Emotionen überkamen und schrie ihr nach, sie war aber schon verschwunden und rannte zur Vordertür. Sie ging ins Haus, ohne noch einmal nach ihm zu sehen.

Frustriert schlug er auf das Lenkrad. Der Ring rutschte von seiner Hand und fiel zu Boden.

Verzweifelt starrte er ihn an.

* * *

Brock saß in seinem Schlafzimmer am Schreibtisch, umgeben von leeren Chipstüten und Bonbonpapier. Ein Mathematikbuch und ein aufgeschlagenes Schulheft lagen vor ihm auf dem Schreibtisch. Das Mathematikbuch war zugeklappt und die Seite des Schulhefts leer. Er schaute kläglich auf die leere Seite.

Seine Welt war über ihm zusammengebrochen. Wenn er allein war, konnte er nur Raggys Leiche in den Fluten treiben sehen, eine leuchtend rote Narbe in der Stirnmitte. Er konnte nur daran denken, wie er auf der Anklagebank saß, wo man ihn der Beihilfe zum Mord beschuldigte. Sein Leben war so gut wie vorbei.

Die Tatsache, dass er den tödlichen Schuss nicht abgefeuert hatte, war nur ein schwacher Trost. Er war dort gewesen, hatte aktiv an der Verfolgungsjagd teilgenommen, Raggy in den Tod getrieben, wie ein Irrer mit einer Knarre. Wenn das im Gerichtssaal zutage kam, dann wäre er erledigt. Sein ganzes Lernen wäre umsonst gewesen.

Es klopfte an der Tür. Er wurde aus seinen Gedanken gerissen und sprang auf. Vom Treppenabsatz aus rief seine Mutter ihm zu:

„Alles in Ordnung dort drin, George? Es ist schon elf Uhr vorbei. Gehst du ins Bett?"

„Ja, Mama", rief er zurück. „Ich lege mich gerade hin."

„Bist du mit den Hausaufgaben gut zurechtgekommen?"

„Klar, Mama. Alles fertig. Kein Problem."

„Dann gute Nacht, George."

„Gute Nacht, Mama."

Der Klang der aufmerksamen Stimme seiner Mutter und die Tatsache, dass er dreist gelogen hatte, lösten in ihm eine Panikattacke aus. Er bekam kaum Luft. Er würde sterben! Aber genau das hatte er verdient, oder etwa nicht? Einen grauenhaften Tod durch Ersticken, während er sich auf dem Boden seines Zimmers wand. Fast so schlimm, wie im Fluss zu ertrinken.

Bei dem Gedanken an seinen unmittelbaren Tod lief es ihm kalt den Rücken runter. Er schloss die Augen und dachte an den Erste-Hilfe-Kurs, auf den sein Vater bestanden hatte. „Eine gute Erfahrung, George. Das hast du, andere nicht."

Ruhig einatmen. Ein...aus. Ein...aus.

Aus dem Bauch atmen, nicht nur aus der Brust.

Tief einatmen, nicht kurz. Tief...tief. Atmen...atmen...entspannen.

Denke an gar nichts. Ruhig einatmen. Ein...aus. Ein...aus... Ein...aus. Sieben Sekunden ein. Elf Sekunden aus. Sieben ein...elf aus.

Er konnte sich zusammenreißen. Nach einer Weile arbeitete sein Gehirn wieder. Eine Flut von Gedanken brach über ihn herein:

Die Hoffnungen seiner Eltern wären dahin. Sie würden ihm niemals verzeihen. Seine Karriere in der Stadtplanung wäre vorbei, noch bevor sie begonnen hätte...

Und es war zu spät. Das Kind war in den Brunnen gefallen. Sein Leben war unwiderruflich dahin. Jetzt blieb nur noch, dass das Gesetz seinen Lauf nahm...

Er starrte die leere Seite seines Schulhefts an. Still und vorwurfsvoll starrte sie zurück. Er konnte diesen Anblick nicht mehr länger ertragen.

Er schmiss die Bücher von seinem Schreibtisch und brach in Tränen aus.

* * *

Noch eine Woche verging. Und noch eine. Um 06:15Uhr morgens, einem Mittwoch Mitte May, holten Red und Mouth wie immer ihre Zeitungen bei Ralph Parnabys Kiosk ab, während Ralph im oberen Zimmer schlief.

Red schaute auf die Titelseiten, was er sich jetzt angewöhnt hatte. Auf der Lokalzeitung prangte folgende Überschrift: *GEHÖRLOSER JUGENDLICHER NOCH IMMER VERMISST* über einem unscharfen Foto von Raggy. Bestürzt zeigte er auf die Zeitung.

„Sieh dir das an! Es ist schon ewig her, seit sie die Suche abgebrochen haben. Dadurch geht alles wieder von vorne los."

Mouth schaute finster. „Sie sind nicht besonders weit gekommen. Hätten sie den Fluss durchkämmt, hätten sie ihn gefunden." Er schaute sich die Zeitung an und zog ein abschätziges Gesicht. „Sie haben keine neuen Spuren. Nichts wird passieren. Raggy war ein armes Kind. Man schert sich einen feuchten Kehricht um ihn."

„Einschließlich dir!", antwortete Red gefühlvoll.

„Wir haben jetzt Wichtigeres zu tun",

erwiderte Mouth und wandte sich ab, um Reds fragendem Blick auszuweichen.

„Ich dachte, er müsste längst nach oben gestiegen sein", sagte Red und versuchte nicht zu ängstlich zu klingen. „Was meinst du könnte passiert sein?"

Mouth zuckte mit den Schultern. „Er könnte bereits nach oben gestiegen sein. Es muss nachts passiert sein. Direkt durch die Wehre getrieben, als niemand dabei war."

Erleichterung machte sich in Red breit. „Du denkst, er ist fort? Du denkst, es ist vorbei?"

„Sonst fällt mir nichts ein. Dir etwa?"

Red schüttelte den Kopf. „Ich schätze nicht. Also ist es wirklich vorbei?"

„Möglich. Ein Glück für uns, nicht?"

Red hatte den Eindruck, dass sein Freund in Gedanken

woanders war. Er sah, wie Mouth eine 20er-Schachtel Waverly und eine Schachtel Capstan aus den Regalen hinter der Theke nahm und sie sich in die Tasche steckte.

„Besser, ich halte Sal bei Laune, Red, nicht?" Er grinste.

„Aber du hast gesagt, es sei vorbei", protestierte Red. „Das müssen wir nicht tun",

sagte Mouth geheimnisvoll. „Versprochen ist versprochen, nicht?"

8

———

S hack saß in seinem Land Rover am Ende eines Feldwegs über dem Fluss, eine halbe Meile flussaufwärts von der Stadt. Er las denselben Artikel auf er Titelseite mit der Überschrift *GEHÖRLOSER JUGENDLICHER NOCH IMMER VERMISST*. Er sah mitgenommen aus. Er kurbelte sein Fenster herunter und starrte auf das Wasser.

Still und unergründlich floss der Fluss in Richtung Stadt. Jetzt war sein Pegel normal, als hätte es zuvor keine Stürme gegeben. Schafs- und Kuhherden grasten auf den Weiden. Große Bruchweiden auf den schlammigen Ufern ließen ihre Blätter in die Strömung hängen. Brütende Blässhühner schwammen an der Oberfläche und verschwanden unter den herunter hängenden Ästen. Es war friedlich anzusehen, aber der Schein, das wusste Shack, trügte.

Er warf die Zeitung auf den Beifahrersitz und stieg aus dem Wagen. Vom Rücksitz nahm er eine Schrotflinte und ging zum Wasserrand. Er beobachtete die Wellen und Gruben, welche die sanfte Brise auf der torfbraunen Oberfläche machte.

Plötzlich erfasste eine Erschütterung die Büsche am Rand der Fahrbahn, als griffen unsichtbare Hände nach ihnen.

Shack drehte sich um, die Schrotflinte im Anschlag. Es war aber nichts zu sehen. Die sanfte Brise bewegte noch immer das Wasser. Die Büsche, die zuvor noch gewackelt hatten, ruhten.

Er senkte die Schrotflinte und starrte nachdenklich auf die Büsche. Etwas ging hier vor. Er sollte besser auf der Hut sein.

* * *

Am nächsten Sonntagnachmittag radelte Red in die Markthalle in der Innenstadt, damit er etwas zu tun hatte. Ingo, Algy, Thomo und die örtlichen Rocker saßen wie üblich vor der Espresso Coffee Bar auf ihren Maschinen. Red hatte Respekt vor den Rockern. Sie hatten ihre eigenen Regeln und ihren eigenen Treueschwur. Hatte irgendeiner von ihnen Probleme, dann legten die anderen ihre kleinliche Rivalität ab, um ihm zu helfen. Das war eine Lebensweise, an die Red glauben konnte.

Ein paar Monate später merkte er, dass dies ein Beispiel des alten Stammesdenkens war, das Bestand hatte, ein lebender Anachronismus der modernen Welt, ein Anachronismus der sowohl Gefahren als auch Vorteile bot. Momentan empfand er es einfach als Bestätigung, dass seine Mitglieder ihn wahrnahmen.

Er bremste mit seinen Stoßplättchen, dass die Funken flogen, und grüßte sie alle mit dem Namen.

„Jo, Red, wo ist dein Perfecto?", fragte Algy und grinste.

„Eine Höllenmaschine hast du dort, Red." Ingo beäugte das Fahrrad. „Da wird Mawson dich mit einem Feuerlöscher verfolgen!"

„Der erwischt mich nie!"

Die Rocker lachten. Thomo deutete mit dem Stiefel auf das Fahrrad.

„Willst du eine Bugschürze für diese Maschine, Red? Damit hat sie noch gut eine Tonne mehr!"

Da mussten alle lauthals Lachen.

„Wie ist das Leben der Mittelschicht, Red?", fragte Ingo und grinste ironisch.

Ingo spielte auf Red Seniors Umzug von der Commercial Street in die Victoria Road an. Wegen dieses Umzugs hatte sich sein Vater monatelang Sorgen gemacht. „Was gibt das nur für ein Bild ab? Bin ich Chef oder Arbeiter?" Nancy versuchte, den Streit zu beenden. „In der Victoria Road gibt es lauter unterschiedliche Leute, John. Einen Schreibwarenhändler. Einen Baumeister. Einen Taxifahrer. Einen Buchmacher. Man ist wie sie, größer als Parteipolitik. Das ist eine gute Nachricht, die man der Stadt vermitteln kann." Red Senior hatte sich das alles eine Weile durch den Kopf gehen lassen. „Damit könntest du recht haben, Nancy", sagte er schließlich.

Aber das war überhaupt nicht die Welt seines Sohnes. Red wollte die rauen, gutmütigen Leute in der Commercial Street nicht verlassen.

„Mist!", antwortet er mit Nachdruck.

Die Rocker lachten. Ingo gab ein Signal und sie dröhnten über den Platz. Red sah ihnen zufrieden zu.

Sieh mal einer an, dachte er. Freiheit. Ich muss mir mein Leben zurückholen. Ich muss etwas tun. Vielleicht sogar Spaß haben. Dafür konnte man nicht in den Knast kommen.

* * *

Später am Tag, als es dunkel wurde, radelte Red durch die Stadt. Er hielt vor einem kleinen Haus in einer langen Reihe von backsteinroten Reihenhäusern. Er klopfte kräftig an der Tür. Sally öffnete ihm die Tür. Sie war barfuß.

„Red!", rief sie überrascht.

„Hi, Sal. Lust auf einen Spaziergang?"

Sie lächelte breit. „Ich hole nur meine Schuhe."

Einen Moment später war sie zurück, ihre Schulschuhe an

den Füßen. Er merkte, dass sich Josie nur diese leisten konnte. Sie ging in den Gang und schrie ins Haus:

„Ich gehe nur eine Sekunde raus, Tante Josie."

Aus dem rätselhaften Dunkel innerhalb drang Josies Stimme:

„Bleib nicht zu lange weg! Es ist schon fast Nacht!"

Sally grinste und verschloss schnell die Tür.

Sie gingen über einen Streifen Brachland am Ende von Sallys Straße. Red schob noch immer das Fahrrad, als gäbe es keinen sicheren Ort, wo er es abstellen konnte. Er gab Sally eine Schachtel Park Drive.

„Hast du Mouth gesehen?", fragte er so lässig er konnte.

Sie zuckte mit sichtlicher Teilnahmslosigkeit mit den Schultern. „Ich habe ihn nur in der Schule gesehen."

Er konnte ihre Gefühle nicht einschätzen und versuchte bestmöglich, seine Zweifel zu unterdrücken. Sie gingen über das Brachland und hielten zwischen einem geparkten Lastwagen und einem Zaun an. Sie küssten sich und umarmten sich ganz fest. Nach einer Weile kehrten sie um und zündeten sich die Zigaretten an.

Sie schaute ganz unschuldig an ihm hoch. „Magst du mich ein bisschen, Red?"

„Natürlich", antwortete er überzeugt. „Ich mag dich mehr als sonst jemanden."

„Mehr als Cathy Raines?"

„Cathy Raines ist eine hässliche Schlampe!"

Ihn überraschten seine starken Gefühle.

Sie lachte erleichtert. Sie kam näher und er ließ seine Hand unter ihr Top wandern. Sie quietschte und kicherte. Auf der anderen Seite des Zauns bellte ein Hund und eine Stimme schrie: *Sei still, Hund!* Red und Sally grinsten sich an und befummelten sich weiter.

Sie sah ihn hoffnungsvoll an. „Am Freitag ist Kirmes. Lädst du mich ein, Red?"

„Sicher, Sal", antwortete er, ohne zu zögern.

Sie lächelte und zog ihn zu sich her.

Das musste er fragen: „Magst du mich auch ein bisschen, Sal?"

„Natürlich." Sie steckte ihm die Zunge ins Ohr. Er fand es sexy, was ihn überraschte. „Du bist der netteste Mensch auf der Welt."

Sie gaben sich einen langen Zungenkuss.

Als er etwas später wieder nach Hause fuhr, fühlte er sich bestätigt. Sally stand überhaupt nicht auf Mouth. Sie war jetzt sein Mädchen, das stand fest.

Endlich hatte er wieder ein bisschen seines Lebens zurück. Es hatte die ganze Zeit auf ihn gewartet, wie Kleidung in einem Laden, die genau seine Größe hatte. Er war einfach hinein gegangen und hatte sie anprobiert.

So sollte das Leben sein, dachte er. So einfach.

* * *

Zehn Minuten nachdem Red nach Hause gekommen war, stahl sich Jenny aus dem Haus und ging in die Stadt. Die nächsten Telefonzelle war besetzt und davor standen noch drei andere Leute. Sie eilte weiter durch die ruhigen Straßen.

Die Telefonzelle bei der kleinen Reihe Pfandleihen von Gebrauchtwaren war leer. Sie drückte die Tür auf und trat ein.

Sie wählte die ersten paar Nummern auf der Karte, die Doug ihr gegeben hatte. Sie war so aufgeregt, dass sie sich verwählte, also fing sie nochmal von vorne an. Sie wurde verbunden und drückte auf den Knopf.

„Doug?",

Eine Stimme antwortete, die sie nicht kannte.

„Wer will das wissen?"

Die Stimme klang feindlich und misstrauisch.

„Hier spricht Janet."

Die Stimme wurde etwas freundlicher. „Oh, richtig. Er ist heute Abend nicht nach Hause gekommen, Liebes. Versuche es mit der anderen Nummer."

Sie wählte die zweite Nummer. Wieder ging eine fremde Stimme ran. Sie merkte, weder die eine noch die andere Stimme hatte sich selbst oder ihren Standort zu erkennen gegeben.

„Hier spricht Janet."

„Ich hole ihn."

Sie wartete eine halbe Minute. Im Hintergrund konnte sie eine undeutliche Unterhaltung hören.

Dann ging er ran. „Hallo. Entschuldige. Heute Abend ist hier viel los."

„Wo bist du?"

„Im Pub." Er lachte. „In einem netten."

„Ich musste nachdenken. Ich habe deine Zeitschrift und das andere gelesen, was du mir gegeben hast."

„Bist du meiner Meinung?" Seine Stimme klang ungeduldig.

„Bin ich. Menschen brauchen handfeste Beweise, ehe sie erfassen, was wirklich los ist."

„Das ist toll. Also bist du auf unserer Seite?"

„Ja. Das bin ich. Sicher."

Am anderen Ende der Leitung war es still.

„Hallo? Bist du noch dran?"

Er war plötzlich wieder da, aber seine Stimme klang anders. Er war brüsker, unpersönlicher.

„Es sind gerade ein paar zwielichtige Gestalten gekommen. Das besprechen wir besser nicht am Telefon. Es ist besser, du kommst persönlich."

„Am Sonntag kann ich. Das ist heute in einer Woche."

„Toll. Wir treffen uns um zwölf in der Nähe des Pubs beim Bahnhof."

„Ich bin da."

„Bis dann."

Er legte auf. Nachdenklich legte sie den Hörer auf.

* * *

Mouth kniete auf dem Boden in der hinteren Küche und lackierte den Schaukelstuhl, der hier wochenlang herumgestanden hatte. Mit der Lehne und der Sitzfläche war er schon fertig, die Beine machte er gerade. Aus dem Zimmer darüber drangen laute Stimmen:

„Zieh deine Sachen aus! Zieh sie aus, Frau!"

Mouth erstarrte, als er die Stimme seines Vaters hörte. Er hörte auf zu lackieren. dann hörte er, wie seine Mutter widersprach:

„Nein, Sam. Jetzt nicht. Len kann uns hören."

„Zum Teufel mit ihm. Das ist mein Recht."

„Ich will jetzt nicht, Sam. Vielleicht später."

Mouth, angespannt wie ein Flitzebogen, stand auf. Er stellte die Dose Lack beiseite. Er nahm eine große Karaffe, wog sie kurz in der Hand, dann zerschlug er sie auf dem Boden.

Im Zimmer über ihm war es still. Dann schlug eine Tür zu und Füße donnerten die Treppe hinunter.

Sam platzte in die hintere Küche. Der lackierte Schaukelstuhl wippte im leeren Raum vor und zurück.

„Zum Teufel nochmal!", schrie Sam.

Er taumelte in den Hof. Keine zwei Meter von der Hintertür entfernt, auf einer hölzernen Werkzeugkiste, lag der abgetrennte Kopf des namenlosen Wachhunds.

Sam schaute wie benommen den Kopf an.

Die großen, toten Augen des Hundes starrten zurück.

* * *

Kaum war er aus dem Haus draußen, hörte Mouth die Musik, es fiel ihm aber schwer, sie zuzuordnen. Dann merkte er, dass die Klänge, die vom Nachtwind her getragen wurden, eine Mischung aus zwei Liedern, die gleichzeitig im Pub Waltzer und im Pub Dodgems spielten. Er hörte Fetzen von Chubby Checkers *Let's Twist Again* und Karl Denvers *Wimoweh*, die dann zu einem einzigen undeutlichen Missklang verschmolzen. Sein Herz schlug schneller, denn mit jeder Straßenecke, um die er bog, wurde es lauter.

Er hoffte, dass er cool aussah. Er trug die angesagtesten Klamotten, die er besaß: Seine erste Levis, ein Karohemd, und ein paar Lederstiefel, Marke Chelsea. Er ging durch die Stadtmitte und betrachtete sich hin und wieder in Schaufensterscheiben. Wow, dachte er...das bin ich!

Als er zum Tor des Feldes kam, wo die Kirmes stattfand, wurde die Musik sehr laut. Er konnte die bunten Lichter der Fahrgeschäfte blinken sehen und hatte den Geruch von Liebesäpfeln und Diesel in der Nase.

Plötzlich wurde ihm schwer ums Herz. Cathy Raines, die sich echt schick gemacht hatte, stand beim Eingang im Schatten.

„Hallo, Red. Du suchst doch wen! Lädst du mich auf eine Fahrt ein?"

In Gedanken musste er sich auf sein neues, cooles Image einstellen. Mit fester, entschlossener, jedoch nicht feindlich gesinnter Stimme, sagte er:

„Entschuldige, Cathy, ich bin heute Abend ausgebucht."

Cathy wollte protestieren, als Sally aus Richtung der backsteinroten Reihenhäuser kam. Sie trug einen hübschen blauen Faltenrock, dazu eine Bluse und einen Gürtel, jedoch noch immer ihre einfachen Schulschuhe. Red grinste sie stolz an. Sie hakten sich ein und durchquerten das Tor.

Cathy schaute rachsüchtig. „Ich will ihr zusehen, Red!"

Hinter ihnen hallte ihre wütende Stimme: „Sie hat ja schon ihre Hand in deiner Hosentasche!"

Red und Sally eilten davon, zu den Ständen, wo sie Hand in Hand in der Menge verschwanden. Er kaufte ihr etwas Zuckerwatte und für sich einen Liebesapfel.

„Danke, Red." Mit Zuckerwatte am Mund küsste sie ihn.

Er reichte ihr sein Taschentuch, dass sie sich den Mund abwischen konnte. Dann leckte sie über eine Ecke und wischte damit seine Lippen und das Kinn ab. Er war angetan von ihrer Fürsorge.

„Du siehst heute sehr hübsch aus, Sal", bemerkte er.

„Josie hat mir die Sachen gegeben. Ich wollte sie deinetwegen tragen, denn ich wusste, du würdest dich für mich in Schale werfen."

Er klopfte sich auf seine Jeans. „Levis."

„Die waren sicher teuer. Ich wünschte, ich wäre so reich wie du."

„Ich habe Zeitungen verteilt."

Sie kamen an einer Schießbude vorbei. Sie sah unter den Preisen einen großen Teddy.

„Du bist ein guter Schütze, Red. Gewinnst du diesen Teddy für mich?"

Er zögerte, nahm ein Gewehr, dann ließ er es schnell los, als wäre es glühend heiß. Ihm war, als hebe er eine scharfe Bombe auf. Er wandte sich ab, voller Angst, dass sein Gesicht ihn verriet.

„Jetzt gerade bin ich kein guter Schütze, Sal." Er versuchte teilnahmslos zu klingen, seine Worte klangen aber hastig und gezwungen.

Sie schaute ihn nachdenklich an, so als wisse sie, was in ihm vorging. Er fragte sich, was sie wusste. Was hatte sie an diesem Tag im Sumpf mitbekommen? Er versuchte, sich zusammenzureißen.

Er schaute sich um und sah eine Dartbude. „Hier ist ein größerer Teddy. Den gewinne ich für dich!"

„Der ist süß", sagte sie enthusiastisch. „Der hat einen hübschen, kleinen Schal und einen Hut."

Red zielte vorsichtig. Den Dartpfeil zwischen seinen Fingern zu spüren, erschreckte ihn überhaupt nicht. Mit den ersten drei Würfen gewann er den Teddy. Sally klatschte begeistert in die Hände. Der Standbesitzer schaute finster und warf ihr den Teddy zu.

„Heute Abend will ich euch hier nicht mehr sehen", sagte der Mann halb ernst.

Sie gingen weiter und Sally umklammerte fest ihren Teddy. Red sah Cathy Raines mit einem Kirmesarbeiter hinter dem Autoscooter. Er hatte schon seine Hand unter ihrem Rock. Mehr als einen Monat hatte es gedauert, bis Sally ihn ihre Brüste anfassen ließ.

Sie bestiegen die Stufen der Walzerbahn. Dass Mouth Fahrgeld einsammelte, sahen sie nicht. Aber er sah sie. Er starrte sie rätselhaft an, während er sich um das Fahrgeschäft bewegte und anzügliche Sachen zu kichernden Mädchen in den Gondeln sagte.

Das Fahrgeschäft setzte sich in Bewegung und Mouth verschwand im Führerhaus, wo er das Geld einem stämmigen Mann reichte, der eine ebenso dunkle Haut hatte wie Mouths eigene Mutter.

Red und Sally sahen zu, wie sich das Fahrgeschäft rasend drehte. Dions Lied *The Wanderer* ertönte, während sich die Gondeln drehten.

„Ich glaube nicht, dass ich mich traue, hier einzusteigen, Red", sagte Sally und schaute besorgt. „Das ist sehr schnell."

„Schon in Ordnung", sagte er und legte seinen Arm um sie. „Ich passe auf dich auf."

Sie drückte sich an ihn und schien Mut gefasst zu haben.

Als das Fahrgeschäft anhielt, stiegen sie in eine Gondel.

Sally umklammerte den Teddy und Reds Hand sehr fest, während das Fahrgeschäft sich langsam zu den Klängen von Bruce Channels *Hey! Baby* bewegte.

Plötzlich tauchte Mouth hinter der Gondel auf und beugte sich vor. Dass er auf der Kirmes arbeitete, überraschte Red. Dann merkte er, dass der Mann am mittleren Stand der Onkel sein musste, den Mouth hin und wieder erwähnt hatte. Mouths Anwesenheit irritierte ihn. Er hatte seine Beziehung zu Sally und sein Leben mit seinem Freund voneinander trennen wollen.

Mouth tätschelte den Kopf des Teddys. „Dein neuer Freund gefällt mir, Sal. Der sieht doch besser aus als dieser hässliche Lump, nicht?" Er grinste Red provokant an. „Die Fahrt geht auf mich...viel Spaß!",

Er lehnte sich mit seinen ganzen Gewicht gegen die Gondel, damit sie sich drehte. Als sie sich sehr schnell drehte, sprang er zur Seite und verschwand.

Sally lachte und kreischte. Sie sausten zu den Klängen von *Wonderful Land* von The Shadows herum. Farbige Lichter blitzten auf. Die umstehenden Leute auf dem Steg außen wurden zu verschwommenen, totenblassen Gesichtern. Sally klammerte sich an den Teddy und lachte. Red umklammerte mit beiden Händen den Sitz, dass er nicht kopfüber auf den Boden fiel. Er wünschte er hätte den Liebesapfel nicht gegessen.

Er verfluchte, dass Mouth sich eingemischt hatte. Er hatte versucht, Sally zu beeindrucken, das war offensichtlich. Während das Fahrgeschäft langsamer wurde, merkte er, dass Mouth sie vom mittleren Stand aus anstarrte.

„Ooh, Red, das war toll!", rief Sally und packte ihn am Arm. „Len hat richtig Gas gegeben! Lass uns das irgendwann nochmal machen!"

Red schaute Mouth finster an, dieser grinste vom Stand aus spöttisch zurück.

„Keine Ursache. Gehen wir zum Autoscooter", sagte er entschlossen.

Er nahm ihre Hand und sie verließen das Fahrgeschäft, Sally umklammerte ihren Teddy. Sie zögerte etwas, er aber führte sie die Stufen hinunter.

Mouth änderte mit dem Mischpult, das sich bei dem Stand befand, die Musik, während der stämmige Mann das Geld zählte.

„Ich gehe kurz von der Gondel weg, Len", sagte er und schaute zu Mouth.

„Das sind Freunde von mir, Onkel Dan. Zieh mir das vom Lohn ab."

Dan schaute seinen Neffen an. „Alles klar, Len? Du siehst etwas mitgenommen aus."

„Ich habe etwas Ärger, Dan. Mit zwei anderen Kerlen. Sie könnten die Schuld auf mich schieben."

„Die haben wohl zu viel zu verlieren?"

Mouth nickte. „Ich muss vielleicht für die nächsten paar Tage die Stadt verlassen. Dann ist da noch mein Vater."

Sie schauten sich an.

„Du hast eine Arbeit, wann immer du willst. Das weißt du, Len."

„Ich kann Mama jetzt nicht verlassen. Ich muss nach ihr sehen."

Dans Fäuste pochten. „Ich zeige es Sam schon. Lass es mich nur wissen."

„Danke, Dan." Mouth konnte fast nicht mehr an sich halten. „Vielleicht zeige ich es ihm selbst."

„Du hast doch keinen Ärger mit Frauen, Len?", fragte Dan und lächelte.

Mouth schüttelte den Kopf. „Nein, Dan. Nicht so."

Er sah, wie Red und Sally nach dem Walzer auseinander gingen. Neidisch schaute er sie an.

Red drehte sich um und bemerkte ihn. Unbemerkt von Sally hob er zwei Finger und sah Mouths spöttisches Grinsen.

* * *

Nach vier Runden im Autoscooter und noch mehr Süßigkeiten, verließen Red und Sally die Kirmes und schlenderten langsam durch die Stadt. Sie nickten sich gegenseitig zu und begaben sich in die ruhigsten Straßen.

Der älteste Stadtteil hatte noch immer Gaslaternen, die von den Koksfabriken am Flussufer ihre Energie erhielten. Die Lampen waren auf regelmäßige Abstände eingestellt und wackelten leicht in der kräftigen Brise, wobei sie ihre Schatten auf die vorderen Geschäfte und die Wände viktorianischer Terrassen warfen. Red gefiel das sanfte Licht der alten Gaslaternen. Er fragte sich, ob Florrie in ihrem Licht besser *sah* als in dem der neuen Natriumlaternen.

Sie bogen in eine Gasse und zündeten sich Zigaretten an.

Sie lächelte ihn an. „Danke, dass du mit mir ausgegangen bist, Red. Das war toll."

„Ja. Keine Ursache. Es war in Ordnung", sagte er etwas flach. Er war noch immer wütend auf Mouth.

„Was ist los, Red?", fragte Sally.

Red machte den Versuch, begeistert zu klingen: „Heute Abend war es super, Sal. Der schönste Abend, den ich seit langem hatte. Weil du dabei warst."

Kichernd zog sie ihn in den Schatten. Er entspannte sich etwas und sie küssten sich.

„Gut, es gibt doch nur dich und mich? Meinst du nicht auch, Red?"

Er fühlte sich bestätigt. „Sicher, Sal. Nur dich und mich."

Sie saßen auf einer Mauer, neben dem dunklen Hof der örtlichen Molkerei. Sie platzierte den Teddy neben sich.

„Nicht mehr lange, dann spielt Jerry Lee Lewis in der Stadt.

Das habe ich im New Musical Express gelesen. In Nelsons Plattenladen verkaufen sie Karten. Lädst du mich ein?"

„Das wird wild!" Er sah seine Chance, einen Stich zu landen. „Sobald ich kann, besorge ich zwei Karten."

Sie drückte seine Hand und küsste ihn.

Nachdem sie noch eine Zigarette geraucht hatten, schlenderten sie durch die Straße, den Teddy zwischen sich. Jeder von beiden hatte eine Pfote in der Hand, als gingen sie mit einem sehr kleinen Kind.

Hinter ihnen, unter dem Mond, der gerade aufgegangen war, führten die Straßen weg, durch die Innenstadt, immer weiter runter, zum Fluss...

Der Fluss plätscherte und schlängelte sich im frischen Wind. Rinnen unter dem Werkhof pumpten ihre giftigen Flüssigkeiten ins Wasser. Verfilzte Gemüsetriebe hingen unterhalb der Knochenmühle und der Brauerei. Düker blubberten unsichtbar im Dunkeln. Dicke Büschel von Hornkraut trieben im Mondlicht dahin.

Ein einziger, heftiger Windhauch rüttelte an den Büschen am Flussufer. Ein wilder Kater, der nach verletzlichen Vogelküken jagte, fauchte, spuckte und rannte davon.

Eine Gestalt, kaum mehr als der flüchtige Schatten eines Menschen im Mondlicht, bewegte sich unterhalb der Büsche am Ufer.

Der Schatten verschwand, während der Mond von einer Wolke verdeckt wurde.

9

Die Wochen kamen und gingen. Der Juni kam und mit ihm das sonnige Wetter. Auch wenn die Sache mit Raggy scheinbar weit zurücklag, fühlte sich Red in der Stadt erdrückt während seiner Freizeit. Der Ort fühlte sich eng und stickig an. Er verspürte zunehmend den Drang, in offenere Gefilde zu gehen.

An schönen Abenden und Wochenenden, an denen er nicht mit Sally zusammen war, radelte er aus der Stadt und war in weniger als einer Stunde weit weg in den Hügeln. Er rief in Dorfläden an und aß selbst gemachte Kuchen oder Pasteten, dann legte er sich auf den Rücken ins Gras und sah zu, wie sich die Wolken am Himmel verformten und veränderten. An solchen Tagen verspürte er so eine Art Wohlbefinden.

Aber fortwährend wurde er von Vorahnungen geplagt, die er seit diesem verhängnisvollen Samstag am Fluss hatte. Er fragte sich, ob er sie je los würde. Wenn er nicht gerade mit Sally Fahrradtouren oder seine späten Abendspaziergänge unternahm, verfolgten ihn diese Gefühle wie ein düsterer Sog. Er hielt dies für eine Warnung, dass das Grauen der Vergangenheit noch nicht fertig mit ihm war. Aber etwas

Greifbares, das seinen Ängsten eine Form verlieh, sah er nicht.

Zu Mouth, der scheinbar mit seinen eigenen Problemen kämpfte, hatte er sehr wenig Kontakt. Mouth lebte in einem Wohnwagen auf dem Schrottplatz von Battersby, nachdem er sich schließlich mit seinem Vater überworfen hatte. Dass Mouth sich entschlossen hatte, auf dem Schrottplatz der Konkurrenz zu wohnen, war typisch für ihn, dachte Red.

Als er bei Ralphs Kiosk ankam, hatte Mouth schon seine Zeitungen sortiert und war weg. In der Schule war er überhaupt nicht gewesen. Der Sachbearbeiter im Schulbüro hatte ihn schnell ausfindig gemacht und erfahren, dass er eine Stelle als Hilfsarbeiter bei Battersby's hatte, einschließlich freier Unterkunft. Da konnte der Sachbearbeiter nichts mehr tun. Der Junge war 15 und offenbar finanziell unabhängig. Sein Vater hatte ihn offenbar aus dem Haus geworfen.

Red saß zur Mittagszeit manchmal mit Sally im Sumpf und sie rauchten, oder sie gingen in die Stadt, zur nächsten Pommesbude, wo er sie zu Pommes mit Schnitzel einlud.

Sie verbrachten eine gefühlte halbe Stunde damit, bei Nelson's, dem Bücher- und Plattenladen der Stadt, die Platten zu durchstöbern, wo Sallys Wissen über die aktuelle Musikszene ihn immer beeindruckte. Alle paar Wochen kaufte er ihr eine neue Platte, die gerade in den Top 20 Großbritanniens war.

Brock ließ ihn völlig links liegen. Ihr einziger Kontakt hatte sich auf ein Nicken und schweigende Blicke auf dem Schulflur beschränkt. Aber auch wenn Brock nicht gut aussah und immer mehr zulegte, er schien seine Klappe gehalten zu haben, was Raggy anging.

Am letzten Samstag vor dem Hochsommer war traditionell der Tag des Tanzes im Rugby Club. Red wusste, Janet würde sich dort nicht blicken lassen. Seine Schwester war in den letzten Wochen immer verschwiegener und zurückgezogener geworden und erwähnte Jack Parnaby erst gar nicht. Wenn Jacks Name beim Tee fiel, tat sie alles, es zu ignorieren oder machte eine zurückhaltende Bemerkung. Es war offensichtlich, dass es mit Jack nicht gut lief, das würde Janet aber nichts ausmachen.

Red wusste, dass seine Schwester an diesem Tag einen Ausflug in die Großstadt gemacht hatte, wegen einer geheimnisvollen eigenen Sache, die nur sie etwas anging, also wäre sie nicht hier, um ihm hinterher zu schnüffeln. Und Josie hatte Sally Hausarrest gegeben, weil sie, nach Ansicht ihrer Tante, zu lange fort gewesen war...was ganz allein seine Schuld gewesen war. Also blieb ihm seiner Meinung nach nichts anderes übrig, als in den Rugby Club zu gehen und allein zu tanzen.

Er hatte nicht viel Geld, also musste er zunächst einen Weg finden, umsonst zum Tanz zu können.

Das Gelände und das Clubhaus des Rugby Clubs befanden sich auf einem flachen Grundstück, halb einen Hügel im Westen der Stadt hinauf. Als Red ankam, befand sich vor dem Eingang bereits eine Schlange und die erste Band des Abends spielte. Ihm fiel auf, dass Ingo, Algy, Thomo und die Rocker, alle in Ledersachen, Eintritt bezahlten. Er wollte sich gerade hinter sie stellen, in der Hoffnung, dass einer von ihnen seinen Eintritt bezahlte, als er eine Gruppe Langweiler aus der Plattenbausiedlung zum Tor kommen sah.

Er wich zurück und seine Chance war dahin.

Er stand auf, um durch die Umzäunung des Clubs zu kommen. Innerhalb von wenigen Minuten liefen ihm ein paar schmuddelige Hinterhofkinder entgegen, die mit ein paar Bolzenschneidern durch den Maschendrahtzaun kamen. Er wollte sich gerade hinter ihnen hindurch stehlen, als er eine kräftige Hand auf seiner Schulter spürte. Aufgeschreckt drehte er sich um, denn er dachte, es sei ein Gesetzeshüter. Zu seiner

Überraschung war es Mouth, der grinsen musste, als er seinen bestürzten Gesichtsausdruck sah.

„Was zum Teufel machst du hier?", platzte es aus Red heraus.

„Sieht so aus, als mache ich dasselbe, wie du auch. Mach schnell, ehe uns noch irgendein Idiot sieht."

Red zögerte. „Rocker und Langweiler sind schon hineingegangen. Heute Nacht könnte es dort drinnen ungemütlich werden."

Mouth machte ein verächtliches Gesicht. „Du wirst weichlich, Red. Du verbringst zu viel Zeit mit der Damenwelt. Das wird ein Spaß. Vielleicht kommen wir zu einem Freibier."

Red war seine Angst peinlich. „Ja, stimmt. Betrinken wir uns!"

Sie folgten den Hinterhofkindern durch das Loch im Zaun. Trinker drückten sich um die lange Außenbar herum, die überdacht und nur vorübergehend geöffnet war, wie ein Marktstand. Der Rugby Club nutzte sie für seine Sommerfeste. Die Bar des Clubhauses war für jeden tabu, der kein Mitglied war.

Es hatte sich bereits eine große Gruppe gebildet: Junge Paare, separate Gruppen alleinstehender Frauen und Männer, kleine Grüppchen von jungen Mädchen, die kicherten und die Jungen anstarrten, in der Hoffnung, dass der ein oder andere einen ausgeben würde. Auf dem ganzen Gelände verstreut standen ältere Männer, meistens Mitarbeiter des Rugby Clubs, die nach bekannten Unruhestiftern Ausschau hielten. Ingo, Algy, Thomo und ein halbes Dutzend Rocker standen an der Bar, ein Bier in der Hand. Die Mitarbeiter behielten sie gut im Auge und hofften, sie würden nicht zu wild.

Durch das Hinterfenster der Bar sahen die Hinterhofkinder Bierflaschen in Kästen, die bereit zum Servieren standen.

Red und Mouth holten sich auch Bier und lösten mit ihren Taschenmessern die Kronkorken ab.

Sie schlenderten umher und tranken dabei ihr Bier. Auf der Außenbühne zwischen der Bar und dem Clubhaus spielte eine halbwegs anständige Band mit Gitarristen und Sängern Stücke und Nummern von Paul Anka, Ritchie Valens und den Everly Brothers. Ein Dutzend junger Paare tanzte auf dem Rasen vor der Bühne.

Cathy Raines und drei ihrer spärlich bekleideten Freundinnen stießen zu ihnen. Cathy versuchte erfolglos Mouth die Flasche aus der Hand zu reißen.

„Gib uns einen Schluck, Len!"

„Kauf dir selbst eins. Wir mussten das auch."

„Sie geben uns keinen aus", gab Cathy zu und machte ein langes Gesicht.

Mouth ließ sie trinken, hielt aber seine Flasche fest.

Er schaute sie lüstern an. „Was gibst du mir dafür?"

„Gib mir ein Bier aus und ich denke darüber nach."

Red konnte sehen, dass Mouth und Cathy einander anschmachteten, also ließ er sie allein. Er ging weg und setzte sich unterhalb der Tanzfläche ins Gras, von wo aus er die Band gut sehen konnte. Er trank sein Bier leer und sah zu, wie immer mehr Menschen kamen. Der Bereich vor der Bühne füllte sich und er trat immer wieder zur Seite, dass er die Band noch sehen konnte. Er bemerkte, wie Ingo und die Rocker mit zwei vollen Bierkästen ankamen. Die Rocker setzten sich daneben ins Gras und tranken weiter.

Er spielte mit dem Gedanken, eine Flasche Bier zu schnorren, aber er verlor die Rocker aus den Augen, als immer mehr Leute sich zwischen ihnen hindurch zwängten.

Die fünfköpfige Band spielte zu Ende und eine viel lebhaftere, siebenköpfige Männerband mit Horn, die einzigartige Coverversionen von *Stagger Lee* und *Way Down Yonder in New Orleans* spielte, betrat die Bühne.

Red merkte, wie er aufstand und mit allen anderen jubelte und Beifall klatschte.

Die Teds bemerkte er zunächst nicht. Erst als er dachte, jemand hätte seinen Namen gesagt, drehte er sich um und musste feststellen, dass die Gruppe Teds ihn umzingelt hatte. Noch ehe er abhauen konnte, zog ein blonder Kerl mit einer violetten Punkfrisur sein Gesicht kurz vor seines.

„Bist du Red?", fragte er.

Reds Gegenfrage klang mehr nach Prahlerei als echtem Mut.

„Wer will das wissen?"

Da war plötzlich ein anderer Kerl, ein schwarzhaariger Jugendlicher mit einer dunkelgrünen Punkfrisur, der ihm ins Ohr flüsterte:

„Das warst doch du, unten am Fluss, nicht wahr? Du und deine Freunde mit euren verdammten Luftgewehren!"

Red, der verwirrt und schuldbewusst war, fragte sich kurz, ob die Teds seine Gefühle an seinem Gesicht ablesen konnten. Aber es ging alles so schnell, dass er sich nicht vorbereiten konnte.

Die Rocker umzingelten ihn. Es waren fünf, vielleicht auch sechs von ihnen. Der violette Punk krächzte ihn wieder an:

„Wir wissen, ihr wart es, also hör auf, zu lügen, verdammt. Ihr habt auf meinen Bruder geschossen."

„*Was?*" Red wurde schwindlig.

Dann sagte der grüne Punk: „Du Rotschopf und zwei deiner verdammten Freunde habt unten am Fluss auf die drei geschossen. Jetzt bringen wir euch um!"

Der Kerl hatte die Augen direkt auf Red gerichtet und er schien ihn mit seiner Bösartigkeit regelrecht zu provozieren.

„Gib es zu", sagte der violette Punk. „Und wir töten dich nur einmal!"

Die Teds kesselten ihn ein. Red war voller Furcht und Schuldgefühlen. Der violette Punk zog ein Springmesser.

Mouth und Cathy tauchten am Rand des Gedränges auf. Mouth konnte sehen, wie die Teds Red umzingelten und starrte sie für einen Moment an. Dann zog er Cathy weg und sie verschwanden in der Menge vor der Bühne.

Red merkte, er würde kämpfen müssen. Er holte aus und verpasste dem grünen Punk eine ordentliche Rechte, sodass dieser auf den Rücken fiel.

„Fickt euch!", schrie er die Teds an.

Dann gab der dem violetten Punk einen krachenden linken Haken, sodass seine Zähne klapperten.

Aber mit ihnen allen konnte er es nicht aufnehmen. Er sah das Messer, ausweichen konnte er aber nicht, denn zwei von ihnen packten ihn von hinten. Plötzlich spürte er auf seiner linken Gesichtshälfte einen Schmerz, dann lag er auf dem Boden. Er versuchte sich aufzurichten, um sich zu schützen. Zu seiner Überraschung sah er aber einen Ted neben seinen Beinen liegen, im nächsten Moment fiel noch einer neben seinem Kopf zu Boden. Er stellte sich auf die Beine, während Ingo und die Rocker, bewaffnet mit Schlagringen und Schraubenziehern, auf Teds losgingen.

„Geht heim!", schrie Ingo ihn an. „Geh!"

Red stahl sich aus dem Getümmel, während hinter ihm Leute zu Boden fielen. Er drückte sein Taschentuch in sein blutiges Gesicht und eilte an der Außenbar vorbei, als Mitglieder des Rugby Clubs herbeieilten, um die Schlägerei zu beenden.

Er stahl sich durch das Loch im Maschendrahtzaun. Kurz fiel sein Blick auf Polizisten hinter ihm, die auf die Bühne rannten.

Die Hand an seinem verletzten Gesicht, eilte er durch die Nacht, so schnell er konnte.

* * *

Eine Schüssel blutiges Wasser stand auf dem Küchentisch der Pattersons. Red saß in seinem Unterhemd da. Janet, die ein paar Minuten eher zurückgekommen war, wusch sein verletztes Gesicht.

„Sieh dich an!", rief sie. „Gut, dass Mama und Papa nicht da sind!",

Er winselte, während sie seine Verletzung säuberte.

„Eines Tages handelst du dir richtigen Ärger ein und niemand wird da sein, um dir zu helfen!"

Red dachte an Raggy und schaute seiner Schwester nicht in die Augen.

„Weswegen wollten dich diese Teds denn verprügeln?", fragte sie in vorwurfsvollem Ton.

„Keine Ahnung. Sie müssen mich verwechselt haben."

Sie sah ihn an, runzelte die Stirn und schüttelte den Kopf. „Es ist mehr im Busch, als du zugeben willst, lieber Ronnie!"

Sie trocknete sein Gesicht mit einem Handtuch, dann trat sie zurück und sah ihn mitgenommen an.

„Und was ist an dem Tag geschehen, als ihr euch die Flut angeschaut habt?"

„Nichts", antwortete Red abwehrend.

„Ich dachte, Raggy Bottomley war bei euch? Was ist mit ihm passiert?"

Gerade noch rechtzeitig konnte sich Red an ihre Geschichte erinnern. „Keine Ahnung. Er ist einfach abgehauen. So ist er nun mal."

Er konnte sehen, dass sie ihm nicht glaubte. Es war Zeit, das Thema zu wechseln.

„Also sind Jack und du miteinander fertig?"

„Das geht dich nichts an!"

„Ich weiß eh nicht, was du in ihm gesehen hast. Er hat noch nicht einmal ein Paar Levis!"

Er stand auf und schaute sich im Spiegel an. Ein dünner, roter Strich, etwa sieben Zentimeter lang, verlief über seinen linken Wangenknochen. Vorsichtig fuhr er mit dem Finger über den Strich.

„Sieht nicht so schlimm aus. Wie lange wird es dauern, bis das verheilt ist?"

Janet trat neben ihn. Sie beide betrachteten sein Gesicht im Spiegel. „Das wird man schon ein paar Wochen sehen. Vielleicht bleibt dort auch eine kleine Narbe zurück." Sie lachte plötzlich. „Schon schlimm genug, rote Haare zu haben. Wenn dann noch eine Narbe hinzukommt, bist du aufgeschmissen!"

Sie legte sein blutbeflecktes Hemd in die Schüssel und tränkte es mit kaltem Wasser.

„Also, was ist so besonders an der Großstadt?", fragte er.

Sie räumte den Tisch ab, ohne ihm dabei in die Augen zu sehen. „Oh...ich musste einfach diese Kleinstadt hinter mir lassen. Ein Tag ist wie der andere!"

Jetzt bin ich dran, dir nicht zu glauben, dachte Red. „Es ist mehr, als du zugibst, Janet!"

Verwirrt drehte sie sich halb zu ihm um, und er sah ihr schuldiges Gesicht.

Er musste lächeln, als er sah, wie verlegen sie war. Heute Abend würde es keine komischen Fragen mehr geben.

* * *

Brock, der verspannt und unruhig war, saß auf der Sitzgarnitur im Vorzimmer. Zwanghaft aß er Süßigkeiten. Edna saß in einem Sessel, schaute ungeduldig auf ihre Fingernägel und wartete auf ihren Ehemann, dass er den ersten Schritt tat. Frank stand vor dem Kamin. Er hatte einen wohlwollenden, verständnisvollen Gesichtsausdruck. Er hielt einen Brief hoch.

„Den haben wir von der Schule erhalten. Du arbeitest nicht mit, George. Du machst deine Hausaufgaben nicht. Was ist los?"

Brock konnte seinem Vater nicht in die Augen sehen. Er stopfte noch mehr Süßigkeiten in sich hinein.

„Sieh mich an, George“, befahl Edna. „Sieh mich an!“

Brock sah sie an. Er wirkte, als ob er gleich anfinge, zu weinen. Seine Gesichtshaut war gezeichnet und rot.

„Seit du mit Ronny Patterson, diesem Raubein, aneinander geraten bist, bist du nicht mehr derselbe.“

Als Reds Name fiel, erschauerte Brock unfreiwillig.

„Was ist zwischen dir und Ronnie gewesen, George?“, fragte Frank in freundlichem Ton. „Du hattest nie Probleme mit ihm.“

„Es war nichts“, stotterte Brock mit gesenktem Kopf. „Es gibt kein Problem.“

Edna schaute ihren Sohn misstrauisch an und runzelte die Stirn. „Du sagst uns nicht die Wahrheit, George. Sieh mich an!“

Brock schaute ihr zögerlich in die Augen.

„Jetzt sag uns die Wahrheit!“

Brock schüttelte den Kopf. „Ich habe nichts zu sagen.“ Er schaute wieder nach unten.

Frank faltete den Brief zusammen und steckte ihn in seine Tasche. „Nun, es ist das Beste, wir sprechen mit Ronnies Eltern und gehen der Sache auf den Grund.“

Brock sprang auf. „Nein, Papa! Bitte...nicht!“

Bestürzt sahen Frank und Edna ihren Sohn an. Auch Edna stand auf. „Ich wusste es! Etwas ist zwischen dir und Ronnie Patterson gewesen.“

„Nein, ehrlich...“, stammelte Brock. „Es war nichts. Wir sind gute Kumpel.“

Frank und Edna schauten sich an. Diesmal ging die Taktik guter Bulle, böser Bulle nicht auf. Also war es ernst. Sie würden schnell handeln müssen.

* * *

Am nächsten Morgen saß Red im Esszimmer und frühstückte, als Wachtmeister Mawson in Begleitung eines uniformierten Polizisten kam. Er kratzte sich nervös an seiner Narbe, als

Nancy den Polizisten ins Zimmer führte. Mawson schaute Red an, als wäre er ein Insekt, das vom örtlichen Kammerjäger vergiftet werden müsste. So schaute alle an, es sei denn, sie waren ranghöher.

Red wurde von einer träumerischen Stille übermannt, die ihn plötzlich erfasste. Er sah, wie Mawsons Mund auf und zu ging, während der Wachtmeister mit ihm sprach. Aber er konnte nichts hören. Die verzweifelte Nancy sprach auch mit ihm. Ihr Mund ging auf und zu, Red schaute sie aber nur verständnislos an.

Mawson nickte mit dem Kopf und der uniformierte Polizist gab Red ein Zeichen, er solle aufstehen, dass er ihm Handschellen anlegen konnte. Das Geräusch klickender Handschellen klang in Reds neuer, stiller Welt unnatürlich laut.

Mawson grinste den Polizisten an. Ihm gefiel es, Handschellen anzulegen, wenn er durfte. Und diese Mutter schien ihn nicht angehen zu wollen. Wäre der Vater des Jungen zu Hause gewesen, hätte er sie nicht angelegt.

Er mochte es, Menschen Handschellen anzulegen, besonders heranwachsenden Jungen, denn das waren gnadenlose Quälgeister. Handschellen waren ein Symbol für Kontrolle. Sie weckten in ihm den Eindruck, dass er absolute Macht hatte. Die Tatsache, dass ihn alle Jugendlichen der Stadt fürchteten, war für ihn eine echte Genugtuung. Das war ein Ausgleich für ihn. Von Monat zu Monat wurden die Geister seiner Vergangenheit schwächer und er spürte immer mehr, dass er erfolgreich gewesen war, sie fast ganz verschwinden zu lassen.

Nancy packte Red einen Moment am Arm, als sie ihn aus dem Raum führten. Er hörte ihre Stimme, gefühlt von sehr weit weg, sagen:

„Ronnie, was hast du getan? Oh ... Ronnie!"

10

Im Carpenters Arms, gegenüber des Bahnhofs der Stadt, war am Wochenende nichts los. Am meisten war in diesem Pub immer los, wenn zur Mittagszeit Geschäftsleute kamen oder Pendler aus ihren Büros hereinschneiten, um schnell was zu trinken, bevor sie den Zug nach Hause, zu ihren Häusern in den Neubaugebieten der Stadt, nahmen. An diesem Sonntag war es zur Mittagszeit nicht anders. Als Janet die Bar betrat, fand sie diese völlig leer vor, bis auf den Hausmeister der nahe gelegenen Oberschule, der immer sonntags kam, um mittags ein Bier zu trinken.

Janet betrachtete sich im großen Spiegel hinter der Bar. Ja, in T-Shirt, Jeans und Freizeitjacke sah sie gut aus. Dies war nicht die Erscheinung, die in diesem Stadtteil an einem Sonntagnachmittag Aufmerksamkeit auf sich zog. Sie blieb auf Abstand zum Hausmeister und bat um ein Radler 0.2l. Den Barkeeper bemerkte sie nicht.

„Bist du neu?", fragte sie und lächelte ihn freundlich an.

„Die sonntägliche Entspannung nach dem Golf", erklärte der Barkeeper. „Bist du Janet?"

Sie nickte. „Das bin ich."

„Er ist gerade gekommen. Im Hinterzimmer."

Doug saß allein am Tisch, als sie das Zimmer betrat.

„Ein neuer Barkeeper", bemerkte sie, als sie sich ihm gegenüber setzte.

„Er ist in Ordnung", antwortete Doug und lächelte beruhigend. „Alle, die hier hinter der Bar arbeiten, sind versteckte Sympathisanten."

Er nahm einen großen Schluck aus seinem Pint Ale. „Ich glaube, man hat mein Telefon angezapft."

„Oh, um Gottes Willen!"

„Ganz recht. Ziemlich unbequem. Auch ich werde beschattet." Ihm fiel ihr aufgeschreckter Blick auf. „Keine Sorge. Ich habe ihn abgeschüttelt. Wir müssen weiterhin von Telefonzellen aus anrufen und uns zu unregelmäßigen Zeiten treffen. Keine persönlichen Sachen mehr, wie Visitenkarten. Nichts Gedrucktes, bis auf die Zeitschrift. Und auch darin keine Kontaktdaten."

„Sie nehmen dich echt als Bedrohung wahr, nicht?"

„Das liegt an der Zeitschrift. Sie mögen es nicht, wenn Leute Zeug verlegen, das sie nicht öffentlich in Misskredit bringen können."

„Ich hätte gedacht, die Zeitschrift wäre ein leichtes Ziel."

Er musste lächeln, weil sie so naiv war. „Eine Kampagne des Establishments gegen uns würde Aufmerksamkeit zu unseren Gunsten auf uns lenken. Und das ist das Letzte, das sie wollen."

Sie schwiegen, während sie das Gesagte verdaute.

„Wirst du der Zeitschrift einen Namen geben? Es kommt mir seltsam vor, dass sie keinen hat. Das könnte ihre Auflage vergrößern."

Er schaute finster. Sie war erneut ins Fettnäpfchen getreten.

„Namen sind anmaßend. Ich denke, wir bleiben einfach beim Symbol. Jeder weiß, was es bedeutet. Wir wollen doch nicht die falschen Leute ansprechen. Das führt nur zu ungewollter Verwirrung."

Wieder tranken sie schweigend. Er schaute sie über sein Glas hinweg an.

„Weißt du, alle Regierungen hassen Demokratie. Sie lügen uns an und sagen, sie wollen unser Bestes, dann führen sie uns in Kriege und Katastrophen. Und es ist immer der kleine Mann, der für ihren Eigennutz bezahlen muss. Denn wenn man zu *ihnen* gehört, kommt man mit fast allem durch."

Er nahm einen großen Schluck Bier.

„Es ist nur ein Privatclub der Reichen und Mächtigen, die alles nach ihrem Gusto steuern. Und so wird es immer bleiben, bis die Menschen aufwachen. Tun sie es nicht, dann haben sie die Sklaverei verdient, die sie jetzt haben." Er schwieg, blickte sie an und runzelte die Stirn. „Du weißt, es könnte echt gruselig sein, mit uns abzuhängen. Du sollst wissen, dass du jederzeit gehen kannst, wenn du willst. Dafür werde ich dich nicht verachten. Ab einem gewissen Punkt gibt es kein Zurück. Wir triumphieren zusammen oder gehen zusammen unter."

Seine Bemerkungen machten sie wütend. „Denkst du, das ist für mich nur ein Spiel? Dass ich nur auf etwas Spaß aus bin? Nun, dann *wirst* du mich verachten. Und ich werde *nicht* gehen."

Er lachte. „Na dann, wenn du so empfindest, musst du nicht jeden Samstagabend nach Hause rennen. Du könntest bei mir bleiben."

„Da spare ich mir das Zugticket!" Sie stand auf und nahm sein leeres Glas. „Ein Pint Ale, nicht wahr?"

„Ich möchte, dass du dir deswegen nichts vormachst. Du wirst eine Kämpferin sein müssen, Jan. Das sind wir alle."

„Eine Kämpferin für Frieden, Doug", antwortete sie ernst. „Genau das bin ich."

* * *

Das Verhörzimmer auf dem Polizeirevier hatte keine Fenster. In der Mitte stand ein Tisch mit vier Stühlen. Red saß auf dem Stuhl, dem Polizist gegenüber. Er war ängstlich, hatte aber seine Geschichte parat. Er hatte genug Zeit, sie sich durch den Kopf gehen zu lassen, während sie ihn hier rein geschafft hatten.

Er war froh, dass sie Mawson losgeworden waren. Der hatte gestotterte Anweisungen vom diensthabenden Wachtmeister erhalten. Dann hatte er Red am Schreibtisch sitzen lassen und war wieder hinausgeeilt. Wahrscheinlich ist er gegangen, um ein paar 5-Jährige zu verfolgen, die auf dem Asphalt Himmel und Hölle spielten, dachte er sauer.

Der Polizist im Verhörzimmer schlug mit der flachen Hand auf den Tisch vor ihm, worauf Red aufsprang.

„Du wirst uns die Wahrheit sagen, Patterson...verstanden?"

Red rutschte unruhig hin und her, den Blick auf die Tischplatte gerichtet.

„Er hat sich einfach von uns entfernt. Ist einfach abgehauen. So ist er halt."

Mit zusammengebissenen Zähnen atmete der Polizist aus. Es klang für Red wie ein wütendes Zischen.

„Du gehst mir auf den Sack, Patterson. Das ist ein schweres Verbrechen...ein Gewaltverbrechen!"

Red zuckte mit den Schultern. „Wir wollten uns nur die Flut ansehen. Das schadet doch keinem, oder?"

Wieder zischte der Polizist: „Schaden? Du bist ein Witzbold, wie? Wie hat es angefangen, hm? Wer hat den ersten Schritt getan?"

Red dachte scharf nach und versuchte, sich nacheinander an die Ereignisse zu erinnern.

„Zuerst haben wir auf eine Ente geschossen. Die wollten wir ihm später zum Abendessen braten. Aber er ist abgehauen."

Mit unverhohlener Verbitterung sagte der Polizist: „Du

hältst dich wohl für einen Komiker, Patterson. Aber du bist geliefert. Verstanden?"

Red sagte mit Nachdruck: „Ich habe Ihnen gesagt, er ist einfach abgehauen. So ist er eben."

Der Polizist lehnte sich in seinem Stuhl zurück, von wo aus er Red schweigend, zehn Sekunden lang, beäugte. Dann lehnte er sich vor und machte seinen Standpunkt klar, indem er mit dem Zeigefinger auf den Tisch klopfte.

„Hör zu, du komischer Vogel...dieser Junge liegt auf der Intensivstation. Stirbt er, dann reden wir hier von Mord. Es war Ingemar, oder Ingo, wie er genannt wird, der im Rugby Club die Schlägerei angefangen hat, oder?"

Als ihm die Wahrheit dämmerte, verfiel Red in unkontrolliertes Lachen. Der Polizist ging um den Tisch herum und versetze ihm mit der flachen Hand einen Schlag auf die Schläfe, dann machte er auf dem Absatz kehrt und verließ den Raum.

Red streckte sich auf dem Boden.

Er blieb liegen, wo er hingefallen war, bis ein Polizist in Uniform ihn in eine Zelle brachte und die Tür verschloss. Er saß auf der Pritsche, in die einzige Decke gehüllt, die es gab. Seine rechte Gesichtshälfte brannte und fühlte sich geschwollen an. Lange Zeit saß er ganz ruhig da und verbiss sich den Schmerz, bis er ihn kaum noch spürte. Dann entwich ihm ein kleines, triumphierendes Lachen.

* * *

Red Senior, der seinen grünen Overall von Wade's trug, wartete auf der Treppe vor dem Polizeirevier. Seinen Ford Popular hatte er am Bordstein geparkt. Am Sonntag hatte er Überstunden gemacht, denn er war mit der Überwachung einer neuen Pflanzmaschine betraut worden. Er war direkt auf das

Polizeirevier gegangen, kaum dass ihm Nancy von Mawsons Besuch erzählt hatte.

Red trat aus dem Haupteingang. Sein Vater schaute ihn an, wurde rot und schüttelte herzlich die Hand seines Sohnes.

„Bist du in Ordnung, Junge?", fragte Red Senior und warf seinem Sohn einen ernsten Blick zu.

Red nickte. Über sein Martyrium wollte er nicht sprechen. „Danke, dass du mich hier raus geholt hast, Papa."

Statt Erleichterung verspürte er kurz Dankbarkeit. Ihm war nie aufgefallen, dass sich sein Vater so um ihn sorgte.

„Wofür hat man einen Vater, Junge? Keiner meiner Söhne wird hier drin versauern! Sie haben dir überhaupt nichts vorgeworfen?"

„Nein."

„Sie hatten kein Recht, dich festzuhalten. Diese verdammten Bullen sind nichts als ein Haufen Rüpel! Worum ging es eigentlich bei all dem hier?"

„Um nichts Wichtiges. Nur um eine Schlägerei."

„Eine Schlägerei? Wo?"

Sein Vater hatte keine Ahnung, dass er beim Tanz im Rugby Club gewesen war. Red Senior wäre mit dem Alkoholkonsum und den Machoallüren nicht einverstanden gewesen.

„In der Stadt...Samstagabend."

„Wer zum Teufel hat sich geprügelt? Warst du dort?"

Red schaute auf den Gang des Polizeireviers, aber man konnte ihn nicht hören.

„Sie dachten, ich hätte etwas gesehen."

„Und, hast du?"

Er hatte genug von Verhören. Er schaute seinem Vater in die Augen und antwortete:

„Ich sage es niemandem, Papa."

Red Senior beäugte seinen Sohn und spitzte nachdenklich die Lippen.

„Wir reden von Loyalität, oder?", fragte er und schaute Red

streng an. „Loyalität ist eine komplizierte Sache. Manchmal ist sie unangebracht. Vergiss deine Loyalität uns, mir und deiner Mutter, gegenüber nicht. Kommt die nicht zuerst? Das ist unser Fundament."

Red war sich nicht sicher, worauf sein Vater hinaus wollte. Er spürte, er hatte andere Motive. „Natürlich, Papa. Ich weiß."

„Freut mich, dass wir uns einig sind, Junge. Wir stehen füreinander ein, nicht wahr?" Red Seniors Lächeln kehrte zurück. „Kommst du nach Hause?"

„Ich kann noch nicht. Ich muss wohin. Ich komme später zurück."

Damit ging er. Red Senior starrte ihm nach. In diesen Tagen tat das jeder, bei der Arbeit, zu Hause. Sie gingen. Er war ein Mensch, mit dem niemand zu tun haben wollte. Jemand, der sich mit der Pest angesteckt hatte, die da hieß, *nicht nach unseren Prinzipien leben.*

* * *

Red betrat die Pommesbude und stellte sich in der Schlange an. Die Pommesbude von Johannes und Ivy Erikson verkaufte die besten Pommes mit Backfisch in der Stadt. Die Eriksons hofften, dass ihr ältester Sohn Ingemar den Laden übernehmen würde, wenn sie in Rente gingen. aber Ingo war weit mehr mit Motorrädern, Trinken und damit beschäftigt, ihnen Sorgen zu bereiten, sodass sie nicht mal mehr die Möglichkeit in Betracht zogen. Die Eriksons hatten sich darauf eingerichtet, lange zu warten.

Die Pommesbude öffnete zur Mittagszeit und abends und die Schlange erstreckte sich immer bis auf den kleinen Hinterhof, um die Ecke herum. Aber heute war Sonntag, und es standen nur drei Leute in der Schlange, als Red kam.

Die Pommesbude hatte einen kleinen Sitzbereich und wurde deshalb als Café behandelt, sodass sie um die Regeln des sonntäglichen Verkaufsverbots herum kam. Myrtle, Ivy Eriksons Schwester, bediente allein im Laden. Red beäugte die Preisliste an der Wand über der Fritteuse und fragte sich, ob er sich einen Kabeljau, zusammen mit seiner üblichen Tüte Pommes, leisten konnte, als Myrtle ihn bemerkte.

Sie rief ihrer Schwester zu: „Ivy! Ronnie ist hier!"

Die blonde, vollbusige und großherzige Ivy Erikson eilte aus der Küche herein. Sie sah Red in die Augen und lächelte herzlich.

„Komm nach hinten, mein Lieber. Ich bin in einer Minute bei dir."

Sie führte ihn um die Ecke herum, in einen Gang, wo er zwischen Eimern voller Pommes und Tabletts voller Fisch wartete. Papiertüten voller Kartoffeln, mit dem Namen *WADE* und dem Logo mit dem Riesen, lehnten an der Rückwand. Er starrte sie an und fühlte eine plötzliche Abneigung. Ivy trat hinter den Tresen und tauchte wieder auf, ein Päckchen Pommes mit Backfisch in der Hand. Ihr fiel Reds geschwollenes Gesicht auf.

„Oh, mein Lieber. Was haben die elenden Bullen mit dir gemacht", krächzte sie.

„Nicht viel, Frau Erikson. Sagen Sie Ingo nur...sagen Sie ihm, ich habe nichts gesagt."

„Oh, du bist der beste Kumpel, den ich kenne, Ronnie Patterson. Ich wünschte, du wärst mein Sohn."

Sie drückte ihm die Tüte Pommes mit Backfisch in die Hand.

„Ich wünschte, ich könnte mehr tun, mein Lieber, aber..."

„Schon in Ordnung", Frau Erikson. Sagen Sie es einfach Ingo." Er musste fragen, denn die Angst raubte ihm den Verstand: „Dieser Junge im Krankenhaus...wird doch nicht sterben, oder?"

„Aber nein, mein Lieber! Das Krankenhaus hat gesagt, er hat sich nur den Kiefer gebrochen und einen großen blauen

Fleck am Po. Haben dir die Bullen gesagt, er wird es nicht schaffen?"

„So etwas Ähnliches."

„Oh, diese elenden Bullen!"

* * *

Als Red zu Hause ankam, konnte er im Esszimmer das Radio hören. Es hörte sich an wie die Billy Cotton Band Show. Er drückte die Tür auf. Seine Mutter stand neben dem Bügelbrett und bügelte den Kragen des besten weißen Hemds seines Vaters. Red Senior saß am Feuer und las in einer Zeitung. Die Pattersons machten täglich Feuer, im Winter wie im Sommer, denn sie erhitzten Wasser für Red Seniors Feierabendbad. Aber heute trug sein Vater zu Reds Überraschung noch immer seine Arbeitskleidung. Er merkte, etwas musste passiert sein, dass die tägliche Routine unterbrochen worden war.

Er wollte sich gerade nach oben in sein Zimmer zurückziehen, da bemerkte ihn sein Vater.

„Komm rein, Junge. Wir müssen ein paar Sachen besprechen",

sagte sein Vater und schaltete Billy Cotton aus. Red wurde schwer ums Herz. Noch eine Vernehmung stand an.

Nancy drehte sich ängstlich zu ihm und fragte: „Oh, Ronnie, warum hast du der Polizei nicht die Wahrheit gesagt?"

Red erwiderte: „Wozu? Das geht sie nichts an."

„Aber zumindest deinen Namen hättest du reinwaschen können",

antwortete Nancy mit schriller Stimme, wie immer, wenn sie aufgebracht war.

„Meinen Namen?"

„Der ist auch der unsere. Es ist eine Kleinstadt und etwas bleibt immer haften!", antwortete sie und zeigte mit dem

Finger auf ihn. „Du wirst einen ebenso schlechten Ruf bekommen wie dieser Ingemar Erikson!"

Also darum das ganze Tamtam, stellte Red fest. Deshalb hatte ihn sein Vater aus dem Polizeirevier geholt. Um ihren dämlichen Namen rein zu waschen!

„Ingos Ruf scheint ihrer Pommesbude nicht zu schaden." Red sah Ivy Eriksons Sorge an ihrer roten Wange. Sein Vater hatte absolut kein Verständnis dafür. „Viele Leute schauen zu Ingo auf, weil er für sie die Kastanien aus dem Feuer holt."

Als er das sagte, war Nancy seltsam still. Er merkte, er hatte ins Schwarze getroffen. Einen Moment sahen sich seine Eltern schweigend an. Red Senior räusperte sich.

„Mag sein. Aber seinem Beispiel solltest du nicht folgen. Nicht, wenn du es bei Wade's zu etwas bringen willst."

Zu diesem Zeitpunkt war Red sich überhaupt nicht sicher, ob er das wollte. Aber er sagte nichts.

Sein Vater ging vom Kamin weg und setzte sich an den Tisch. Sein ernster Gesichtsausdruck ruhte wieder auf dem Gesicht seines Sohnes.

„Und noch etwas. Vor einer halben Stunde waren die Brocklesses hier. Scheinbar regt sich ihr Junge einer Sache wegen auf, die auf deinem Mist gewachsen ist."

Red wurde vor Furcht flau im Magen. Also das war das zweite, mit dem er seine Eltern wütend machte.

„Hast du ihn schikaniert?", fragte sein Vater in vorwurfsvollem Ton.

„Nein, Papa. Er ist ein Freund. Und ich bin kein Rüpel."

Red Senior beruhigte sich etwas. „Nun, du hast ihn irgendwie wütend gemacht."

„George kann sich nicht auf die Hausaufgaben konzentrieren", warf Nancy sauer ein. „Und sie geben dir die Schuld dafür."

„Mir? Diese schleimige Ratte! Ich habe mit ihm nur Englisch."

Red Senior machte ein wütendes Gesicht, als erinnere er sich an einen unangenehmen Geschmack. Das schien ihn getroffen zu haben. „Sie kamen selbstherrlich bei uns vorbei. Haben unser Essen ruiniert. Ich erinnere mich noch als Frank Brockless der verdammte Bürogehilfe war!"

„Ednas Vater war in der Planungsstelle", führte Nancy aus. „So läuft es eben."

„Da wir gerade von Vetternwirtschaft reden, nicht Nancy!"

Nancy warf ihm einen strengen Blick zu, sagte aber nichts.

Red merkte, dass die Anspannung im Raum plötzlich verflogen war und seine Qual auf geheimnisvolle Weise ein Ende gefunden hatte. Er merkte, dass er vor Erleichterung dämlich grinste. Red Senior deutete das Lächeln falsch und grinste zurück.

„Sie einfach nicht beachten, wie? Verdammte Snobs! Iss etwas vom Abendbrot, Junge."

Sich zu verziehen, war das Einzige, was Red im Kopf hatte, ehe ihnen noch etwas einfiel, womit sie ihn einschüchtern konnten.

„Nein danke. Ich bin müde. Ich gehe ins Bett."

Sein Vater schien enttäuscht zu sein.

Scheiße! Das dachte Red, als er nach oben in sein Zimmer ging. Scheiße! Scheiße! Scheiße! Das alles lief aus dem Ruder…und er musste handeln. Er würde zum Hof der Battersbys gehen, nachdem er die Zeitungen ausgetragen hatte, und Mouth zu Hilfe holen. Schließlich hing auch er in der Sache mit drin.

* * *

Brock stand am Urinal im Waschraum der Schule. Die Schulglocke ertönte. Er machte sich seine Hose zu und drehte sich zur Tür.

Red und Mouth standen im Gang.

„Elender Verräter!", blaffte Red. „Deine Alten zu mir nach Hause zu schicken!"

Brock trat einen Schritt zurück. Er versuchte, den besten Weg an ihnen vorbei in den Gang zu finden.

„Ich habe sie angefleht, sie sollten nicht kommen, Red. Aber sie haben nicht gehört",

Mouth stieß bedrohlich nach. „Einen Dreck hast du ihnen gesagt, du verweichlichter Freak?"

„Nichts! Ich habe gar nichts gesagt!"

Reds Fäuste pochten. Er konnte seine Wut kaum zügeln. „Wir sitzen in einem Boot! Wenn du uns runter ziehst, gehst du mit unter!"

Mouth schlug Brock in den Bauch. „Wenn du singst, Brockle-Arsch, dann schlagen wir dich zu Brei! Für dich wird es keine Gerichtsverhandlung geben, denn dann bist du tot!"

Brock fiel rückwärts gegen das Urinal, seine Augen schauten aber verzweifelt zur Tür.

„Ihr seid nicht meine Freunde. Ich will mit euch nichts mehr zu tun haben!", schrie er.

Mouth keifte: „So sind wir eben, Brockle-Arsch. Du bist eh nichts weiter als ein Weichei. Du hättest als Mädchen geboren werden sollen, dann hätten Red und ich dich vögeln können ... zumindest, wenn du besser ausgesehen hättest!"

„Fick dich! Diese Scheiße muss ich mir vom Sohn eines Schrotthändlers, der obendrein noch grün hinter den Ohren ist, nicht anhören.

„Fick dich! Ich bring dich um!"

Mit ungewöhnlicher Bosheit stürzte sich Mouth auf Brock, aber Red packte ihn am Arm und hielt ihn fest. Er flüsterte ihm ins Ohr:

„Wenn du ihn schlägst, wird Blut fließen und die Lehrer werden wissen wollen, was passiert ist."

In einem einzigen unbewachten Moment stahl Brock sich

an ihnen vorbei und floh aus dem Waschraum. Red wollte ihn packen, was aber misslang.

„Mein Gott. Wir sind geliefert", stöhnte er.

„Nun denn, Red. Du weißt, was zu tun ist", spottete Mouth.

Ohne noch etwas zu sagen, kletterte er über das Fenster des Waschraums, hüpfte ins Freie und verschwand.

Red lehnte sich gegen die Wand des Waschraums. Mouth um Hilfe zu bitten, war ein Fehler gewesen. Er hätte Brock ganz allein stellen sollen. Irgendwie entstanden immer nur noch mehr Probleme, wenn Mouth dabei war. Er hätte mit keinem von beiden je wieder etwas zu tun haben sollen...niemals.

Er sah sein Spiegelbild im Waschraumspiegel. Er machte große Augen, war blass und hatte eine Gänsehaut. Wäre auch noch sein Haar versengt gewesen, hätte er ausgesehen, als wäre er vom Blitz getroffen worden.

11

———

Janet und Doug lagen im Bett, die Vorhänge hatten sie zugezogen. Einzelheiten des Raums konnte man im Licht einer Leselampe, die auf einem unordentlichen Schreibtisch in der Ecke stand, sehen. Es war eine einfache Junggesellenbude, mit einem Gasfeuer, zwei Sesseln, einem Schrank und einer Garderobe. Abgetragene Kleidung hing über den Sessellehnen. Türen führten hinaus in ein Badezimmer und eine kleine Küche. Das Boxspringbett stand an der Wand gegenüber des Fensters. Auf einem staubigen Regal stand ein unbenutztes Telefon.

Doug lag auf dem Rücken und starrte zur Decke. Janet lag auf der Seite und las eine Ausgabe seiner Zeitschrift mit dem umkreisten schwarzen A auf der Vorderseite. Plötzlich drehte er sich zu ihr.

„Es ist bereits Mittwoch und du bist seither nicht zu Hause gewesen. Was ist mit deiner Arbeit?"

„Ich habe mich krank gemeldet. Das habe ich dir gesagt."

„Du brauchst ein Attest. Sonst könntest du deine Arbeit verlieren." Diese Aussicht schien ihn etwas zu belustigen.

Sie zuckte mit den Schultern. „Ich bin nur Stenotypistin in der Schafzucht."

„*Nur*? Bist du denn ehrgeizig? Ehrgeizige Menschen sind gefährlich. Sie paktieren mit beiden Seiten."

„Hey...ich habe eine Ehe in der Mittelschicht für das hier aufgegeben!"

Er lehnte sich ans Kopfteil und schaute sie an. „Was hat er gearbeitet?"

„Er war Geschäftsmann. Er hatte mehrere Geschäfte. In seinem früheren Leben."

„Also hast du finanzielle Sicherheit, sozialen Status, zwei Kinder und einen Hund gegen unbezahlte Rechnungen und pausenlose Angst eingetauscht." Er lachte. „Ein absolut inspirierender Zug!"

„Ich wollte ein Leben. Mein eigenes Leben. Ich will nicht nur die Beilage von jemand anders sein."

„Ich wünschte, es gäbe mehr Frauen von dieser Sorte. Die Welt wäre sicher ein anderer Ort. Die meisten von ihnen akzeptieren einfach ihr Schicksal als Gefangene der Gesellschaft."

„Ich sehe, du sagst nicht, sie wäre ein *besserer* Ort."

„Das wäre sie sicher auch. Die Mehrheit der Menschen nimmt. Frauen geben wesentlich mehr, sind mehr auf der Seite des Lebens. Sie müssen sich ein dickes Fell zulegen, wegen ihrer gewalttätigen Ehemänner, ehe für sie eine echte Veränderung eintreten kann. Aber das tun sie nicht."

Sie dachte an ihre Mutter, die sie immer unterstützt, jedoch nie die Initiative ergriffen hatte. Und, was noch schlimmer war, an die Not von Deborah Dykes.

„Hier kann ich dir nur zustimmen."

Jedes seiner Worte machte durchaus Sinn. Es war, als beginne ihre Ausbildung noch einmal ganz von vorne. Sie war so ignorant, so *ahnungslos* gewesen. Wenn sie so zurück dachte, war ihr das peinlich und sie dachte, was für ein dummes Mädchen sie einst gewesen war.

Er zog sich ein T-Shirt an und ging in die Küche. Sie hüllte sich in eine Decke, zog die Vorhänge zurück und schaute aus dem Fenster. Die Wohnung befand sich im dritten Stock eines alten Wohnblocks im viktorianischen Stil, von wo aus sie eine gute Aussicht hatte. Sie beobachtete den morgendlichen Verkehr auf der Straße unterhalb: Ein paar Lastwagen und private Autos, wie auch ein paar rote Doppelbusse.

Sie fühlte sich gut, in der Stadt zu sein, weit weg vom Tratsch und der Spießigkeit der Kleinstadt. Hier in der Stadt konnte sie ein neues Leben haben, ohne die engstirnigen Erwartungen ihrer Eltern und die erdrückenden Hierarchien des provinziellen England. Sie konnte frei sein.

Sie hatte unter ihre Vergangenheit einen Schlussstrich gezogen. Sie war nicht schuldbewusst zum Haus ihrer Eltern zurückgegangen. Soweit sie wussten, war sie bei einer alten Schulfreundin, die eine schmutzige Scheidung durchstehen musste. Sie dachte an ihre unvermeidliche Betroffenheit, wenn sie schließlich erfahren würden, dass sie die Geliebte eines der radikalsten alternativen Denkers des Landes war. Würde ihr Vater damit zurechtkommen? Er hatte oft gesagt, Wählen sei völlige Zeitverschwendung. Sie lächelte. Nun, das war ein Anfang!

Doug kehrte mit zwei Bechern Kaffee aus der Küche zurück, diese stellte er auf den wackeligen Nachttisch.

„Steh nicht zu lange hier herum."

„Warum nicht, um alles in der Welt?"

Er legte seine Arme um sie, zerrte sie vom Fenster weg, zog die Vorhänge zu und küsste sie sanft auf den Mund.

„Man weiß nie, wer einen beobachtet."

Verdammt! dachte sie. Schon wieder meine Dummheit. *Ich muss schneller dazulernen.*

Sie saßen auf dem Bett, den Kaffee in der Hand, und

rauchten zusammen eine starke Capstan. Er schien in Gedanken versunken zu sein.

„Menschen gewöhnen sich an alles, weißt du? Sie akzeptieren, was sich nicht akzeptieren lässt. Selbst die Bedrohung durch einen Atomkrieg. Sie haben noch immer Kinder, gehen arbeiten und waschen ihr Auto am Sonntag, sofern sie eines haben. Stecken den Kopf in den Sand. Sie fürchten sich vor der Freiheit und hassen diejenigen, die für einen radikalen Wandel eintreten. Denn um wirklich frei zu sein, müssen sie für alle Gedanken und Handlungen die Verantwortung übernehmen. Wie sagt noch John Milton? *Nur gute Menschen können die Freiheit wahrhaft lieben; die anderen lieben nicht die Freiheit, sondern die amtliche Genehmigung.* So in etwa.“

„Ich möchte dieses Land ausklopfen, wie einen Teppich…es aus seiner Selbstzufriedenheit holen!“

Er schaute in ihr rotes, erregtes Gesicht. „Es sind die Amis, die mir ernsthaft Sorgen machen. Die übernehmen uns noch. Unser Leben gehört nicht uns. Sie haben viel von unserer Teile-Und-Herrsche-Politik gelernt.“

„Wir müssen es frei heraus sagen.“

„Oh ja, das werden wir auch. In der nächsten Ausgabe der Zeitschrift.“

Zum ersten Mal bemerkte sie klar und deutlich wie engagiert und mutig er war. Sie fühlte sich entmutigt, der Aufgabe wegen, die vor ihr lag. Sie hatte nicht nur ein bisschen Angst, als sich die Auswirkungen auf ihr Privatlebens gänzlich vor ihr auszubreiten begannen. Sie verdrängte ihre Furcht und nahm seine Hand.

„Ich möchte den langen Weg gehen, Doug, wie auch du.“

„Ich bin mein Leben lang damit beschäftigt.“

Sie tranken ihren Kaffee aus und legten sich ins Bett. Sie lag plötzlich auf ihm. Er schob sie weg.

„Wie lange ist es her, dass du mit einem Kerl Spaß hattest?“

„Das geht dich nichts an!" Sie dachte einen Moment nach, dann lachte sie. „Zu lange!"

„Dagegen werden wir etwas tun müssen, nicht?"

Sie spürte, wie er zu ihr durchdrang und sie schliefen miteinander.

* * *

Ende Juni war es sehr warm und sonnig. Während der schulischen Mittagspause, am bisher heißesten Tag des Jahres, wanderten ein paar der älteren Schüler durch die Stadt und aßen Stieleis für zwei Pennys oder Eiswaffeln für drei Pennys. Ein paar der jungen durchquerten den Sumpf und saßen oben ohne am Fluss.

Sally hielt ihr Transistorradio in der Hand und schaute in das Schaufenster von *NELSON'S BÜCHER UND SCHALLPLATTEN* in der städtischen Markthalle. In der Mitte des Schaufensters hing ein großes Poster, welches das Konzert von Jerry Lee Lewis ankündigte. Sie hatte Red gefragt, ob er die Karten gekauft hatte, er aber hatte ihr gesagt, dass er das Geld für sie gespart hatte. Das war jetzt zehn Tage her und er war die ganze Woche nicht in der Schule gewesen. Sie fragte sich, ob er krank war.

Sie hatte ihn mit dem Fahrrad über den Platz fahren sehen. Er schien beschäftigt gewesen zu sein. Sie winkte, musste aber rufen, um seine Aufmerksamkeit zu erlangen.

Red hielt am Bordstein. Sein Lächeln, dachte sie, war etwas gezwungen.

„Hi, Red!" Kaufen wir uns jetzt die Karten?", fragte sie hoffnungsvoll.

Er hielt zwei Karten hoch. „Ich habe sie heute Morgen gekauft, nachdem ich die Zeitungen ausgetragen hatte."

„Wow, toll!", rief sie und wurde rot. „Ich dachte, du seist krank, denn ich habe dich nicht gesehen."

„Ich habe dem Kerl geholfen der Florries Felder pachtet. Er hat jemand gebraucht, der ihm hilft, ein paar neue Gräben auszuheben. Ein bisschen mehr Geld kann man immer gebrauchen."

Während er redete, kam es ihr vor, als tauche er langsam aus einem dunklen, privaten Ort heraus auf. Es war ein Ort, der ihr Angst machte. Sie wollte nicht daran denken.

„Ich wollte dich anrufen, Sal, aber ich war müde. Aber es war gut, aus der Stadt herauszukommen und etwas Nützliches zu tun." Er ging nicht ins Detail, war aber beeindruckt gewesen von dem, was der Biobauer über den natürlichen Anbau von Nahrungsmitteln erzählt hatte, ohne den Einsatz von Chemie. Red Senior hatte ihm voller Stolz erzählt, dass Wades Kartoffeln *an der Spitze moderner, industrieller Landwirtschaft* stünden. Vielleicht würde er eines Tages ein bisschen Land pachten und wäre am stumpfen Ende.

„Viel zu heiß für die Schule, oder nicht, Red?"

Das Interesse an der Schule hatte er verloren. An diesem Morgen hatte er entschieden, dass er nicht zurückkommen würde. Es war an der Zeit, sich eine Arbeit zu suchen. Er hatte sich die Wohnungsannoncen in Ralphs Laden angesehen.

„Gehst du nicht hin?"

„Gehen wir spazieren, Red. Wir können hinunter zum Kloster gehen, wenn du willst."

Zum ersten Mal an diesem Tag lachte er.

„Klar, Sal. Warum nicht?"

Sie gingen quer durch die Stadt. Er ging in einen Tante-Emma-Laden und kaufte sich zwei Eishörnchen. Sie standen vor dem Laden und sahen sich gegenseitig zu, wie sie am Eis leckten. Ihm fiel auf, wie rein und rosa ihre Zunge war, wie bei einem Kätzchen.

Battersbys Schrottlaster fuhr vorbei und hielt am Ende der Straße, wo er wartete, dass er nach rechts abbiegen konnte. Mouth saß auf dem Beifahrersitz. Er starrte Red und Sally zutiefst eifersüchtig an, die beiden waren aber so sehr miteinander beschäftigt, dass sie es nicht bemerkten. Mouth spuckte aus dem Fenster, während der Schrottlaster davonfuhr.

* * *

Das verfallene Kloster Gilbertine lag auf einer hoch gelegenen Landfläche, 180 Meter vom Fluss entfernt und über dem Flusspegel. Es befand sich eine Meile östlich der Stadt und konnte nur zu Fuß erreicht werden, entweder auf einem Pfad, der flussaufwärts führte oder durch ein enges Dickicht abseits des Römerlagers. Red konnte den Anblick des Flusses nicht ertragen, also nahmen er und Sally die letzte Route.

Um das Römerlager zu erreichen, nahmen sie den direkten Weg durch die hinteren Straßen und Gassen der Stadt. Sally wollte sich auf Reds Fahrrad setzen, war aber Rennräder nicht gewohnt und sicher nicht solche ohne Bremsen. Er musste sich ihr Radio unter den Arm klemmen und sich am Sattel festhalten, falls sie das Gleichgewicht verloren hätte. Sie kreischte panisch, wenn er es vergaß und seine Hände weg nahm. Das vergaß er mehrmals, während er durch die Stadt fuhr, weil er von der nackten Haut ihrer Schenkel und der Nähe ihres Körpers an seinem abgelenkt war.

Er versteckte das Fahrrad im hohen Weidekraut jenseits des Römerlagers, dann schnitt er sich einen Schwarzdornast von einem Busch ab, um die Brennnesseln beiseite zu schieben, dass Sallys nackte Beine nicht brennen würden, wenn sie den überwucherten Pfad passierten. Während er den Ast abschnitt, musste er an Raggy denken, aber die düsteren Gedanken verdrängte er. Er war jetzt bei Sally und sie hätten Spaß.

Während sie nebeneinander herliefen, verdrängte ein behagliches Gefühl langsam seine Befürchtungen. Der Himmel war blau und die Sonne schien. Rauchschwalben und Uferschwalben jagten über die Felder. Er ging mit dem schönsten Mädchen der Stadt spazieren. Da gab es kaum Platz für Trübsinn und Angst.

Er half Sally über den Zaun des Klosters. Vor ihnen erstreckte sich wildes Gras und dahinter die verfallenen Wände der Schlafsäle der Mönche. Sie gingen über das Gras und setzten sich auf eine verfallene Freitreppe. Sallys Radio spielte im Hintergrund ein Lied von Ray Charles.

Sie sah ihn verängstigt an und fragte: „Hast du mir noch ein paar Kippen? Ich habe keine mehr."

Er holte eine Schachtel Players aus seiner Brusttasche. Hastig steckte sie sich eine an. Er merkte, dass ihre Hände zitterten.

„Wie kannst du dir all diese Kippen leisten, wenn du nur Zeitungen austrägst?", fragte sie.

„Ich habe auch noch andere Jobs. Wie ich sagte, ich arbeite noch oben bei Florrie's. Der Schafzüchter zahlte mir den Satz für landwirtschaftliche Arbeiter. Ich machte über ein Pfund pro Tag, bei einer Stunde Überstunden", antwortete er.

Sie sah ihn traurig an. „Ich wünschte, ich wäre so klug wie du. Ich bin in überhaupt nichts gut."

„Aber das bist du *doch*, Sal", protestierte er ganz ernst. „Alles, was du über den Musikgeschmack der Menschen gesagt hast...und wie er die jungen Menschen verändert, die mehr Geld zum Ausgeben haben und alles. Du solltest in Quizsendungen auftreten, wo du viel Geld gewinnen könntest!"

„Gibt es hier sonst nichts zu tun, Red? Außer Zeitschriften zu lesen und Musik zu hören. Radio Luxemburg ist das Beste. Das höre ich mir jeden Abend an."

„Aber du weißt alles", schwärmte er. „Über B-Seiten und Begleitbands. Labels und Daten. Und alles, was du über Harmonie, Instrumente und Balladen gesagt hast. Du solltest dir Arbeit in einem Plattenladen suchen. Du weißt mehr als die Chefs dort."

„Musik hat mich gerettet, Red. Nachdem mein Vater unten

in der Grube getötet wurde und meine Mutter ihren Nervenzusammenbruch hatte, hätte ich es ohne Musik nicht geschafft. Als ich noch klein war, habe ich nur einmal Tante Josie getroffen. Als ich hierher zog, um mit ihr zusammen zu leben, war es anfangs gewöhnungsbedürftig. Sie war nett, jedoch bin ich es leid, dass sie mich bevormundet. Ich möchte einen Platz für mich, weit weg von ihr, wo ich meine Ruhe habe."

Sie schwiegen eine Weile. Red versuchte, sich vorzustellen, was Sally wohl durchgemacht hatte. Er probierte, über sein eigenes Leben nachzudenken, ohne seine Eltern und seine 50 Berufsjahre bei Wade's. Aber das konnte er nicht. Sein Leben war so voller Pflichten und Erwartungen, dass kein Platz mehr blieb für sonst irgendwas. Außer das Gefängnis...und daran wollte er nicht denken. Nicht heute.

Sally zündete sich noch eine Zigarette an. Er sah sie an.

„Du kannst Kippen nicht mal bis zur Hälfte rauchen, Sal. Du wirst noch wie Connie Potter. Meine Mutter sagt, eines Morgens wird sie so schlimm husten, bis in Ohnmacht fällt."

„Ich kann nichts dafür, Red. Ich zittere und muss eine Kippe haben. Musik macht es nicht besser! Wie dem auch sei, Conny Potter ist alt. Sie ist sicher 35!"

Sie wanderten durch die Ruinen des Klosters, bis sie im Kreuzgang waren. Sie saßen im Gras und hörten Elvis Presleys Lied *Good Luck Charm*, das leise aus Sallys Radio drang. Red zog sein Hemd aus, dass sie sich darauf legen konnte. Er saß in seinem weißen Baumwollunterhemd da und sah sie an. Schließlich sah sie ihn an und meinte:

„Zieh das Unterhemd aus, Red. Ich habe nie gesehen, wie du darunter aussiehst."

Er zog sein Unterhemd aus und warf es ins Gras. Sie sah ihn aufmerksam an.

„Wow, Red. Du hast richtig Muskeln!"

Er lachte, denn das war ihm peinlich. „Du bist dran, Sal."

Sie zog ihr Top, den BH und den Rock aus. Sie küssten sich und er berührte ihre Brüste.

Sein Kopf wurde taub. Alle Gedanken verschwanden aus seinem Kopf und er spürte nur ihre beiden Körper. Es war gerade so, als wäre da noch ein größerer Red in ihm, der sich sein ganzes Leben im Hintergrund gehalten hatte, der aber jetzt hervorgetreten war und drohte, durch sein Fleisch zu stoßen, wie jemand, der aus einem Kleidungsstück heraus wuchs.

„Na komm, Red, zieh deine Sachen aus."

Er gehorchte blind, bis er unsicher neben ihr lag, in seiner Unterhose.

„Nun ziehst du deine Unterhose aus und ich meinen Slip...wir beide gleichzeitig." Sie machte keine Anstalten, aufzuhören, nun, da sie so weit gegangen waren.

Er zog seine Unterhose aus und kniete sich neben sie. Er wollte sich nicht rühren, nur dasitzen und ewig ihre unglaubliche Nacktheit betrachten...

Sie streckte die Zunge raus und ein kleines, lustvolles Grunzen kam über ihre Lippen, als sie seine tiefe Faszination bemerkte. Dann bewegte sie ihre Hand und berührte ihn, sodass eine Energiewelle durch seinen Körper zog. Beim nächsten Mal, als sie das tat, war es zu viel. Er packte sie und sie umklammerte ihn, dann pressten sie ihre Körper aneinander und schmiegten das Gesicht ins Haar des anderen.

Nach einer Weile schauten sie sich an und erforschten sich zaghaft. Als sie sich sicher waren, wo ihre jeweiligen Körperstellen waren, umarmten sie sich wieder.

„Willst du es tun?" Er brachte die Worte kaum heraus.

Sie nickte und war scheinbar so sprachlos, wie er.

Nach ein paar kurzen Rangeleien konnten sie sich perfekt miteinander verbinden. Sie stieß einen kleinen, keuchenden Schrei aus und er stöhnte als er kam.

Sie küssten und umarmten sich, dann lösten sie sich

voneinander, um zu sehen, ob irgendetwas anders war. Sie betrachteten das Blut auf Reds Penis und Sallys Innenschenkel.

„Hat es wehgetan, Sal?", fragte er, denn er machte sich Sorgen, wegen des vielen Bluts.

„Nur etwas. Aber das war es wert, nicht?"

„Da kannst du wetten!"

„Ich wollte, dass du mein erster bist, Red."

Sie wollte gerade sagen, *der erste und einzige*, aber instinktiv wusste sie, es war zu früh in ihrem Leben, um ein solches Gelübde abzulegen. So entschloss sie sich, in der Gegenwart zu leben und abzuwarten, was passierte.

Er dachte, sie würde sagen, *der erste und einzige*, was sie aber nicht tat. Er war etwas enttäuscht. Er konnte sich die Frage nicht mehr verkneifen, die ihm auf den Lippen lag, seit sie auf der Kirmes waren.

„Ich dachte, du stehst auf Mouth."

Sie dachte einen Moment nach und wich seinem Blick aus. „Oh...Len sieht gut aus, möchte ich meinen. Aber er ist nicht so nett wie du. Und er ist gewalttätig, wie sein Vater: Er macht mir Angst. Er scheint anderen Menschen nur wehtun zu wollen."

Red fühlte sich bestätigt. Mouth spielte keine Rolle bei ihr.

Nach einer Weile wollten sie es wieder tun. Diesmal kamen sie viel leichter zusammen. Als sie kamen, küsste er sie und sie flüsterte ihm seinen Namen ins Ohr, immer wieder, wie einen geheimen Zauberspruch.

* * *

Es war so warm auf der Sonnenseite des Kreuzgangs, sodass sie bald einschliefen, wobei sie sich aneinanderschmiegten, wie Kletten. Red hatte, während er schlief, den Eindruck, sie seien die einzigen Menschen auf der Welt und hätten sich gerade erst gefunden, nachdem sie jahrelang allein auf einem leeren Planeten gewandelt waren

146

Als sie aufwachten, schauten sie sich lange in gegenseitigem Einvernehmen an, dann standen sie auf und bekleideten sich.

„Ich habe echt Durst, Red. Wir hätten etwas zu trinken mitnehmen sollen."

„Ich kenne eine Quelle. Sie befindet sich neben einem Hagedornbusch auf der anderen Seite des Feldes."

Nachdem sie eine Weile gesucht hatten, fanden sie zwei Felder weiter auf einer begrünten Kuppe den kleinen Hagedornbusch. Aus einem Riss im Kalkstein unter dem Baum, sprudelte die Quelle. Sie tranken abwechselnd, wobei sie prusteten, weil das Wasser so kalt war. Er reichte ihr sein Taschentuch und sie wischte das Blut von ihren Schenkeln.

Von der Anhöhe bis zur Kuppe konnte er die dichte, grüne Masse des sommerlichen Blattwerks im Wald des Wilden Mannes sehen. Etwa eine halbe Meile entfernt von einer Weide voller grasender Schafe. Er war bedrückt, denn seit dem Tag der Flut sah alles so anders aus. Da eine warme Brise durch das Sommergras wehte, war es schwer zu glauben, dass dies derselbe Ort war, oder dass er derselbe verrückte Idiot war.

Dieser schicksalhafte Tag im April wirkte wie ein Traum, der nur in seinem Kopf existierte. Wäre der heutige Tag auch wie ein Traum, wenn der September kam? Vielleicht träumen wir alles was passiert, dachte er. Was wäre es für ein Gefühl, zu erwachen?

Sally hatte das meiste Blut aus seinem Taschentuch gewaschen und hängte es an einen Dorn eines der Äste.

„Wir sollten uns etwas wünschen, Red."

Er schaute zum Baum und versuchte, sich daran zu erinnern, was Florrie vor Jahren über diese Quellen gesagt hatte, die nach ihrer Meinung alle heilig waren:

Wasser kommt aus dem Jenseits, Kumpel; wenn es uns erreicht, ist es voller Magie.

„Ja, nur zu", sagte er mit plötzlichem Enthusiasmus. „Wünsch dir was."

„Wünsch dir auch was, aber verrate es mir nicht."

„In Ordnung."

Beide hielten je eine Ecke des Taschentuchs und kniffen ihre Augen fest zu. Als Red seine Augen wieder öffnete, schaute Sally ihn an und lächelte.

„Was hast du dir gewünscht, Red?"

„Der Wunsch geht nicht in Erfüllung, wenn ich ihn dir verrate. Das weißt du."

Sie lachte. „Willst du wissen, was ich mir gewünscht habe?"

„Nein. Du darfst es nicht verderben."

Sie ließen sein Taschentuch auf dem Baum zurück und gingen zum Kloster zurück, wo sie sich auf einer verfallene Mauer in die Sonne setzten. Sie zündete sich eine Zigarette an, dann zog sie seinen Kopf zu sich und küsste seine Narbe.

„Red, wirst du dich um mich kümmern ... eines Tages ..., wenn ich so alt wie Connie Potter bin?"

„Natürlich, Sal", sagte er, ohne groß zu überlegen. „Melde dich einfach."

Damit lächelte er sie an und sie drückte seine Hand.

* * *

Sie wanderten durch die Ruinen, wobei sie alle paar Minuten anhielten, sich umarmten und küssten, bis sie den umzäunten Bereich auf der älteren Seite erreichten. Innerhalb des Zauns befand sich eine kreisrunde Gesteinsformation, drei Reihen hoch, bedeckt mit alten, ausgebleichten Brettern. Red hielt an und starrte gedankenverloren vor sich hin.

„Was ist das für ein Ort, Red?", fragte Sally.

„Das ist der alte Brunnen. Shack hat erzählt, er sei 30 Meter tief. Er hat ihn mit diesen Brettern abgedeckt, dass keine Leute hinein fallen."

Ängstlich trat Sally einen Schritt zurück. „Wozu wollten sie einen Brunnen, wenn sie eine Quelle hatten?"

„Vielleicht trocknete die Quelle zu ungünstigen Zeiten aus. Oder vielleicht brauchten sie ihr Wasser näher bei sich."

Er hob das Ende eines Bretts und schielte hinunter.

„Shack hat gesagt, dass ihn sein Vater als Junge mit eine Winde abseilte und er auf dem Boden ein Skelett fand. Es sei das eines verrückten Kerls, der sich 20 Jahre vorher das Leben genommen hatte. Shack sagte, man hätte ihn an seinem Gebiss identifiziert."

Er hob das Ende eines weiteren Bretts an.

Sie zitterte. „Na komm, Red. Das ist grauenhaft. Komm, legen wir uns in die Sonne."

Sie ging langsam in Richtung Kreuzgang zurück. Red stand da, feixte, starrte auf den Brunnen, dann trottete er hinter ihr her und holte sie oberhalb der Stufen des Kapitelsaals ein. Er legte ihr den Arm um die Hüfte. Diesen Moment musste er nutzen.

„Sal...an dem Tag, als Mouth, Brock und ich in den Büschen redeten...als du uns belauscht hast..."

Aufgebracht und verärgert riss sie sich von ihm los. „Ich habe euch *nicht* belauscht!"

Er fuhr entschlossen fort: „Nein, Sal, ich weiß. Aber...damals...ich meine...was meinst du, ist geschehen?"

„Keine Ahnung, Red. Ich wollte nur eine rauchen."

Erleichterung machte sich in ihm breit. „Dann in dann Ordnung. Es ist in Ordnung. Jetzt ist es sowieso egal. Wir haben...eigentlich über nichts geredet."

Sie lächelte zweideutig. „Dann hast du ja nichts zu befürchten, Red, oder?"

„Nein...natürlich nicht. Überhaupt nichts."

Plötzlich fühlte er sich unsicher. Obwohl sie derart widersprochen hatte, war er nicht überzeugt. Hatte sie etwas gehört? Etwas, das sie für sich behielt, damit sie es gegen sie verwenden konnte, wenn es ihr in den Kram passte?

Aber nein, natürlich hatte sie nichts gehört. So war Sally nicht. Er musste glauben, dass sie ihm die Wahrheit sagte.

* * *

Wieder hatten sie Sex im Kreuzgang, während im Hintergrund leise Sallys Radio lief. Innerhalb einer Minute waren sie tief eingeschlafen. Die Sonne ging langsam unter. Die Schatten im Kreuzgang wurden immer länger und breiteten sich auf dem Gras aus, bis der längste dieser Schatten ihre nackten Körper berührte.

Red wachte plötzlich auf und setzte sich hin. Er lag ganz im Schatten. Er zitterte und rieb sich die Arme. Sally schlief weiter, wobei sie noch immer fast ganz in der Sonne lag.

Er sah sie an. Sie kam ihm plötzlich so fremd vor. Wie ein unbekanntes menschliches Wesen. Wann kannte man jemanden wirklich? Das braucht Zeit, dachte er. Ein endloser Traum, den man zusammen träumen kann. Aus dem man vielleicht erst erwacht, wenn man stirbt. Und man war nirgends gewesen.

Im Kreuzgang war es still, beinahe zu still. Als starrten einen die Steine missgünstig an. Wie konnten diese jungen Leute hierher kommen und Spaß haben! Im Leben ging es nur um Leid und Unterwürfigkeit. Plötzlich durchzog ihn ein Gefühl wilder Empörung.

„Zum Teufel mit diesem Müll!", schrie er in Richtung der Steine. Durch seine Stimme wachte sie auf.

„Was ist los, Red? Du bist ganz im Dunkeln."

„Ich meine nur, Sal. Es ist schon spät. Ich glaube, wir gehen besser. Deine Tante wird dir Hausarrest geben."

Sie zogen sich an und zündeten danach ihre Zigaretten an.

„Wir können am Samstag nochmal hierher kommen, wenn du willst", schlug sie vor.

Er lachte. „Wir haben ein Date!"

Er folgte ihr durch den Kreuzgang und fand sich in der strahlenden Abendsonne wieder. Schade, dass es vorbei war, dachte er. Für ihn hätte der Traum ewig weitergehen können. Und doch, ihm blieb noch der Samstag.

* * *

Das Sonnenlicht verschwand langsam vom Fluss und die ersten schwachen Sterne tauchten am klaren Nachthimmel auf. Der Mond stand schon am Horizont und je höher er stieg, desto mehr seines blassen Lichts fiel auf das wogende Wasser. Moorhühner und Enten suchten in den Pflanzen am Ufer vor nächtlichen Raubtieren Schutz.

Seit Mitte Juni hatte es nicht geregnet und der Fluss hatte den niedrigsten Pegel seit dem letzten Sommer. Gegenstände, die monatelang unter Wasser gelegen hatten, tauchten jetzt wieder auf.

Die überwucherten Wurzeln von untergegangenen Bäumen, die jahrelang auf dem Grund des Flusses gelegen hatten, wo das Wasser am tiefsten war, tauchten jetzt allmählich wieder auf, so wie früher auch.

Alte Reifen und Ölfässer kamen zum Vorschein, die während der Flut im April hineingespült worden waren. Der Kopf des Skeletts einer Kuh, der nahe der ausgebleichten Werkhalle mit den Hörnern im Schlamm steckte, kam wieder zum Vorschein, wie ein alter Bewohner aus längst vergangenen Zeiten.

Der Fluss offenbarte seine Geheimnisse: Die Opfer der Vergangenheit wurden unaufhaltsam freigelegt, Stück für Stück, sichtbar für die Augen der neugierigen Welt.

12

———

Am nächsten Morgen um dieselbe Zeit kamen Red und Mouth in Ralph Parnabys Kiosk an. Sie schauten sich an, sagten aber nichts. Als sie durch die Seitentür in der Gasse den Laden betraten, fanden sie den rundlich, vollbusigen Ralph mit seinen Geheimratsecken vor, der in Sandalen und Morgenmantel auf sie wartete. Jack, der angespannt und benommen war, war auch dort und sortierte verschiedene Stapel Zeitungen auf dem Tresen. Er schaute zu Mouth, aber Red sah er nicht an.

Red und Mouth schauten sich mahnend an. Red unterdrückte ein plötzliches Schuldgefühl. Er hatte in den letzten drei Monaten haufenweise Zigaretten gestohlen und vielleicht war es Ralph endlich aufgefallen.

Ralph wurde rot. Red und Mouth entspannten sich sogleich.

„Morgen, Jungs. Fühlt ihr euch fit?"

Red und Mouth schauten sich verwirrt an. Was zum Teufel kam als nächstes?

„Der Kerl in unserem neuen Laden hat sich den Knöchel verstaucht. Wohl auf der Jagd nach Mädchen, oder?" Ralph lachte keuchend. „Das bedeutet, jeder von euch muss eine halbe Runde extra laufen. Schafft ihr das?"

Red und Mouth schauten erleichtert. Begeistert stimmten sie zu.

Ralph gab ihnen folgende Anweisung: „Lauft zunächst die neue Runde. Dann wisst ihr, wie lange es dauert. Sieht so aus, als werdet ihr das mindestens eine Woche lang tun."

Jack reichte ihnen die Stapel Zeitungen, die er sortiert hatte.

„Auf jede Zeitung habe ich die Adressen geschrieben. Seid ihr sicher, ihr kennt den Weg den Fluss entlang?"

„Wir kennen jeden Weg, Jack." Red grinste Jack an, der schaute weg.

Red hätte gerne vorgeschlagen, dass sich Jack selbst ein Paar Levis kaufte, dachte aber, dass wohl nicht der beste Zeitpunkt dafür war.

* * *

Mit ihren Zeitungstaschen über der Schulter radelten Red und Mouth auf die Brücke. Red stieg ab und starrte auf das Wasser. Mouth schaute ihn verächtlich an und radelte weiter.

Red überkam ein grauenvolles Gefühl, als er hinunter aufs Wasser starrte. Dort lag ein halblanger Damengummistiefel auf einem Halbkreis aus Schlamm, ein paar Meter flussaufwärts vom Südende der Brücke entfernt. Wie lange er schon dort lag, konnte er nicht sagen, aber für Red war er so bedrohlich wie ein unerwartetes Erdbeben.

Er musste ihn loswerden. Dies war *seiner*.

Er schaute sich um; niemand war zu sehen. Er lehnte sein Fahrrad an die Wand am Ende der Brücke und wollte gerade über das Geländer klettern, um das Ufer hinunter zu kommen, da hörte er eine Stimme:

„Jetzt aber, Red Junior. So früh habe ich dich noch nie hier unten gesehen. Bist du heute Abend Hechte angeln gewesen?"

Red drehte sich erschrocken um. Es war Tommy Page, der Postbote, und niemand in der Stadt, war so versessen darauf, Hechte zu fischen. Wo war er nur aus dem Himmel gefallen?

Er schaute Tommy schuldbewusst an. Tommy stieg nicht von seinem Postfahrrad ab. Red sah die vollen Posttaschen und merkte, er hatte seine Runde gerade erst begonnen.

„Kommst du nicht runter, Red. Wir erteilen dem alten Hecht eine Lektion, hm?"

Tommy kicherte böse und fuhr davon. Aber ein paar Arbeiter luden am Nordende der Brücke Gerüste von der Pritsche eines Lastwagens. Red fluchte und fuhr davon, um seine Zeitungen zu verteilen. 40 Minuten später begegnete er auf seinem Rückweg über die Brücke Mawson, der in entgegengesetzter Richtung fuhr. Der Polizist schaute finster und bremste ab, aber Red fuhr davon, so schnell er konnte. Als er anhielt und zurückschaute, war Mawson verschwunden. Aber jetzt war es zu spät. Es war zu viel los. Dort waren Fußgänger und noch mehr Fahrradfahrer. Er musste heute Nacht zurückkommen.

Er fuhr schnell und begegnete mit seiner leeren Zeitungstasche Mouth. Mouth schaute finster, als er merkte, wie verstört er aussah.

„Was zum Teufel ist jetzt los, Red?"

„Heute Morgen habe ich Raggys Stiefel neben der Brücke liegen sehen."

Mouth spuckte einen Jungen aus der Oberschule an, der des Wegs kam. „Also?"

„Ich muss ihn loswerden!"

„Nein, musst du nicht. Niemand wird erfahren, wessen Stiefel das ist."

„Ich muss! Ich hätte es heute Morgen schon getan, aber da war der elende Tommy Page. Stehst du Schmiere?"

„Was zum Teufel soll ich für dich tun? Soll das doch deine Freundin tun."

Red sammelte sich. Fiel es seinem früheren Freund leicht, zu vergessen, was Raggy zugestoßen war? *Ihm* fiel es überhaupt nicht leicht!

Er schaute Mouth in die Augen. „Ich will dich was fragen. Wir halten doch zusammen, oder nicht? Du wirst dich dort ebenso wenig raus stehlen wie ich!"

Mouth warf ihm einen spöttischen Blick zu. „Heute Nacht habe ich zu tun. Du musst alleine durchdrehen."

„Was zum Teufel meinst du?" fragte Red erschrocken. „Wer dreht hier durch?"

Mouth starrte ihn schweigend an, wobei er leicht den Mund verzog. „Ich kann dir sagen. Man sieht es dir schon von weitem an. Du fängst schon an, Sachen zu sehen."

„Er war dort!" erwiderte Red wütend. „Ich sah ihn leibhaftig vor mir!"

Mouth schaute ihn mitleidig an und schüttelte den Kopf, dann radelte er davon und bog in den Hof ein.

Red schaute ihm getroffen und wütend nach. Gab es so etwas wie Freundschaft oder war das auch nur ein Traum?

Es war viertel nach zehn und der Junihimmel war zu einem langen, unscharfen Halbdunkel geworden. Gerade war die Spätschicht in der Knochenmühle vorüber und die Stadtbrücke war verlassen. Alle Werkhöfe, außer der von Wade's, lagen im Dunkeln. Aber die Firma Wade's lag zu weit weg, als dass sie ein Problem darstellte.

Red entfernte seine Fahrradlampe und sein Gaff, dann versteckte er das Fahrrad im Schatten, direkt am Anfang des Pfads am Flussufer. Im Schein einer Laterne, die nördlich der Brücke stand, konnte er die Oberfläche des Flusses erkennen.

Er hoffte, genug Licht zu haben, dass er das Ufer hinunter klettern konnte. Wenn aber irgendwelche Fußgänger über das Geländer schauten, würden sie ihn leicht sehen. Red starrte auf die fließende Strömung, wie eine Geisel wohl auf die Mündung der Waffe ihres Peinigers geschaut hätte. Er würde sich beeilen müssen.

Er fragte sich, ob der Schlamm wohl fest genug war, um sein Gewicht zu tragen. Er hatte Visionen, wie er bis zu den Achseln im weichen Schlamm versank und um Hilfe schreien musste. Er umklammerte sein Gaff und seine Fahrradlampe, atmete tief durch und schlitterte vorsichtig das steile Flussufer Richtung Wasser hinunter. Zu seiner Erleichterung war der Schlamm hart genug, dass er darauf stehen konnte. Er schaltete seine Lampe an und sah sich um.

Nirgends war der Gummistiefel zu sehen. Fluchend leuchtete er mit seiner Lampe am Ufer auf und ab. Nichts. Er lehnte sich raus, soweit er konnte, und fischte mit dem Gaff herum, konnte aber nur Bündel von Hornkraut finden die im Wasser trieben. Seine Verzweiflung nahm zu und immer wieder schlug er mit dem Gaff ins Wasser. Aber es brachte nichts. Der Stiefel war verschwunden.

„Verdammt", murmelte er vor sich hin. „Er muss hier sein. Er muss!"

Da merkte er, er führte Selbstgespräche, und er hielt sich den Mund zu. Er würde rein gar nichts tun, das die Leute glauben machte, er sei verrückt. Außer mit einem Gaff nach Gummistiefeln zu fischen.

Der Stiefel musste hier sein. Der Flusspegel war nicht stark genug angestiegen, um ihn aus dem Schlamm zu spülen. Soweit er wusste, gab es niemanden in der Stadt, der so arm war, dass er es nötig gehabt hätte, einen schlammigen Gummistiefel aufzulesen. Er war verwirrt.

Zögerlich kraxelte er wieder das Flussufer hinauf. Auf der

Brücke war noch immer niemand. Zumindest hatte man ihn nicht gesehen.

Als er das Fahrrad über den Zaun hob, kam ihm ein Gedanke, der ihm emotional sehr zusetzte. Was, wenn das Raggys Geist absichtlich getan hatte, als Teil eines Racheplans? Er dachte wieder an Florries Worte: *Schwierigkeiten, Junge. Davon hast du reichlich. Schwierigkeiten mit den Lebenden und den Toten...Und du wirst dafür bezahlen müssen.* Bezahlte er mit Geisteskrankheit? Ließ ihn der tote Raggy durchdrehen?

Raggys Geist musste den Stiefel in den Schlamm gesteckt haben, sodass er nach unten schaute, um nachzusehen. Je mehr er darüber nachdachte, desto sicherer war er sich. Raggy wartete dort unten...wartete, bis er ihn festhalten konnte, ihn durchdrehen ließ, sodass er gestand.

Und er gewann die Oberhand.

Ihm kam noch ein Gedanke: Was, wenn Raggys Geist einen Phantomstiefel geschaffen hatte...einen, der noch nie da gewesen war? Wenn er dazu imstande war, welche anderen Phantome konnte er noch erschaffen? Wäre er nicht mehr imstande, zu sagen, was echt war und was nicht? Wäre er nie wieder imstande, seinem Verstand zu trauen?

Er schrie vor Entsetzen und Verzweiflung fast auf.

Als er so im Dunkeln auf der Brücke stand, merkte er, dass sich sein Leben völlig geändert hatte. Das hier war sein neues Leben, ein Leben voller Grauen und Verwirrung. Und er hatte es verdient. Er würde damit leben müssen.

* * *

Mouth stand bei Battersby's unter den Hoflichtern und warf ein großes Fahrtenmesser in eine alte Tür. Der lebensgroße Umriss einer menschlichen Gestalt war mit weißer Farbe auf die Tür gemalt und ein Kreis markierte die Position des

Herzens. Mouth warf immer wieder sein Messer, sodass die Klinge im Holz zitterte.

Mit jedem Wurf wurde er besser. Er hörte nicht eher auf, bis er mit drei Würfen hintereinander die Mitte des Herzens traf. Er zog das Messer aus dem Holz und schob es in die Scheide an seinem Gürtel.

Fünf Minuten später radelte er auf seinem alten Fahrrad vom Hof.

Er erreichte die verriegelten Tore des Schrottplatzes seines Vaters, als die Turmuhr gerade elf Uhr schlug. Da dort kein Wachhund war, hatte man das Licht brennen lassen. Er kletterte über das Tor und ging geradewegs zum Haus. Dann öffnete er die Tür und ging nach oben.

Sam und Deborah schliefen. Sam schnarchte laut. Mouth stand im Gang und beobachtete sie im Licht, das vom Hof her strahlte. Plötzlich öffnete Deborah die Augen und sah ihn. Er machte eine Geste, sie solle schweigen. Er ging zum Bett und schaute ihr in die Augen. Nach wenigen Augenblicken wirkte er zufrieden, dass sich kein blauer Fleck gebildet hatte. Er beugte sich zu ihr und flüsterte ihr etwas ins Ohr. Sie sah erschrocken aus, nickte aber zustimmend. Dann war er weg.

Er betrat einen Schuppen auf dem Hof und schaltete das Licht ein. Eine große Engelsstatue aus Gips stand auf einer Werkbank in der Mitte des Schuppens. Voller Hass starrte er sie an. Er hob einen Hammer auf und schlug schnell und heftig auf die Statue ein. Der Kopf der Statue fiel ab und zersplitterte auf dem Boden.

Dann schleuderte er den Hammer von sich und entfernte sich mit schnellen Schritten vom Schuppen weg. Das Licht ließ er brennen, die Tür weit offen stehen.

* * *

Red erwachte aus einem unruhigen Schlaf. Das schwache Licht der Straßenbeleuchtung strahlte durch seine Vorhänge in das Zimmer. Er drehte sich um und sah Raggy auf einem geflochtenen Stuhl am Fenster sitzen. Er war klitschnass und sein Gesicht war zu Hälfte mit Hornkraut bedeckt.

Red schaute zu der Gestalt und Schweiß lief ihm kalt über das Gesicht. Er nahm all seine Willenskraft zusammen, sprang aus dem Bett und eilte auf die Gestalt im Stuhl zu.

„Verschwinde!", brüllte er. „Verschwindeeeeee!"

Der Stuhl war leer. Auf dem Stuhl hing die saubere, trockene Kleidung, die ihm Nancy zuvor gegeben hatte.

Er torkelte auf den Treppenabsatz. Seine Mutter kam aus ihrem Schlafzimmer und zog sich ihren Morgenmantel an. Sein Vater stand hinter ihr und rieb sich die Augen.

„Was ist los, Ronnie?", fragte Nancy erschrocken. „Was schreist du so?"

Red zeigte verstört in sein Zimmer und antwortete: „Er war hier! Ich habe ihn gesehen!"

„Wen, Ronnie? Wen?"

Red lehnte sich gegen die Wand. Ihm war schlecht. Vor Schwäche konnte er sich nicht auf den Beinen halten. Er dachte, er würde in Ohnmacht fallen.

Sein Vater packte ihn fest an den Schultern. „Reiß dich zusammen, Junge. Das war nur ein Traum. Weg wie das Weihnachtsgeld, nicht wahr?"

Nancy sagte: „Geh dein Gesicht waschen. Dann gehst du wieder ins Bett. Morgen früh hast du alles vergessen."

„Aber...", erwiderte Red, dann entfiel es ihm.

„Spuck's aus, Junge!", befahl Red Senior und runzelte die Stirn. „Wir nehmen jetzt eine Mütze voll Schlaf."

Red schüttelte den Kopf. „Nichts."

Verzweifelt starrte er seine Eltern an.

* * *

Edna Brockless musste auf die Toilette. In ihrem Nachthemd und schlaftrunken ging sie vom Schlafzimmer aus, über den dicken Teppich vor dem Treppenabsatz, ins Badezimmer.

Ihr erster Eindruck, als sie die Tür öffnete, war ein Szenario, das sich anfühlte, als gehöre es in das Leben einer anderen Person, nicht in das ihre. Schranktüren standen weit offen und Tablettendöschen lagen überall verstreut. Eine Gestalt, die sich über die Spüle beugte, wollte gerade eine Handvoll Tabletten zusammen mit einem Glas Wasser einnehmen.

Edna eilte zu Brock und schlug ihm die Tabletten aus der Hand. Er ließ das Glas fallen, das in der Spüle zersprang.

„George? Was...? GEORGE!"

Brock starrte mit einem blassen, gequälten Gesicht seine Mutter an.

„Ich halte es nicht aus, Mama! ICH HALTE ES NICHT AUS!"

Edna hatte keine Ahnung, wie viele Tabletten ihr Sohn bereits genommen hatte. Sie fragte sich, ob er sterben würde. Sie schrie in Panik:

„Frank! FRANK!"

Edna packte Brock und zog ihn zu sich her, was er nicht gewohnt war. Er kam ihr vor, wie ein Fremder, den sie jahrelang zu kennen geglaubt hatte. Sie merkte, dass sein Gesicht voller Pickel war und dachte, dass er zu viele Süßigkeiten aß. Aber vielleicht waren ihr die Pickel bisher nicht aufgefallen. Wie ein nasser Sack hing er in ihren Armen. War er fast schon tot?

Sie hörte Stimmen, die vom Treppenabsatz drangen. Frank sagte Simon, es gäbe kein Problem und dass er sofort zurück ins Bett solle.

Sie führten Brock nach unten, wo sie ihn, in einen Morgenmantel gehüllt, eine heiße Wärmflasche unter den Füßen, einen Becher Kakao in der Hand, auf die Sitzgarnitur im Vorzimmer setzten. Edna saß neben ihm und hielt seine schlaffe Hand. Frank zog einen Esszimmerstuhl heran und setzte sich her, die Hand auf dem Knie seines Sohnes.

Brock weinte lange. Dann, endlich, begann er zu reden. Seine Eltern lauschten ohne Unterbrechung, wobei sie der Gedanke an tote Vögel, Fluten, Verfolgungen und Schusswaffen mehr und mehr schockierte.

Als die Geschichte ihres Sohnes schließlich ihr Ende fand, schauten sich Frank und Edna lange und schweigend an und langsam hatten sie einen entschlossenen, berechnenden Gesichtsausdruck.

„Danke, dass du es uns erzählt hast, George", meinte Frank und klopfte seinem Sohn ermutigend auf die Schulter. „Du hast das Richtige getan. Ich wünschte nur, du hättest uns das früher erzählt."

„Sie waren es!", platzte es aus Brock heraus. „Ich dachte, sie töten mich auch noch!"

Edna nahm Brock die leere Tasse aus der Hand.

„Du musst keine Angst mehr haben, George", murmelte sie. „Du bist jetzt in Sicherheit. Wir regeln das schon."

Brocks Blick weitete sich, vor lauter frischer Furcht. „Ihr geht nicht zur Polizei?"

„Auf keinen Fall", antwortete Frank und lächelte seinen Sohn an. „Nichts dergleichen. Mein Wort drauf."

Edna stand auf. „Noch etwas Kakao, George?"

Drei Gestalten saßen im Musikpavillon im Stadtpark und schauten dem Sonnenaufgang zu. Sie hatten das leicht abgezehrte Aussehen von Menschen, die für gewöhnlich selten zum Schlafen kamen. Als sie ankamen, war nur der erste Strahl der aufgehenden Sonne jenseits der Bäume am anderen Ufer eines schönen Sees zu sehen. Jetzt war die Sonne fast ganz aufgegangen.

Doug und Janet saßen etwas abseits von Charles, einem jungen, bärtigen Beatnik mit einem Kapuzenpullover und Jeans. Schweigend saßen sie da, während die Sonne am klaren, frühen Julihimmel aufging.

„Hiermit sollten wir uns alle verbinden", verkündete Doug plötzlich, während seine leicht zusammengekniffenen Augen noch immer auf die frisch aufgegangene Sonne schauten.

Er fuhr fort: „Der Kosmos, der Wechsel der Jahreszeiten, unser Platz im natürlichen Muster. Nicht die Anbetung des Kapitalismus und endloser, phallischer Expansionismus."

Janet lachte. „Da würde dir mein kleiner Bruder vermutlich zustimmen. Er hat mehr Sonnenaufgänge gesehen als die meisten 15-Jährigen."

„Ist er ein heidnischer Sonnenanbeter?", fragte Charles ganz unschuldig.

„Nicht direkt. Er trägt morgens Zeitungen aus."

Doug und Charles platzten vor Lachen.

Sie fuhr fort: „Aber er würde er vermutlich zustimmen, was die Politik angeht. Er investiert weit mehr Zeit in Fahrradtouren."

Aufgeregt erhob sich Doug. „Das ist es, natürlich. Fahrradtouren. Ein Ausbruch zivilen Ungehorsams. Eine halbe Million Fahrradfahrer, die alle Hauptverkehrsstraßen nach London verstopfen!"

Charles zog eine misstrauische Miene und murmelte: „Eine halbe Million würden wir wohl nicht zusammenbekommen."

Doug antwortete: „Nicht jetzt, aber vielleicht in der Zukunft. Wenn wir einen Zahn zulegen können."

„Wir müssen zuerst den Tag der Mädchen aus der Erziehungsanstalt, der RSG, überstehen." Die drei Buchstaben betonte Charles mit übertriebenem Unbehagen.

„Schon organisiert", bemerkte Doug. „Das vereinbarte Ziel. Route rein. Route raus. Zeiten. Transport. Jeder ist sehr engagiert."

„Wir müssen anonym bleiben", sagte Charles. „Zumindest die ersten ein oder zwei Tage. Dann können wir vielleicht ganz diskret den Gruppennamen durchsickern lassen."

„Davon wäre ich nicht allzu begeistert", sagte Doug. „Aber ich stimme zu, dass uns das glaubhafter macht, als für immer namenlos zu bleiben."

„Was, wenn sie versuchen, uns an diesem Tag festzunehmen?", fragte Janet. „Man wird uns identifizieren."

Doug schüttelte den Kopf. „Es werden zu viele von uns sein. Und wir werden uns vermummen."

Janet und Charles verfielen in nachdenkliches Schweigen. Doug schaute sie nachdenklich an.

„Keine Sorge. Auf einen von ihnen werden mindestens zwei von uns kommen. Außerdem beschatten sie mich noch immer. Was ist mit dir, Charles?"

„Ich habe nichts gesehen. Ich glaube, ich bin in Ordnung."

„Versuche nicht, paranoid zu werden. Es ist wohl am besten, wenn wir uns bis zu diesem Tag nicht wieder sehen."

„Das gebe ich so weiter." Charles erhob sich. „Ich rufe jeden Abend zwischen acht und zehn Uhr im Pub an und berichte."

„Richtig, Charles. Keine festen Zeiten."

Charles ging durch den Park hindurch davon. Doug nahm ein kleines Fernglas aus der Innentasche seiner Lederjacke und überblickte den Park, bis Charles außer Sichtweite war. Er wirkte zufrieden, schob das Fernglas weg und setzte sich. Er und Janet starrten noch weitere fünf Minuten schweigend auf den See.

Sie lächelte ihn an und meinte: „Wir verhalten uns wie russische Agenten."

Er lachte: „Wir sind ebenso bedrohlich. Wir lieben die Wahrheit!"

Sie nahm ihn bei der Hand. Er schaute sie scharf an.

„Jetzt kann alles passieren, Jan. Verliebe dich bitte nicht in mich."

„Ich glaube, für diesen Rat ist es zu spät."

„Liebe ist etwas für Menschen, die der Meinung sind, sie hätten nichts zu verlieren."

„Ich ergreife meine Chance."

* * *

Red verließ um die übliche Zeit das Haus, wie um zur Schule zu gehen, und bestieg sein Fahrrad. Er radelte aber in die entgegengesetzte Richtung, gen Westen, aus der Stadt hinaus. Schnell fuhr er über die Feldwege. Er sah wild aus. Er atmete schwer. Er überholte alle: Mädchen zu Pferde, Traktoren, andere Fahrradfahrer. Er konnte aber noch so schnell fahren, den Stimmen entkam er nicht:

Schwierigkeiten, Junge. Davon hast du reichlich. Schwierigkeiten mit den Lebenden und den Toten.

Wir reden von Loyalität, oder? Manchmal ist sie unangebracht.

„...warum stellen wir uns nicht einfach? Dann wäre alles vorbei.

Ein Kind mit einem Kopfschuss. Man würde uns für immer einsperren.

„Lasst mich in Ruhe!", brüllte er. „LASST MICH IN RUHE!"

Ein Schwarm Dohlen, die in einem Feld fraßen, wurde aufgeschreckt, als sie seine Stimme hörten. Er bremste ab, damit er sehen konnte, wie sie über ihm kreisten. Alles und jeder flieht vor mir, dachte er, als läge irgendein Fluch auf mir.

Wütend trat er in die Pedale und entfernte sich.

Nach anderthalb Stunden, in denen er emsig in die Pedale getreten hatte, erreichte er die Schlossruine. Er versteckte sein Fahrrad in einem Gestrüpp Büsche und kletterte durch eine Lücke in der Ringmauer. Er lag im Gras, im schwachen Sonnenschein, und schaute auf den Himmel und den Gipfel des normannischen Bergfrieds. Ein paar Mütter, die ihre kleinen Kindern dabei hatten, machten neben den Ruinen ein Picknick. Ältere Männer gingen mit ihren Hunden Gassi. Es war ein friedlicher Anblick. Nach einer Weile fühlte er sich eingenommen von den friedlichen Wellen am Seeufer.

Er wusste, das Schloss wurde vor hunderten von Jahren von einer mächtigen Dynastie im Ort erbaut. Aber was ihm zusetzte, war nicht der Umfang des mittelalterlichen Gebäudes, sondern die Tatsache, dass es als örtliches politisches Zentrum nur 150 Jahre überlebt hatte. Das schien nicht sehr lange zu sein, nicht länger als das Alter von zehn Ronnie Pattersons zusammen.

Im Handumdrehen war dieser Ort verfallen und die Steine wurden abgetragen, um die Mauern um die Häuser der *neureichen* Kaufleute zu errichten. Und auch die gab es nicht mehr. Wie konnte man an irgendwas glauben? Kaum hatte die Vergangenheit eine sichtbare Form angenommen, war sie auch schon verschwunden. Die Geschichte wurde ausradiert, so schnell sie geschrieben wurde. Seine Vorstellung, dass alles ein Traum gewesen war, nahm mehr und mehr Gestalt an.

Aber er glaubte wirklich an Geister. Das Risiko, dass es Geister gab, nahm immer mehr zu.

Im Augenwinkel nahm er eine Bewegung wahr und stand auf. Eine kleine Gestalt in einem schäbigen Dufflecoat eilte keine 50 Meter weit entfernt über das Gras. Die Gestalt hatte ihm den Rücken zugekehrt, war aber ebenso groß wie Raggy und ging ebenso wie er.

Red sprang auf. „Mein Gott...nein!",

Er starrte die Gestalt an, die durch den verfallenen Torbogen ging. Er rannte ihr bereits nach.

Einholen konnte er sie nicht und wenn er noch so schnell rannte. Zweifellos war dies eine übernatürliche Gestalt. Sie verschwand plötzlich und tauchte dann auf der anderen Seite der verfallenen Mauer wieder auf, als wäre sie geradewegs durch das Mauerwerk gegangen.

Als Red um die Ecke des Bergfrieds sauste, war die Gestalt

dicht vor ihm. Er streckte seine zitternde Hand aus, um ihr die Kapuze vom Kopf zu reißen...

Die Gestalt musste ihn bemerkt haben und drehte sich um. Es war ein Junge mit Downsyndrom. Der Junge lächelte Red herzlich an.

Eine Gruppe von Kindern mit Downsyndrom machte zusammen mit ihren Pflegern in der Nähe ein Picknick. Ein paar von ihnen wanderten in den Ruinen hin und her. Sie alle trugen Dufflecoats wegen des kalten Windes.

Sie lächelten Red an. Bestürzt starrte er sie an.

* * *

Er fuhr langsamer in die Stadt zurück, gedankenverloren, und kam um kurz nach sieben zu Hause an. Er ließ das Fahrrad an der Hintertür stehen und eilte in die Küche. Er hatte eine Entscheidung getroffen: Es war Zeit, die Wahrheit zu sagen.

„Papa! Mama! Wir müssen reden!"

Im Haus war es so still, wie in einem leeren Sarkophag

Er ging ins Esszimmer. Die Vorhänge waren halb vorgezogen und der Raum lag im Halbdunkel. Auf dem Tisch lag ein Zettel, auf dem Stand: *SIND BEI WADES ZUM ABENDESSEN. TEE IST IN DER SPEISEKAMMER.*

Verzweifelt zerknüllte er den Zettel, warf ihn auf den Boden und ließ sich auf einen Stuhl am Esstisch fallen.

Im nächsten Moment war er schon wieder auf den Beinen. Florrie Gaunt stand am anderen Ende des Raums im Schatten. Ihre befehlende Stimme war wie ein Stich, als sie sagte:

„Die Toten kommen zu ihrem Recht, Junge. Pass auf, wenn der Wilde Mann in die Stadt kommt."

Er schaffte es, seinen Arm auszustrecken und das Licht einzuschalten. Florries Gestalt war verschwunden.

Mit einem unterirdischen Stöhnen fiel er auf den Tisch und schlug die Hände über dem Kopf zusammen. Er war von

Hexen und Geistern umzingelt! Wie konnte er sein eigenes Leben leben?

Warum hatte er das Schloss verlassen, genau an dem Tag, als diese Kinder in Dufflecoats dort waren? Die Antwort lag auf der Hand: Raggy hatte ihn dazu gebracht, dass er seine Leiden maximieren konnte.

Was bedeutete, dass Raggy in seinen Kopf gelangen konnte. Und war er erst einmal dort, konnte er alle Tricks, die er wollte, anwenden. Ihn wahnsinnig machen. Ihn in den Selbstmord treiben.

Aber das würde er nicht zulassen. Die Toten würden sein Leben nicht ruinieren. Ein Geständnis würde es nicht geben. Jetzt war Krieg.

13

Am Samstagmorgen kam Red früher als üblich zu Ralph Parnabys Kiosk. Er ließ sein Fahrrad in der Gasse neben dem Laden stehen, öffnete die unverschlossene Tür, und stand lauschend da, wobei er benommen über die Narbe auf seiner linken Wange fuhr.

Nichts war zu hören. Er ging durch den kleinen Gang in den Laden und hielt inne, dann schaute er auf die Regale voller Zigaretten. Ralph notierte sich das Inventar nie besonders genau, wenn aber die Bestände niedrig waren, dann war es riskant, zu viele mitzunehmen. Aber er musste seinen Plan in die Tat umsetzen, ehe Mouth ankam.

Zögerlich nahm er eine Schachtel Senior Service und eine Schachtel Du Maurier und steckte sie in seine Tasche. Für Sally hatte er auch ein paar Schallplatten aus den Top-20 in die große Innentasche seiner Jacke gesteckt, die neuesten Hits von Ray Charles und Frank Ifield. Ihm gefiel das Ritual, Sally Geschenke zu machen. Sie sah immer so zufrieden aus. Ihre Freude wirkte ehrlich und spontan; er war sicher, das spielte sie nicht.

Er entriegelte die Vordertür mit dem Schlüssel, der an

einem Haken neben den Regalen mit den Süßigkeiten hing und holte die Bündel Zeitungen von der Straße rein. Dann platzierte er sie auf dem Tresen und sortierte sie schnell in der Reihenfolge seiner Runde.

Er war fast fertig, als, zu seinem großen Verdruss, Mouth kam und sich seine Runde zurechtlegte.

„Hast du noch mehr Gummistiefel gefunden, Red?", keifte Mouth.

„Vergiss es einfach, in Ordnung?" antwortete Red wütend.

Mouth nahm zwei Schachteln Zigaretten aus dem Regal. Er grinste Red herausfordernd an.

„Du musst Sal bei Laune halten, nicht, Red?"

Red hatte Schwierigkeiten, sich zusammen zu reißen. „Ich sage dir...verzieh dich!"

Wieder grinste Mouth ihn provokant an. „Ich dachte, später bringe ich sie hinunter zum Kloster. Ist das ein Problem für dich, Red?"

„Verpiss dich! Sie ist mit mir zusammen. Ich bringe sie hinunter."

Red wusste sofort, dass seine Wut ihn verriet und er zu viel gesagt hatte. Mouth schaute ihn arglistig an.

„Das war nur ein Scherz, Red. Du hast es echt schwer, hm?"

„Das geht dich verdammt nochmal nichts an!"

Eine donnernde Musikparade war auf dem Stockwerk über ihnen zu hören.

„Scheiße!", rief Red auf. „Wir haben Ralph geweckt. Verziehen wir uns."

Sie schnappten sich ihre Zeitungstaschen und eilten aus dem Laden.

Mit ihren Fahrrädern standen sie am Bordstein vor Ralphs Laden. Red verspürte den Drang, mit der Wahrheit raus zu rücken.

„Sal weiß kein bisschen über das Gespräch mit Brock."

Mouth starrte ihn mit einer Miene an, in der sich ungläubige Falten bildeten. „Woher weißt du das?"

„Ich habe sie gefragt. Sie hat keinen Grund, zu lügen. Es war ja auch schon vor Monaten. Lange vorbei."

Mouth schaute ihn ungläubig an. Er schüttelte den Kopf.

„Wir werden nie wissen, was Sal gehört hat, bis sie sich dazu entschließt, es zu sagen. Behalte sie besser im Auge, Romeo."

„Weißt du...ich glaube ihr! Was zum Teufel hat sie davon, wenn sie lügt?"

Mouth sah ihn traurig an. „Es heißt, Liebe macht blind, oder etwa nicht, Red?"

Er spuckte verächtlich aus und radelte weg.

* * *

Drei Wohnmobile mit falschen Nummernschildern standen auf einer Fläche Brachland in der Nähe eines stillgelegten Zementwerks im Industriegebiet der Stadt. Doug und eine Gruppe von 30 jungen Radikalen, bekleidet mit Jeans, Donkeyjacken und Sturmhauben, schlenderten um die Fahrzeuge herum. Es waren 18 Männer und zwölf Frauen.

Schwaches Lachen drang von der Gruppe aus in den bewölkten Himmel. Sie gaben sich zwar große Mühe, eine entspannte Atmosphäre zu schaffen, jedem stand aber die Anspannung ins Gesicht geschrieben. Janet und Charles waren dort und Janet schaute ängstlich, als ginge sie auf eine Gerichtsverhandlung, bei der es um ihr Leben ging.

Doug beäugte die Gruppe und sagte: „In Ordnung. Wir wissen nicht, was wir finden werden, wenn wir dorthin gehen. Es könnte hässlich werden. Sollte noch wer Bedenken haben, dann ist jetzt die letzte Chance, auszusteigen."

Er warf der Gruppe einen durchdringenden Blick zu. Keiner von ihnen rührte sich.

„Toll. Ihr seid tapfere und wunderbare Leute. Das wird zweifellos morgen auf den Titelseiten stehen. Nun wollen wir uns schön herzlich drücken."

Sie umarmten sich. Doug, Janet und Charles stellten sich in die Gruppe und umarmten alle. Die Anspannung verflog, die Gesichter lockerten sich.

Doug hob die Hand, um ihre Aufmerksamkeit zu gewinnen. „Denkt nur daran: Es sind Menschen wie wir, für die wir kämpfen, die gewöhnlichen Menschen in diesem Land. Wir sind die außergewöhnliche Avantgarde, die sich der Aufgabe verschrieben hat, jeden einzelnen vom verlogenen Gift, das diese Regierung verspritzt, zu befreien. Wir kämpfen gegen einen Haufen bezahlter Funktionäre eines korrupten und eigennützigen Staats. Wie ein berühmter Radikaler einst sagte: Nur die Wahrheit macht uns frei!"

Die versammelte Mannschaft verfiel in Jubel.

Doug schaute auf die Uhr und setzte sich hinters Steuer eines Wohnmobils.

„Gehen wir!"

Sie bestiegen die Fahrzeuge, die dann langsam vom Brachland weg fuhren.

* * *

Am späten Vormittag hatte die Sonne die mürben Steine des Klosters erwärmt. Der Morgentau war weg, die Grashalme bewegten sich in einer leichten Brise und Uferschwalben jagten über die Felder am Flussufer. Es war niemand da.

Sally war bekleidet mit einem T-Shirt und Jeans und saß auf einer verfallenen Freitreppe und rauchte. In ihrem Radio spielte Neil Sedakas *Breaking Up Is Hard To Do*.

Red kam an und setzte sich zu ihr. Seine Vorfreude, den ganzen Tag mir ihr zu verbringen, wurde von Gedanken an Florrie Gaunt überschattet. War sie ihm wirklich aufgefallen oder war das nur wieder einer von Raggys Tricks gewesen? Er fragte sich, ob man ihm seinen kämpfenden Gemütszustand ansah.

Sally ahnte, wie ihm zumute war. „Was ist los, Red? Ich dachte, du würdest dich freuen, mich zu sehen."

„Hältst du mich für verrückt, Sal?", keifte er sie an. Ihr Tag fing nicht sehr viel versprechend an, er musste aber einfach fragen.

Sie lachte. „Die meisten Leute kommen mir ziemlich verrückt vor, Red. Es ist alles so unglaublich *langweilig*. Man muss wenigstens ein bisschen verrückt sein, um damit klar zu kommen. Mir kommt es ganz logisch vor, dass niemand glücklich ist."

Das brachte nichts. Er versuchte es erneut.

„Ich meine nicht diese Art von verrückt, Sal. Ich meine wirklich verrückt. Als sähe man Dinge, die nicht da sind. Ich meine...Dinge, von denen man nur denkt, sie seien da, die aber nicht real sind."

Sie grinste ihn an. „Du siehst mich doch, Red? Also bin ich real. Willst du mich, dann fang mich doch!",

Sie ließ das laufende Transistorradio auf der Treppe stehen und rannte durch die Ruinen. Er sprang auf und rannte hinter ihr her.

Rasch fing er sie ein und sie umarmten sich. Als ihr Körper seinen berührte, verflog seine düstere Stimmung wie der Morgentau. Er bot ihr eine Du Maurier an und sie zündeten sich beide je eine an.

Sie schlenderten in den Kreuzgang und lagen in der Sonne. Nach einer Weile, in der sie geschwiegen hatten, zogen sie sich aus und liebten sich. Diesmal hatte er Kondome dabei, die er aus einer versteckten Kommode unter Ralphs Theke genommen hatte. Das Letzte, was er zusätzlich zu seinen Problemen wollte, war eine schwangere Freundin.

Sie zogen sich wieder an und gingen zur Quelle unterhalb

des kleinen Hagedornbaums. Nachdem sie das eiskalte Wasser getrunken hatten, gab er ihr die Platten von Ray Charles und Frank Ifield.

Sie lächelte ihn an. „Danke, Red. Du denkst immer an mich, nicht wahr?"

„Natürlich, Sal. Du bist etwas Besonderes." Das meinte er so.

Sie schlenderten zurück zu den Ruinen. Ihr gemeinsamer Tag wurde so, wie er es sich erhofft hatte.

Sie nahm ihn bei der Hand und drückte sie leicht. „Hast du mir noch ein paar Kippen? Ich habe keine mehr."

Er holte eine Schachtel Senior Service heraus und hielt sie neckisch in ihre Reichweite. Er rannte weg. Sie lachte und rannte ihm nach.

Er versteckte sich in Nischen und hinter verfallenen Mauern, trat hervor und rief nach ihr, dann rannte er wieder weg. Kichernd und außer Atem rannte sie ihm nach.

„Fang mich doch, Sal!"

„Lass mir eine Chance, Red!"

Sie hielt an, hustete, holte Luft und rannte ihm dann wieder hinterher. Er rannte in den verwüsteten Altarraum, und sie verlor ihn aus den Augen. Als sie durch den Torbogen des Klosters eilte, kam Mouth aus dem Schatten und packte sie. Noch bevor sie Zeit hatte, zu schreien, hatte er ihr auch schon die Hand auf ihren Mund gelegt und zog sie nun durch die Ruinen.

Red fiel auf, dass sie ihm nicht gefolgt war. Er sprang auf den verfallenen Altar und schrie nach ihr, es kam aber keine Antwort.

Er rief wieder. Stille.

„Sal? Hey, Sal, mach keine Faxen."

Keine Antwort. Er bekam allmählich Angst.

„Sal? Sallyyyyy!

Stille.

Sally kauerte an der Wand im Keller, unterhalb des Küchenherds der Mönche. Mouth stand da, einen Arm links, den anderen rechts, hielt er sie fest, sodass sie nicht abhauen konnte. Er hatte sein übliches böses Grinsen im Gesicht.

„Lass mich frei, Len, bitte."

„Warum sollte ich?"

Er versuchte, sie zu küssen, sie aber wandte ihren Kopf ab, in Richtung Wand.

„Nein, Len, ich bin jetzt mit Red zusammen. Bitte...lass mich einfach frei."

„Du siehst auf mich herab, nicht?", knurrte er.

„Nein, Len. Natürlich nicht. Bitte..."

„Du kleine Drecksschlampe! Du nimmst immer nur, gibst aber nie. Jetzt bin ich dran!"

Er holte sein Fahrtenmesser heraus und schnitt zwischen ihren Brüsten einen langen Schnitt in ihr T-Shirt. Noch ehe sie schreien konnte, hatte er ihr die Hand vor den Mund gelegt. Er hielt sie fest und fummelte grob an ihren Brüsten.

„Schon besser." Er verzog sein Gesicht zu einer bösartigen Grimasse. „Das wird das beste Schäferstündchen deines dummen, kleinen Lebens!"

Voller Angst wehrte sie sich gegen ihn.

* * *

Red rannte durch die Ruinen und rief nach Sally. Er suchte hinter Säulen, schaute in Nischen und Lücken. Er schielte in Gänge und starrte von zerbrochenen Stufen herab in die Dunkelheit.

Ein paar Mal dachte er, er hätte sie gefunden, aber es waren nur die Bewegungen des Grases im Wind oder ein Vogel, der Steinstaub fallen ließ, wenn er von oberhalb der Mauer abhob.

Er stand still da und lauschte...

Es war zu still. Es war, als wäre Sally nie da gewesen...

* * *

Mouth versuchte, Sally die Jeans auszuziehen, aber sie wehrte ihn ab. Für einen Moment schien er nachzugeben.

Er grinste sie an und meinte: „In Ordnung, Sal, das ist unsere Abmachung. Du sagst mir, was du an dem Tag, als du gelauscht hast, gehört hast. Dann kannst du zurück zum Kleinen Roten Hahn. Wenn du es nicht tust, weißt du, was passiert."

Ihr stiegen Tränen in die Augen. „Ich habe niemals irgendwas gehört!"

Er lachte spöttisch. „Weißt du was? Ich glaube dir nicht!"

Er versuchte, ihr die Jeans auszuziehen. Sie geriet in Panik.

„In Ordnung, Len. Nur hör auf. Ich sag es dir ja."

Er zerquetschte ihre Brust. Sie schrie auf, vor Schmerz.

„Komm schon, du neckische Nutte", keifte er. „Rede!"

* * *

Die drei Wohnmobile parkten in einem alten Steinbruch, wo man Sandstein abbaute. Dougs Gruppe lag am Rand des Steinbruchs im Gras und schaute auf die Landschaft vor ihnen. Direkt unter ihnen war eine ruhige Landstraße mit einem rauen Belag, die zu einer Gruppe von Kiefern auf einem kleinen Hügel führte. Die Kiefern standen keine 300 Meter von der Straße entfernt. Hinter den Bäumen war ein langes, rechteckiges Blockhaus zu sehen.

Doug überblickte die Gegend mit seinem Fernglas. Nach einer Minute reichte er es Janet.

„Die Gebäude scheinen ziemlich überwuchert zu sein, als hätte man sie verlassen", meinte sie und reichte Charles das Fernglas. „Ist das alles, was zu sehen ist?"

„Das verlassene Aussehen ist Absicht", erklärte Doug. „99% des Bunkers ist - definitionsgemäß - unterirdisch. Es gibt noch ein wichtiges Tunnelsystem aus den frühen 40er-Jahren, als man diesen Ort benutzte, um Flugzeugteile herzustellen. Betriebsräume, Verbindungsräume und so weiter wurden angebaut."

Charles ergriff das Wort: „Schlafsäle, Toiletten, Küchen, alles. Das ist alles wie eine kleine, unterirdische Stadt. Dank eines meiner Kontakte konnten wir an eine Kopie eines der Pläne kommen."

Das Fernglas wurde in der Gruppe herumgereicht.

„Es gibt eine Zufahrtsstraße auf der anderen Seite", sagte Doug. „Aber wir gehen von dieser Seite aus rein und hoffen, man erwartet uns nicht. Ach!", seufzte er. „Die Pressefotografen sind da."

Ein Land Rover bog in den Steinbruch ein. Die Gruppe kehrte zu den Wohnmobilen zurück, und Doug und Charles schüttelten zwei Fotografen die Hände. Dann überquerten sie alle die Straße und kletterten über den Zaun in die Weide. Einige der Gruppe trugen aufgerollte Banner, die sich gegen Atomkraft und gegen die Regierung richteten. Die Fotografen hatten ihre Kameras in kleinen Rucksäcken verstaut.

Doug deutete auf die Pinien. „Wir gehen an die Stelle, wo das Feld auf die Bäume trifft. Setze lieber deine Kopfbedeckung auf, falls man uns beobachtet."

Alle zogen sie sich ihre Strumpfmasken über und gingen rasch durch die Kiefern auf dem Hügel.

* * *

Red rannte in den Kreuzgang. Der stand leer. Das Gras, wo sie gelegen hatten, war noch immer platt, was ihn überzeugte, dass diese Erfahrung kein Traum gewesen war.

„Sallyyy!"

Nichts. Mit der Faust schlug er gegen die Wand.

„Scheiße! Scheiße! Scheiße!"

Ein Schrei ertönte, wild und schrill. Dann noch einer.

Er stand still da und lauschte. Zunächst dachte er, es sei ein Vogel...die Stimme eines verwirrten Kiebitz oder Brachvogels oder der durchdringende Ruf eines Falken auf der Jagd.

Dann hörte er es wieder. Diesmal fiel es ihm wie Schuppen von den Augen.

„Herrgooooott!"

Wie wild rannte er aus dem Kreuzgang.

* * *

Dougs Gruppe und die Fotografen kletterten über den Zaun in die Kiefern. Die Gruppe heftete ihre Plakate am Waldrand an die Bäume, so dass man sie von dem Regierungsbunker und dem Ende der Zufahrtsstraße klar und deutlich sehen konnte. Charles holte eine kleine Kamera für die eigenen Aufnahmen der Gruppe heraus und er und die Fotografen machten ihre Aufnahmen.

Vier uniformierte Militärpolizisten kamen zwischen den Bäumen hinter ihnen hervor. Noch ein Dutzend kam durch eine Tür seitlich des Blockhauses. Doug und seine Gruppe merkten, dass sie umzingelt waren.

„Passt auf die Kameras auf!", schrie er, als Charles und die Fotografen Fotos von den ankommenden Militärpolizisten machten.

* * *

Sally kauerte nackt in einer Ecke des Kellers des Klosters. Sie sah bewusstlos aus, als hätte man sie geschlagen. Ihre zerrissene, schmutzige Kleidung lag auf dem Boden.

Mouth schnallte sich seinen Gürtel zu. Er schenkte ihr einen Blick unverhohlenen Triumphs.

„Wir hatten etwas Spaß, nicht wahr Sal?" Er lächelte sie

schief an. „Daran werden wir noch lange zurückdenken, nicht wahr?"

Sie kauerte an der Wand und er näherte sich.

„Wer hat jetzt die Macht?", zischte er. „Kleine Drecksschlampe!"

Voller Furcht starrte sie ihn an und sagte nichts.

Red raste in den Keller. Mouth sprang von Sally weg und zog sein Fahrtenmesser heraus.

„Bastard!", blaffte Red.

Er stürzte sich direkt auf Mouth.

* * *

Die Militärpolizisten arbeiteten sich in Dougs Gruppe und schwangen ihre Schlagstöcke.

Doug schrie: „Na kommt, 16 gegen 30! Verteidigt euch!"

Die offene Schlacht hatte begonnen. Charles steckte seine Kamera in die Tasche und versuchte, dem nächsten Militärpolizisten den Schlagstock aus der Hand zu reißen. Er wurde zu Boden geschleudert und brutal in den Rücken getreten. Die beiden Fotografen machten noch mehr Aufnahmen, wobei sie versuchten, die schlagenden Gestalten gut drauf zu bekommen. Dann sprangen sie über den Zaun und rannten zurück in Richtung Straße.

„Morgige Schlagzeilen!", brüllte einer von ihnen, als sie abhauten.

Die Militärpolizisten hatten keine Gelegenheit, die Fotografen zu erwischen. Stattdessen versuchten sie, eine der Frauen aus der Gruppe zur Tür an der Seite des Blockhauses zu schleppen. Doug und Janet konnten sich mit Ellbogen, Händen und Füßen ihren Weg bahnen.

„Bleibt zusammen!", brüllte Doug. „Geht nicht auseinander!"

Die Bunkerschlacht, wie sie am nächsten Tag genannt wurde, ging weiter.

* * *

Mouth wich aus und schlug mit seinem Messer nach Red. Reds kleiner Vorteil war dahin.

Als die beiden Jugendlichen sich umkreisten, las Sally ihre Klamotten auf und floh aus dem Keller. Red konnte sie nicht aufhalten.

Für einen Moment stand in Mouths Gesicht große Sorge. „Diese verlogene Nutte weiß alles über Raggy. Eine solche Schlampe darf man nicht mit Samthandschuhen anfassen!"

„Ich glaube dir nicht!", brüllte Red.

„Ich habe dir einen großen Gefallen getan, Red. Sie ist nicht die richtige Frau für dich."

„Fick dich!

Red versuchte, den Abstand auf Mouth zu verringern. Seine Vorstöße scheiterten jedoch immer an Mouths gewölbter Klinge. Reds Jacke wurde aufgeschlitzt, dann sein Handrücken aufgeschnitten.

Schließlich konnte er Mouth am Arm packen und ihn gegen die Wand schleudern. Das Messer fiel zu Boden. Er zog Mouth zu sich her, Mouth aber trat ihm in den Schritt und Red fiel mit einem schmerzerfüllten Stöhnen auf die Knie.

Mouth schlug ihn nieder und stürzte sich auf ihn.

„Du hast ein lockeres Leben, du und der schleimige Scheißer, Brockless. So läuft es dort, wo ich herkomme!"

Immer wieder schlug er Red ins Gesicht und auf den Kopf.

* * *

Doug, Janet und ihre Gruppe gaben ihr Bestes, um sich gegen die Militärpolizisten zu verteidigen, die ihre Schlagstöcke schwangen. Janet erhielt einen heftigen Schlag auf die

Schulter. Sie fiel rückwärts in einen Baum, schlug ihren Kopf an einem Baumstamm an und fiel zu Boden. Zwei Militärpolizisten packten sie und versuchten, sie wegzuzerren.

Doug und Charles schlugen die Militärpolizisten weg und retteten Janet. Doug pfiff schrill. Auf dieses Signal hin zog sich die Gruppe zurück. Noch ehe Doug und Janet folgen konnten, zog ein Militärpolizist Doug die Strumpfmaske runter und schaute sich sein Gesicht gut an. Doug schlug den Militärpolizisten direkt auf den Kiefer und er fiel zu Boden.

„Das soll dir eine Lehre sein!", brüllte Doug die auf dem Boden liegende Gestalt an.

„Dich vergesse ich nicht!", schrie der Militärpolizist zurück.

Die grün und blau geschlagenen Militärpolizisten ließen die Gruppe ziehen. Sie sammelten die Plakate ein, während Doug und seine Mitstreiter durch die Felder entkommen konnten und verschwanden.

Der Militärpolizist, der Doug die Maske heruntergerissen hatte, lehnte an einem Baum und betastete seinen Kiefer.

„Douglas Tennant", sagte er.

Einer seiner Kollegen klopfte ihm auf die Schulter.

„Das ist alles, was wir wissen müssen."

* * *

Mouth verpasste Reds Gesicht noch mehr gezielte Schläge, Red aber konnte sie mit dem Unterarm abwehren und stieß seinen Widersacher weg. Sie richteten sich auf und Mouth griff wieder zu seinem Messer, Red jedoch trat es ihm aus der Hand. Sie teilten mehrere brutale Schläge aus.

Red versuchte, Mouth in den Schwitzkasten zu nehmen, Mouth jedoch zog im die Beine weg und sie fielen beide zu Boden. Mouth, der schnellere von beiden, wand sich aus Reds Griff und versuchte, ihn in die Seite zu treten. Red packte Mouths Bein und zog ihn nach unten.

Sie kämpften auf dem verstaubten Steinboden des Kellers. Mouth sprang auf die Beine und versuchte erneut, Red zu treten, dieser aber rollte sich weg und sprang hoch.

Reds Wut und Empörung hatten nicht nachgelassen. Er versenkte ein paar heftige Treffer und Mouth ging zu Boden. Dann kletterte er auf Mouth und schlug auf ihn ein.

„Du verdammte Schlange! Was zum Teufel hat Sally dir getan?"

Mouths Widerstand war gebrochen. Red richtete sich auf und stand über ihm.

„Ich sollte dich umbringen!"

Mouth stützte sich auf seine Ellbogen. Er grinste Red an. „Dazu hast du nicht die Eier!"

Red schaute ihn finster an, machte auf dem Absatz kehrt und verließ den Keller.

Mouth stellte sich hin und spuckte Blut aus. Er holte sich sein Messer und verließ den Keller. Langsam wanderte er durch die Ruinen, wobei er mit einem schmutzigen Lappen sein blutendes Gesicht und seine blutenden Knöchel abtupfte.

Er sah Sallys Transistorradio, das einsam und verlassen auf der Freitreppe stand. *The Green Leaves Of Summer*, von Kenny Ball, spielte leise. Er trat das Radio die Treppe hinunter.

* * *

Sally, deren T-Shirt zerrissen und schmutzig war, hatte ein Neubaugebiet mit Doppelhaushälften am Stadtrand erreicht. Weinend rannte sie über den Asphalt. Red, dessen Gesicht geschwollen und blutig war, die Jacke zerrissen, erreichte sie mit dem Fahrrad.

Er sprang von seinem Fahrrad und versuchte, sie am Arm zu packen. Sie riss sich los und wie eine Katze, die man in die Enge getrieben hatte, zischte sie ihn an:

„Fass mich nicht an!"

„Aber Sal", protestierte er. „Du kannst mir nicht die Schuld in die Schuhe schieben."

„Woher wusste er, wo wir waren?", fragte sie in vorwurfsvollem Ton. „Du hast es ihm erzählt."

Das stimmte. Er wusste nicht, was er sagen sollte.

„Das hast du geplant. Ihr seid beide genau gleich mies! Und ihr habt diesen armen Ricky Bottomley getötet!"

Red wurde der Boden unter den Füßen weggezogen. „Oh...Gott!" Seine Gedanken drehten sich wie ein Kreisel.

„Ich hätte nicht gedacht, dass du dazu imstande wärst!", schrie sie ihn an. „Jetzt aber schon!"

„Aber Sal..."

„Kein Aber! Wenn Josie das alles herausfindet, dann landet ihr beide hinter Schloss und Riegel!"

Sie taumelte über den Asphalt. Er versuchte, ihre Hand zu packen, sie aber riss sich los.

„Sal...du darfst es ihr nicht sagen!"

„Doch, darf ich! Und wenn Josie weiß, was Len mir angetan hat...", antwortete sie und brach in Tränen aus. „Oh...oh! Und ich dachte, du liebst mich!"

Wieder rannte sie die Straße hinunter. Er fühlte sich angeschlagen und ihm war schlecht. Er lehnte sich gegen die Mauer eines Vorgartens und sah ihr nach, als sie verschwand.

<h1 style="text-align:center">14</h1>

Doug, Janet und die Gruppe Demonstranten saßen in der Ecke des großen Essbereichs eines heruntergekommenen Cafés. Eine Traube Lastwagenfahrer belegte ein paar andere Tische. Die beiden schäbigen Frauen mittleren Alters, die hinter der Theke standen, zeigten an niemandem Interesse.

Die Gruppe trank Kaffee mit einem Schuss Whisky aus einem Flachmann, der herumgereicht wurde. Sie alle hatten Narben und blaue Flecken.

Doug ging um die Gruppe herum und schüttelte jedem herzlich die Hand.

„Morgen werden die Menschen in diesem Land erfahren, was direkt vor ihren Augen passiert", verkündete er. „Während der Verwaltungsapparat der Regierung für den kalten Krieg sicher unter der Erde verweilt, lässt man die übrigen oben, damit sie frittiert werden. Es wird ein rechtzeitiger Weckruf für das Land und eine große Blamage für die Regierung sein."

„Man wird uns Anarchisten nennen", kommentierte Charles trocken.

„Anarchisten, Radikale, Subversive…wen interessiert's?", sagte Doug. „Die Fotos werden für sich sprechen. In ein paar Tagen setzen wir den Enthüllungen die Krone auf und geben eine Presseerklärung raus. Dann wird das Land wissen, dass wir nur normale Leute sind, wie alle anderen auch. Nur etwas aufgeweckter und wesentlich mutiger."

„Wir sind außergewöhnlich gewöhnliche Leute", sagte Janet. „Auf uns!"

Damit hoben sie ihren Kaffee und prosteten sich zu. Doug atmete tief ein. Er wirkte besorgt.

„Einer dieser Knüppel schwingenden Roboter konnte heute einen recht guten Blick auf mich erhaschen. Ich muss vielleicht eine Weile untertauchen."

„Sollten wir vielleicht alle in den Untergrund?", schlug Charles vor. „Gib uns Zeit, diese Reaktion zu beurteilen. Das könnte vielleicht den Inhalt der Presseerklärung beeinflussen."

Aus der Gruppe drang zustimmendes Murmeln.

„Verhaltet euch so unauffällig wie möglich", riet Doug. „Passt auf, dass euch niemand beobachtet und benutzt nur Telefonzellen. Ich werde über Charles mit euch in Verbindung bleiben."

Er nahm Janets Hand und streichelte ihre blauen Knöchel.

„Du warst großartig. Eine echte Kriegerin."

Janet machte sich Sorgen. „Wann sehe ich euch?"

„Charles wird als erstes mit uns Kontakt aufnehmen. Er wird unser Vermittler sein."

Sie sah mitgenommen aus. Doug lächelte sie beruhigend an.

„Keine Sorge. Ich finde einen Weg, dass wir so bald wie möglich zusammen sein können."

Er erhob seinen Kaffeebecher. „Auf die Wahrheit!"

Alle erhoben ihre Kaffeebecher.

* * *

Brock, saß blass, traurig und ängstlich im Vorzimmer und wartete, dass sein Vater einen Anruf beendete. Der Anruf dauerte die nächste halbe Stunde, er war aber nur eine Minute vorher von seiner Mutter hereingeführt worden. Sie hatte sofort den Raum verlassen und sehr unzufrieden ausgesehen. Die Spannung zwischen seinen Eltern war ein Geheimnis, was aber immer der Grund sein mochte, Brock wusste, sein Leben würde schon bald eine Wendung nehmen.

Frank griff nun zum Hörer. „Alles ist vorbereitet, George. Für morgen."

Brock sah seinen Vater flehend an. „Gibt es keinen anderen Weg?"

„Nicht vergessen, George, für mich und deine Mutter ist es ebenso schwer...und für Simon...so schwer wie für dich."

Brock hatte Tränen in den Augen. „Aber Papa, bitte..."

„Entschuldige, George. Es ist das Beste. Für uns alle. Du musst jetzt stark sein."

Edna trat ein. Sie schaute Frank an und fragte:

„Alles geregelt?"

Er nickte. „Ich glaube schon."

Sie schaute auf Franks entschlossene Miene. Sie wirkte wütend, aber gleichgültig.

Brock, ihr Gefangener, weinte.

* * *

Während Red an einem Hahn in einem der Schrebergärten der Stadt sein geschwollenes Gesicht wusch, radelte Tommy Page vorbei, einen Korb voller Gemüse in der einen Hand. Er hielt an und prüfte Reds Gesichtsausdruck.

„Jetzt, Red Junior. Ärger mit den Frauen, wie?", kicherte er böse. „Ich weiß, wie das ist!"

Red starrte Tommy hölzern an.

„Ich sage dir etwas", fuhr Tommy verschwörerisch fort. „Ich war die Nacht darauf am Blood Hole fischen...und was denkst du, habe ich gefunden?"

„Ich weiß nicht, Tommy. Einen 20 Pfund schweren Hecht vielleicht?"

Red war nicht sicher, ob seine Antwort lustig oder sarkastisch gemeint war. Er hatte den Bezug zu den Folgen von Worten verloren.

Auch Tommy war sich nicht sicher. Er schaute Red einen Moment an und runzelte die Stirn Aber sein Wunsch, sein Seemannsgarn zu spinnen, war zu stark, ihm zu widerstehen. Er grinste Red an.

„Ich hatte noch gar nicht richtig angefangen, nicht? Keine Minute hat es gedauert, da hatte der Hecht auch schon meinen Köder gefressen. Der Haken hatte sich in irgendetwas gebohrt und ich hatte Mühe, ihn herauszuziehen. Es war nichts Lebendiges, denn es hat nicht versucht, davon zu schwimmen... Wie dem auch sei, ich habe es erwischt...und ich sah, ich hatte den Gummistiefel von diesem Bottomley an Land gezogen, nicht wahr? Und ein Teil seines blutigen Beins steckte noch drin!"

Entsetzt starrte Red Tommy an. Er konnte nicht sprechen.

Tommy zog ein verärgertes Gesicht und sagte: „Ich sage dir mal was, so ein Teil zu finden, reicht, dass einem Menschen das Abendessen wieder hochkommt!"

Tommy kicherte böse und radelte davon. Red setzte sich schnell ins Gras neben den Wasserhahn. Er hielt seinen Kopf in den Händen, damit sein Schwindel aufhörte, was aber nichts brachte.

Schließlich konnte er klar denken. Er sprang auf, bestieg sein Fahrrad und holte Tommy in der Rückfahrspur, die sich jenseits der Schrebergärten befand, ein.

„Was zum Teufel hast du mit diesem Gummistiefel

gemacht, Tommy?" Er zwang sich zu einem Grinsen, denn er wollte seine Angst nicht zeigen.

Tommy sah ihn an und war angetan von seinem plötzlichen Interesse. „Warum? Natürlich habe ich ihn zurück in den Fluss geschmissen. Das Beste ist, so ein verdammtes Ding wie er liegt zusammen mit dem Hecht auf dem Grund!"

Tommy fuhr davon. Red sah ihm hinterher als er ging und Erleichterung machte sich in ihm breit. Es war offensichtlich, dass sich der Fischer nicht sehr ums Gesetz scherte und deshalb nicht zur Polizei gegangen war. Sie würden nicht anfangen, den Fluss durchzukämmen. Jedenfalls noch nicht. Aber die eine Frage blieb: Wie viele Teile von Raggy würde man noch finden? Vielleicht eine Hand? Einen Arm? Seinen Kopf?

* * *

An diesem Abend ging Red ins Kino. Die Sache beim Kloster und Tommys Gruselgeschichte zehrten an seinen Nerven. Er musste einfach etwas tun, ansonsten, so meinte er, würde er am Ende den Verstand verlieren.

Er ging ins Kino und zahlte seine Karte, ohne sich die Mühe zu machen, nachzusehen, was gezeigt wurde...und kaum war der Titel nicht mehr auf der Leinwand zu sehen, hatte er den Namen des Films auch schon wieder vergessen. Auf die Handlung konnte er sich nicht konzentrieren und ging nach einer halben Stunde. Als er Richtung Ausgang ging, dachte er, er hätte jemanden sagen hören *dieser rothaarige Bastard* aus der unteren Reihe.

Ein feuchter Wind wehte ihm ins Gesicht als er auf die Straße trat. Er wanderte im heftigen Nieselregen in der Stadt umher, unsicher, wie er sich beschäftigen sollte, und war voller Angst um Sally.

Als er aus der Seitenstraße kam, konnte er im Tal unter ihm Wade's sehen. Die Hoflichter brannten und er konnte das schwache Klappern von Aufzügen nahe der Laderampe hören. Mein Gott, dachte er, hier sind Leute.

Wade's schien Teil eines fremden Lebens zu sein, des Lebens eines anderen Ronnie Patterson, der nur im Kopf seines Vaters existierte. Plötzlich merkte er, nie im Leben würde er dort arbeiten.

Ziellos schlenderte er durch die Stadt und erreichte schließlich die Espresso Coffee Bar. Er drückte sein Gesicht an das beschlagene Fenster. Hier war alles voller Teds aus dem Neubaugebiet. Keine Spur von Ingo oder Algy. Vermutlich waren sie in einem der Pubs. Jemand bemerkte ihn und zeigte in seine Richtung. Ein Arm flog auf das Glas zu und Kaffeesatz verteilte sich auf der Innenseite des Fensters. Er wollte nicht noch mehr Ärger und ging zügig weiter.

Er saß auf einer Bank neben dem Kriegsdenkmal und schaute über die Stadt, dann auf die Straßen mit Reihenhäusern, die Reihe um Reihe bis zum dem Hügel führten, wo die Kirche St. Margaret stand. Dann sah er auf die Werkhöfe unten im Tal. Zum ersten Mal in seinem Leben hatte er das Gefühl, nicht mehr zu diesem Ort, mit seinen schäbigen Straßen und den engstirnigen Leuten, zu gehören.

Er war zu einem Außenseiter geworden. Er gehörte nicht mehr dazu. Dort hatte er keine Zukunft. Aber dann hatte er nirgends eine Zukunft.

Gegen 22:00Uhr war er wieder in seinem Schlafzimmer. Er hatte sich ein gebrauchtes Netzradio gekauft, um die Geister der Nacht auf Abstand zu halten. Er schaltete Radio Luxemburg ein und fragte sich, ob auch Sally diesen Sender hörte. Er versuchte, sich daran zu erinnern, was sie ihm über die verschiedenen Musikrichtungen gesagt hatte, ihm fiel aber nur noch ihre Wut ein und wie verletzt sie gewesen war. Er drehte das Radio auf einen anderen Sender und Sallys Bild verschwand langsam aus seinem Kopf.

Schließlich schlief er ein...

Einmal wachte er auf und schaute auf den Wecker. Es war 01:15Uhr. Eine Weile drehte er sich wiederholt von einer auf die andere Seite, denn er konnte sich nicht beruhigen. Schließlich schlief er wieder ein, träumte aber sofort...

Er ging durch die Ruinen des Klosters. Er befand sich in einem Zustand großer Furcht, die zu Panik wurde. Er sah Polizisten nahe der Ruinen, die ihn zu umzingeln schienen. Sie alle hatten Mawsons Gesicht. Er kam zum alten artesischen Brunnen. Raggy, der nur ein Bein hatte, klammerte sich wie eine Eidechse an die Mauern hinter ihm. Er lachte grauenhaft. Red wich zur Seite und fiel durch die knochentrockenen Blätter, die auf dem Brunnen lagen. Ein schrecklicher, hoher Schrei ertönte. Während er fiel, sah er Mouth oben stehen, der neue Bretter brachte, mit denen er den Brunnen zunagelte.

Janet, deren Gesicht sichtbar von blauen Flecken überzogen war, verließ am Montagmorgen ein billiges Motel. Sie trug eine Anzughose, eine leichte Sommerjacke, ein Kopftuch und eine Sonnenbrille, ein Aufzug in dem sie sich ausreichend getarnt fühlte. Das Motel befand sich in einer ruhigen Seitenstraße, abseits der geschäftigen Durchfahrtsstraßen der Stadt, und sie vergewisserte sich noch schnell, dass sie niemand beobachtete oder ihr folgte.

Sie eilte zur nächsten Telefonzelle und stellte mit Erleichterung fest, dass sie leer war. Es war fast sieben Uhr und ganz pünktlich klingelte das Telefon. Sie betrat die Telefonzelle und nahm den Hörer ab.

„Hallo, Charles. Hier spricht Janet.“

Während sie die Nachricht von Dougs couragiertem Leutnant abhörte, verwandelte sich ihr triumphierender Gesichtsausdruck in einen schockierten. Sie vereinbarten für den nächsten Morgen einen Anruf aus einer anderen Telefonzelle.

Wie ein Roboter ging sie zum Kiosk an der Ecke und kaufte eine Zeitung. Die Überschrift auf der Titelseite war ebenso heftig, wie die vom Sonntag: *ANARCHISTEN DRINGEN IN GEHEIMEN REGIERUNGSBUNKER EIN.* Sie klemmte die Zeitung unter den Arm und ging langsam zum Park, der sich in der Stadtmitte befand.

Sie ging quer durch den Park und setzte sich auf die Stufen des Musikpavillons. Ein paar Arbeiter nahmen diese Abkürzung auf dem Weg zur Arbeit in der Stadt. Sie bemerkte sie kaum. Sie warf einen Blick auf die Zeitung...aber, wie Charles gesagt hatte, wurde nicht einmal in ein paar Absätzen Doug, der am späten Abend zuvor bei einem Unfall mit Fahrerflucht ums Leben gekommen war, erwähnt. Die Zeitung bezeichnete ihn schlicht und einfach als Journalisten. Kein einziges Wort über seine radikalen Ansichten. Die Anti-Atomwaffen-Bewegung wurde nicht einmal erwähnt.

Sie hielt sich ihr Taschentuch vor den Mund, um ihre Stimme zu dämpfen und ließ ihren Tränen freien Lauf.

Schließlich wischte sie sich die Augen und setzte sich ihre Brille wieder auf. Ihre Trauer und Wut schluckte sie runter. Sie wurde allmählich wieder klar im Kopf.

Sie würde es nicht zulassen, dass *sie* sie zerstörten. Das wäre das Letzte, das Doug gewollt hätte.

Sie hatte Doug wegen seines Muts und seines Einsatzes geliebt. Sie hatte ihn wegen seiner idealistischen Leidenschaft geliebt. Sie hatte ihn wegen seines Humors und dafür, dass er so gut im Bett war, geliebt. Sie hatte ihn geliebt, weil er so intelligent und lebensfroh gewesen war.

Jetzt war er tot und natürlich liebte sie ihn noch immer. Er war die unerwartete Liebe ihres Lebens gewesen. Sie war sich sicher, er wusste, wie innig ihre Gefühle gewesen waren, hatte sie aber nicht zu ihrer Liebe ermutigt, aufgrund der ständigen Bedrohungen, denen er ausgesetzt gewesen war.

Sie wusste, er hatte irgendwo am Stadtrand Familie, sie würde aber weder Kontakt zu ihnen aufnehmen noch zur Beerdigung kommen. *Sie* lägen auf der Lauer und sie würde nicht zulassen, dass man sie identifizierte. Sie würde Doug in Erinnerung behalten, wie er war: Einen gefährlichen Liebhaber der Wahrheit.

Seinetwegen war sie jetzt ein anderer Mensch. Sie war ihm was schuldig und sie musste zurückschlagen, Charles helfen, die Arbeit fortzusetzen, aber im Untergrund. Sie würde *ihnen* nicht die Genugtuung eines weiteren vorzeitigen Todes geben.

Nach einer Weile verließ sie den Musikpavillon. Sie ging festen Schrittes und fühlte sich stark. Sie schlenderte zum Bahnhof hinüber und nahm den nächsten Zug zurück in die Stadt.

* * *

Red, dessen Gesicht grün und blau geschlagen war, lieferte die Zeitungen zu den Reihenhäusern unterhalb der Kirche St. Margaret aus. Es begann zu regnen. Zunächst waren es nur ein paar einzelne Tropfen, die dann größer wurden und sich regelmäßiger ergossen. Er schaute zum Himmel. Er war ganz bedeckt und das untere Ende der Wolken verdunkelte die oberen Hänge der Hügel nördlich und westlich der Stadt. Ein Sturm würde aufziehen, das stand fest. Er hatte das unheimliche Gefühl, dass es ein starker Sturm würde.

Nachdem er die täglichen Tageszeitungen zum Pfarrhaus gebracht hatte, entschloss er sich, kurz in die Kirche zu schauen. Anschließend ging er zum anderen Ende der Stadt, westlich des Kriegsdenkmals. Er wollte seine Runde beenden, ehe er nass bis auf die Haut war.

Als er den Kirchplatz der Kirche St. Margaret erreichte, stellte er fest, dass das Tor weit offen stand. Er ging durch das Tor, wobei er anhielt und gleichzeitig in den Kirchplatz schielte. Dieser Anblick löste in ihm einen Schock und eine Furcht aus, wie er sie nicht mehr gehabt hatte, seit dem Moment als Raggy im Fluss verschwunden war.

Dort, auf dem Pfad, der zum Kirchplatz führte, war eine wild aussehende Gestalt mit langen Haaren, gekleidet in schlichte, altmodische Kleidung, einer Art Bauernbluse und Schlaghosen, wobei letztere mit einem Faden an den Knöcheln festgebunden waren. Die Gestalt beugte sich über einen Sack, der neben dem Pfad im Gras lag. Sie richtete sich plötzlich auf und schaute Red an.

Das Gesicht dieser Gestalt war verwittert und schmutzig, die Augen aber klar und ungewöhnlich blass, als gehörten sie zu einem völlig anderen Wesen. Eine gefühlte Ewigkeit starrten ihn diese Augen an.

Er konnte sich nicht bewegen. Mehr als alles andere wollte er von diesen blassen Augen wegkommen, aber sie zogen ihn in ihren Bann, wie der alte Seefahrer im Gedicht von Coleridge.

Florrie Gaunts Worte kamen wie aus dem Nichts in seinen Kopf:

Die Toten kommen zu ihrem Recht, Junge. Pass auf, wenn der Wilde Mann in die Stadt kommt."

Die Gestalt wandte sich schließlich ab, las ihren Sack auf und ging langsam in Richtung Kirche. Red merkte, dass er den Atem angehalten hatte und der Regen stärker geworden war. Er beobachtete die Gestalt, bis sie hinter den Grabsteinen verschwand. Es war nur ein alter Landstreicher, sagte er sich. Was konnte es auch sonst sein?

* * *

Regen fiel in Strömen. Er peitschte auf die Hügel außerhalb der Stadt. Er ergoss sich auf die Wälder und die Weiden am Flussufer. Er prasselte auf die schäbigen Terrassen der Häuser an den Werkhöfen unterhalb des Tals. Blitze zuckten durch die brodelnden Kessel aus Sturmwolken. Donner ertönte, rollte über die Hügel und hallte in den Straßen.

Die Abhänge der Hügel wurden zu Bahnen aus Wasserströmen. Gräben, die sich neben Feldern befanden, füllten sich schnell bis zum Rand und entleerten sich in Bäche, die sich schließlich in den Fluss ergossen. Der Fluss stieg schnell an, bis er dann über seine Ufer trat.

Die Weiden am Flussufer füllten sich allmählich mit Wasser aus Bächen und Entwässerungsgräben, die das Wasser nicht mehr länger halten konnten. Die Flut ergoss sich in die tieferen Gefilde der Stadt, wo die Werkhöfe alsbald unter Wasser standen. Der andauernde Regen traf die Stadt wie eine Strafe.

Der sprudelnde Fluss voller Torf blubberte und wirbelte. Er ertränkte die zweite Brut von Moorhühnern und Blässhühnern und schlug gegen die Brückenpfeiler in der Stadt, wie eine mythische, rachsüchtige Bestie. Büsche wurden vom Ufer gerissen und kleine Boote, die nicht fest genug vertäut waren, wurden in Stücke gerissen.

Die Stadtbewohner schauten aus ihren Fenstern und bezeichneten die Szenerie als wahrhaft biblisch. Irgendein Besserwisser schmierte *SCHICKT NOAH* auf die Wand eines kastanienbraunen Bushäuschens. Der Fotograf der Lokalzeitung gewann einen kleinen Preis für das Foto auf der Titelseite.

Es regnete noch immer, bis die Kanäle und Düker der Stadt kein Wasser mehr aufnehmen konnten; die Hälfte der Straßen im unteren Stadtteil stand schon bald unter Wasser.

* * *

Ein streunender Hund ging den überschwemmten Pfad am Flussufer entlang. Gegenüber vom Schlachthaus, wohin ein Hecht zum Fressen kam, wenn geschlachtet wurde, am Blood Hole, wie man es nannte, lag ein dunkler Schatten halb unter Wasser. Der Hund schnüffelte an der Gestalt und bellte.

Das Hundegebell schreckte zwei Arbeiter aus der Gemeinde auf, die Sandsäcke vor die Tore des Werkhofs der Färberei legten. Einer der Männer überquerte die Brücke, um nachzusehen.

Vorsichtig watete er den Pfad am Flussufer entlang, wobei er mit den Gummistiefeln halb im Wasser stand. Er stand vor dem bellenden Hund, den er verscheuchte. Dann beugte er sich über die Gestalt auf dem Weg.

Er sah zu seinem Begleiter, der vom anderen Flussufer aus zusah. Er stand auf dem Kabinendach ihres Lastwagens.

„He, Mick...hier liegt ein Toter!"

„Was für ein Toter, hm?", brüllte sein Begleiter.

„Eine Leiche...eine menschliche Leiche!"

* * *

Noch schneller als die Flut, verbreitete sich diese Nachricht in der Stadt. Innerhalb einer Stunde hatte sich in der Victoria Road herumgesprochen, dass eine Leiche gefunden worden war. Als er zurück fuhr, nachdem er Ralph Parnabys Küche gestrichen hatte, schnappte Red das Gespräch zweier Nachbarinnen auf, die unter einem Regenschirm zur Arbeit gingen.

„Dieser Bottomley ist nach all der Zeit aufgetaucht."

„Die Strömung hat ihn aus dem Hornkraut gespült."

Ans Streichen war nicht mehr zu denken. Red machte kehrt und radelte in Richtung Fluss.

Trotz der überschwemmten Straßen hatte sich am Nordende der Brücke eine Menschenmenge versammelt, um dem Spektakel zuzusehen. Mawson stand neben einem Polizeibus, der in acht Zentimeter tiefem Wasser neben dem Tor des Schlachthauses stand. Polizisten in Gummistiefeln hielten den Verkehr an, der über die Brücke wollte.

Red näherte sich, soweit er konnte, und hielt an, um versteckt hinter einem Holzlaster alles zu beobachten. Er sah zwei Polizisten einen Leichensack vom Pfad am Flussufer aus her tragen. Er sah Wasser von der Trage fließen, auf der dieser Leichensack lag. Er sah die starrenden Gesichter der Menge, gezeichnet von schaulustiger Verwunderung.

Shack und der örtliche Pressefotograf waren bei den Polizisten. Red sah sie mit denjenigen, die die Trage hatten, die Straße überqueren. Er musste sich bewegt und so Shack auf sich aufmerksam gemacht haben. Denn der Wildhüter drehte sich um und warf ihm einen düsteren, wissenden Blick zu. Red schaute beschämt weg.

Er konnte den Anblick nicht länger ertragen. So radelte er allmählich zurück in die Stadt, genau in dem Moment, als Mawson die Hintertüren des Kastenwagens der Polizei öffnete, um die Trage herauszuholen. Die Polizisten glotzten ihn eiskalt an.

Er fuhr davon, so schnell er konnte. Hinter ihm hörte er Stimmen, er drehte sich aber nicht um. Die knallenden Türen des Kastenwagens der Polizei waren wie Schüsse.

* * *

Red fuhr mit dem Fahrrad die verlassene Gasse entlang und versuchte, sich zu sammeln. Die Gasse führte zu einem verlassenen Steinbruch, wo früher Sandstein abgebaut worden war. Hier konnte er allein sein, um zu entscheiden, was er tun sollte.

Alles, was heute am Fluss geschah, war seine schuld. Die Polizei, die gaffende Menge, die Trage mit ihrer schrecklichen Last; alles seine Schuld. Es käme in alle Zeitungen: Die Bilder, die Schlagzeilen. Nur Seinetwegen.

Wie leicht es doch gewesen war. Durch die überschwemmten Felder zu rennen und ein Spiel zu spielen. Eine Verfolgungsjagd. Etwas Spaß. Warum nicht Spaß haben? Wurde man älter, hörte der Spaß auf; also warum nicht? Den Fluss hinunter gehen. Jagen. Abdrücken. Eine einfache, harmlose Sache.

Jetzt merkte er, nichts war einfach. Jede Handlung, und sei sie scheinbar noch so harmlos, hatte Folgen. Selbst solche, mit denen man nie gerechnet hätte. Schoss man mit einer Luftgewehrkugel auf eine Ringeltaube, dann wäre vielleicht noch etwas anderes ausgerenkt. Wie bei einer Dohle, die von einem lockeren Kaminaufsatz losfliegt, der dann wiederum auf einen Fußgänger stürzt.

Alles war mit allem verbunden, wie die Fäden eines riesigen Spinnennetzes. Genau das war es wohl, was seine Großtante gewusst hatte. Aber wie sie Dinge sehen konnte, die noch nicht passiert waren, lag jenseits seiner Vorstellungskraft. Vielleicht musste man so verbunden mit dem Spinnennetz sein, dass man auf ihm gehen konnte, wann immer man wollte. Und dann wurden die Verbindungen offensichtlich.

Er wanderte im Steinbruch herum, besessen von Gedanken an den Tod. Er erreichte einen Schuppen mit Wänden aus rostigem, welligem Eisen. Im Schuppen befand sich ein großer Stahlträger, von dem ein dickes Seil herunter hing. Er malte sich aus, wie er am Balken baumelte und im Wind schaukelte, der durch die Ritzen in den Wänden wehte, umgeben vom metallenen Gitter des rostigen Schuppens. Schnell verließ er den Schuppen und trat wieder in den Regen.

Plötzlich wusste er, was er zu tun hatte.

* * *

Dusky bellte einmal und Florrie Gaunt tauchte aus einem Nebengebäude auf, als Red zur Rückseite des Bauernhauses fuhr. Sie wirkte sehr groß, als sie da im gepflasterten Hinterhof stand, bekleidet mit einem Südwester und Arbeitsstiefeln.

Er stieg von seinem Fahrrad ab. „Ich bin hier...", rief er.

Sie fiel ihm ins Wort: „Ja. Mir ist sehr wohl klar, warum du hier bist. Dieser Wilde Mann ist auf Gerechtigkeit aus, nicht?"

Er konnte ihr nicht in die Augen sehen. Stattdessen starrte er auf seine Füße. „Ich wollte...ich wollte dich fragen, was ich tun soll."

„Du weißt, was du tun musst", meinte Florrie kryptisch.

„Weiß ich das?"

„Was du tun musst, ist was du tun sollst", antwortete sie geheimnisvoll.

Sie blickte ihn weiter an. Er wollte kehrt machen und abhauen, konnte sich aber nicht bewegen.

„Nur wenn du getan hast, was du solltest, bekommst du dein Leben wieder zurück."

Durch den Regenschleier hindurch starrte er sie an. Er verstand ihre undurchsichtigen Worte nicht. Er war am Verzweifeln.

„Dann musst du dein Leben ändern, solange du noch kannst."

„Aber ich weiß nicht, was du meinst", sagte er hoffnungslos.

Dusky setzte sich hinter ihn. Er fühlte sich ertappt.

„Natürlich weißt du es", sagte sie mit fester Stimme. „Du *weißt* es."

Auch wenn es fast windstill war, so bewegten sich die Hagedornbüsche auf der Seite der Abfertigung heftig. Dusky warf seinen Kopf in den Nacken und heulte den bedeckten Himmel an.

„Nun geh!", befahl sie und winkte ihm nach. „Tu, was zu tun ist. Dann musst du dein Leben ändern."

Er war überwältigt von ihrer Willenskraft. Er bestieg das Fahrrad. Dusky ging zur Seite und ließ ihn vorbei radeln.

15

Frank Brockless kam aus seinem Haus, zwei Koffer in der Hand, die er in den Kofferraum eines Humber Super Snipe lud, der in der Auffahrt stand. Seine Eltern, ein ordentliches, rüstiges Paar Ende 60, warteten beim Haus, den Regenschirm in der Hand. Sie schienen ihm nur wenig Aufmerksamkeit zu schenken.

Zaghaft drehte er sich zu ihnen um. „Entschuldigt. Aber ihr wisst, wie Ednas Eltern sind. Sie werden mir die Schuld für Georges Probleme geben. Ich muss jetzt schon genug einstecken.“

Sein Vater packte Frank an der Schulter. „Kein Problem. Wir freuen uns, wenn wir dir helfen können, mein Sohn.“

„Wir sind ganz auf deiner Seite“, sagte seine Mutter und lächelte ihn ermutigend an. „Entschuldige, dass wir so weit weg sind.“

„Das ist von Vorteil“, erwiderte Frank entschlossen. Er schaute zum Haus. „Es brauchte schon Überredungskunst. Edna ist schwerer zu überzeugen als ein Richter am Obersten Gerichtshof!“

Seine Eltern kicherten höflich, um ihre Verlegenheit zu verbergen.

Edna kam mit einem Regenschirm aus dem Haus, gefolgt von Brock und Simon. Brock war blass und hatte Tränen in den Augen. Simon sah mitgenommen aus.

Edna lächelte Franks Eltern kurz schief an, dann schaute sie ihrem Sohn ernst in die Augen.

„Du kannst dich eingewöhnen, George, wenn du erst mal hier weg bist. Die neue Schule wird dir gut tun. Sie hat einen hervorragenden Ruf. Du brauchst dir keine Sorgen zu machen. Du kannst in Ruhe deinen Abschluss machen. Oma und Opa werden sich um dich kümmern."

„Das werden wir ganz sicher", bestätigte Franks Vater.

Brock schniefte: „Aber Mama. Warum kann ich nicht bei deinen Eltern bleiben? Die sind näher da."

Frank hatte das Gefühl, die Initiative ergreifen zu müssen. Er nahm seinen Sohn bei den Händen und hielt sie ganz fest. „Das haben wir schon besprochen, George. Die Schulen weiter südlich sind konkurrenzfähiger. Dort bist du in der richtigen Umgebung. Du bekommst eine besser Bildung und vernünftige Freunde."

„Wir werden dich wöchentlich anrufen, um zu sehen, wie du zurechtkommst", sagte Edna ermutigend. „Und du kannst uns anrufen und erzählen, wie du zurechtkommst. Denn wir wissen, du *wirst* zurechtkommen, wenn du erst einmal hier weg bist."

Frank schaute seinen Sohn an und errötete. „Sobald du deinen Abschluss hast, schreibst du dich an der Universität ein, dann kommst du zurück und arbeitest für mich oder für eine andere Gemeinde. Du wirst höher einsteigen und viel besser bezahlt werden."

„Aber *sechs Jahre!*" Brock schaute traurig.

„Es ist eine Investition in deine Zukunft, George. Sieh die Vergangenheit als ein altes Leben, dem du entwachsen bist."

Franks Mutter strich Brocks langes Haar aus seinem Gesicht. „Dir bleiben ein paar Monate, um dich an die Gegend zu gewöhnen, bevor das Wintersemester beginnt. Und dann, in den Weihnachtsferien, kommst du zurück zu Simon. Die Zeit vergeht wie im Flug, wenn du beschäftigt bist, George!"

Frank schob Simon nach vorne. „Sag jetzt tschüss zu deinem Bruder, George."

Brock schniefte und umarmte Simon. „Du wirst mir fehlen, kleiner Bruder."

„Aber warum musst du gehen?", fragte Simon mit schwacher, leiser Stimme.

Frank und Edna sahen unsagbar mitgenommen aus.

„Wir haben dir doch gesagt, dass George auf eine bessere Schule muss als diese hier", erklärte Edna in einem etwas scharfen Ton.

„Werde ich auch gehen müssen, wenn ich älter bin?"

„Das überlegen wir uns, wenn es soweit ist."

Simon schaute noch immer verwirrt. Edna küsste Brock auf seine salzige Wange und Frank schüttelte ihm die Hand. Brock stieg mit seinen Großeltern ins Auto und er Humber fuhr weg.

Tränen liefen Simon über die Wangen als Brocks blasses Gesicht vom Rücksitz des Autos aus zu ihnen zurück blickte.

Frank, Edna und Simon standen auf der Auffahrt im Regen und winkten dem davonfahrenden Auto nach. Dann drehten sie sich schnell um und gingen die Auffahrt hinauf zurück.

Als sie sich dem Haus näherten, legten sie ihre Arme schützend auf Simons Schultern.

* * *

Mouth trat die Tür seines Elternhauses ein und betrat die hintere Küche. Er war völlig durchnässt, seine klatschnassen Klamotten schienen ihn aber nicht zu stören. Die Küche war leer. Er schaute finster.

„Mama?"

Es kam keine Antwort.

Er rannte die Treppe hinauf.

Er begab sich ins Schlafzimmer seiner Eltern und schaltete das Licht an. „Scheiße!"

Seine Mutter saß zusammengerollt unter der Bettdecke. Er ging zum Bett und zog ihr die Decke weg.

„Lass mal sehen!"

Deborah versuchte, ihr Gesicht mit den Händen zu verbergen. „Lass mich, Junge", flehte sie. „Ich muss mich nur etwas ausruhen."

Mouth nahm die Hände seiner Mutter weg und schaute sich ihr Gesicht an. Ihre Unterlippe war aufgeplatzt und ihre Wangen grün und blau geschlagen.

„Er kann sich nicht zügeln, oder? Nachdem ich ihn so oft gewarnt hatte! Zieh dich an."

Er ging zur Tür, drehte sich aber um, als Deborah aufstand. Er starrte sie mit kalten, entschlossenen Augen an. „Mach schnell! Er ist jeden Augenblick zurück."

Zehn Minuten später standen sie im Hof, je einen Koffer in der Hand. Fortwährend fiel Regen. Mouth nahm eine große Eisenstange, die er in einem Verschlag unter einem Rupfensack versteckt hatte.

Als sie durch die Tore gingen, fuhr Sam in seinem Kastenwagen vorbei. Er ging raus und schaute sie ungläubig an. Mouth stellte seinen Koffer ab.

„Was zum Teufel denkt ihr, soll das hier werden? Ihr geht nirgends hin!", brüllte Sam.

„Denkst du, du kannst uns aufhalten?", keifte Mouth. „Na komm schon. Mal sehen, aus welchem Holz du geschnitzt bist!"

Noch ehe sich Sam bewegen konnte, schlug Mouth mit der Eisenstange in beiden Händen nach dem Kopf seines Vaters. Sam stieß einen erschrockenen Schmerzensschrei aus, taumelte rückwärts und fiel zu Boden. Mouth stand über ihm.

„Du Stück Scheiße!“

Deborah versuchte, ihn weg zu zerren. „Das reicht jetzt, Len. Lass ihn in Ruhe.“

Mouth schob sie weg. „Ich versuche dir zu helfen, gute Frau!“

Er trat Sam in den Bauch und sein Vater fiel auf den Rücken. Mouth sah zu, wie er versuchte, aufzustehen. Wieder schwang er die Eisenstange, schneller und heftiger. Dann traf er Sam am Ellbogen.

Sam schrie vor Schmerz.

„Das ist für Mama!“,

schrie Mouth und schlug mit der Eisenstange auf den anderen Ellbogen ein. Sam schrie auf und fiel auf die Knie.

„Und das ist für mich!“,

schrie Mouth, worauf Deborah ihn fest am Arm packte und schrie: „Nein, Len…hör jetzt auf!“

Wieder ließ er sie links liegen. „Ich bringe das zu Ende!“

„Meine Arme!“, jaulte Sam. „Du hast mir meine verdammten Arme gebrochen!“

Während Sam sich aufrichtete schlug ihn Mouth abermals in den Rücken. Sam fiel auf den Boden und stöhnte.

Mouth hielt seinem Vater sein Messer an den Hals und schrie: „Wenn du uns folgst, dann bringe ich dich um!“

Er trat nochmal auf Sam ein, dann schleuderte er die Eisenstange quer über den Hof. Voller Schmerzen wand sich Sam in den Pfützen.

Dann kam mit einem kleinen Lastwagen zum Tor. Er ließ den Motor laut aufheulen. Mouth nahm seine Mutter bei der Hand.

„Gehen wir!“

„Hilf mir!“, flehte Sam.

Deborah versuchte, zu ihm zu rennen, aber Mouth zog sie weg.

„Verlasse ihn! Mach, was ich dir sage, Frau!“

Deborah schaute verstört. „Aber wie wird er weiterleben können?"

„Wenn interessiert das?", keifte Mouth. „Er ist Geschichte."

Dan kam zu ihnen. Er nahm einen Koffer und hakte sich bei Deborah ein.

„Sam ist jetzt Vergangenheit, Debby, meine Liebe. Am besten, er bleibt es."

Mouth nahm den zweiten Koffer und packte seine Mutter am Arm. Sie brachten sie zum Tor.

„Gute Arbeit, Len", sagte Dan. „Du bist jetzt der Mann im Haus."

„Ihn zu töten war nicht notwendig. Obwohl ich es wahrscheinlich getan hätte."

Dan schaute seinen Neffen scharf an. „Es ist eine Sache, einen Kerl zu töten. Und eine andere, mit seiner Tat zu leben."

„Sicher, Dan", sagte Mouth nachdenklich. „Ich schätze, du hast recht."

Sie bestiegen den Lastwagen und fuhren durch den Regen davon. Deborah, in deren Gesicht Mitleid stand, schaute zurück zu ihrem Ehemann.

Mit Mühe schaffte es Sam auf die Beine. Er versorgte seine verletzten Arme.

„Du darfst mich nicht verlassen!", schrie er. „Das kannst du mir nicht antun!", stöhnte er voller Schmerz und Wut. „Es ist nicht meine Schuld, dass deine Mutter eine dreckige Hure ist!"

Das Motorengeräusch von Dans Lastwagen wurde schwächer. Regen prasselt auf den Hof.

* * *

Füße in leisen Schuhen eilten durch den Regen. Jacks Eingangstor öffnete sich und die Füße gingen den Gartenweg hinauf. Über den Füßen kamen dunkle Strümpfe und ein

Rock, der bis zu den Knien reichte. Ein Finger drückte auf die Türglocke.

Jack öffnete in Strickpullover und Lederhose die Tür. Er erwartete Besuch.

„Hallo, Jan. Komm bitte rein."

Janet schüttelte ihren Regenschirm aus und betrat das Haus. Ihr lädiertes Gesicht war fast vollständig mit Make-up bedeckt.

Neben dem Telefon auf der Kommode lagen Zeitungen. Dort waren Fotos der Unruhen am Bunker der Radikalen Studentengruppe. Jack fiel der durchdringende Blick auf, den sie ihnen zuwarf.

Er lächelte sie an. „Sensationelle Neuigkeiten. Die Presse ist in Aufruhr."

„Scheint so", bemerkte sie so neutral sie konnte.

Aber ihr Blick sprach Bände. Sie war dort gewesen, dessen war er sich jetzt sicher. Sie tat so neutral, aber ihn konnte sie nicht täuschen. Sie konnte sogar eine der Vermummten gewesen sein, die von den Militärpolizisten verprügelt worden waren, er hatte aber keine Ahnung welche. Er würde Acht geben müssen.

„Sehr mutige Leute", sagte er und sah sie an. „Aber sie gehen ein großes Risiko ein, wenn sie einfach so losgehen. Das wird der Regierung kein bisschen gefallen."

Ihr dämmerte plötzlich, dass er vielleicht die Wahrheit kannte. Oder er könnte Gerüchte gehört und einfach seine Schlüsse gezogen haben, während er darauf wartete, dass sie zuschlug. Sie müsste vorsichtig sein.

„Ja", sagte sie und ergänzte dann so unschuldig sie konnte: „Scheinbar sind manche Leute bereit, ein großes Risiko einzugehen, dass die Menschen aufwachen."

Sie wollte gerade sagen, *zu allem bereit*, verkniff es sich aber gerade noch rechtzeitig.

Er führte sie ins Vorzimmer, wo sie sich auf die Sitzgarnitur vor ein behagliches Gasfeuer setzte. Im nächsten Moment kam er mit einem Tablett voller Kekse und Kaffee herein. Sie merkte, dass er das Gebäck schon vorher zurechtgelegt hatte, wie auch die Zeitungen auf der Kommode.

Er stellte das Tablett auf den Beistelltisch und setzte sich ihr gegenüber auf einen Sessel. Er prüfte ihren Gesichtsausdruck.

„Alles in Ordnung, nach deinem Sturz?"

„Ich bin in Ordnung, danke", antwortete sie und tippte sich auf ihren Hinterkopf. „Ich glaube, ich bin wieder bei Sinnen."

Was sie mit dieser Anspielung meinte, ließ sie unbeantwortet.

„Ich bin so froh, das zu hören. Nimm dir einen Butterkeks."

Ach ja, dachte sie, sie hatte ihn fast überzeugt. Sie nahm einen Keks und knabberte daran. Sie schwiegen eine Weile. Er räusperte sich.

„Du hast mir gefehlt, Jan."

„Du hast mir auch gefehlt, Jack."

Sie nippte an ihrem Kaffee und richtete ihre Augen fortwährend aufs Feuer, falls sie sie verraten hätten. Sie war sich nicht sicher, ob sie weiter gehen sollte, aber die Tatsache, dass sie überhaupt nicht redeten, ermutigte sie.

Er schenkte sich Kaffee nach und rutschte unruhig hin und her. „Der Laden am anderen Flussufer läuft gut. Ich will ihn etwas vergrößern. Ich pachte mir vielleicht eines der Gebäude in der Plattenbausiedlung. Könnten wir es uns vielleicht zusammen ansehen?"

Er machte es ihr leichter. Sie nippte an ihrem Kaffee und starrte ins Feuer, denn sie wollte ihn zappeln lassen. Jack nahm sich einen Keks und schaute ihn an, aß ihn aber nicht.

„Vielleicht ... es ist nur so ein Gedanke ... könntest du einen der Läden für mich und Papa führen? Schließlich würde es mir gefallen, wenn sie auch deine Läden wären ... eines Tages."

Großartig, dachte sie. Er rollte ihr den roten Teppich aus.

Sie knabberte an ihrem Keks und nippte an ihrem Kaffee. Ihr Schweigen klappte. Sie unterbrach es nicht.

„Meine Güte, hier drin ist es heiß!", kommentierte er, stand auf und drehte das Gasfeuer herunter. Sie ließ ihren Blick auf den Kaffee wandern.

Er öffnete eine Kommode im Sekretär, nahm einen kleinen Gegenstand heraus und legte ihn auf den Beistelltisch. Es war der Verlobungsring. Er setzte sich wieder hin und nahm entschlossen einen Bissen von seinem Keks.

Ganz langsam streckte sie ihre Hand aus. „Partner, Jack. In allem."

Er musterte sie. Schließlich schaute sie ihm in die Augen und erwiderte seinen Blick. Es war ein relativ kalter, gefühlloser Blick. Er kann mich nicht durchschauen, dachte sie. Und so wird es auch bleiben.

Er bewunderte sie noch mehr als je zuvor. Aber sie verunsicherte ihn auch mehr, als sie es je getan hatte. Besonders mit diesem Blick. Er merkte, was immer sie durchgemacht hatte, daraus war sie stärker, mit größerer Selbstbeherrschung, hervorgegangen. Er hatte das Gefühl, käme es zu einem Kräftemessen, würde er den Kürzeren ziehen. Aber er konnte es nicht ertragen, ein zweites Mal von ihr getrennt zu werden.

Er streckte die Hand aus und antwortete: „Natürlich, ja. Partner." Damit steckte er ihr den Ring an den Finger.

Er fühlte sich beschwingt, jedoch seltsam gleichgültig. Sie hatte ihn leicht ausgestochen. Er stand da und beugte sich runter, um sie auf den Mund zu küssen. Für einen Moment erstarrte sie, als wäre das zu viel, zu schnell, dann erwiderte sie den Kuss.

Er setzte sich wieder und lächelte. „Wir werden ein gutes Team abgeben, denke ich."

„Da stimme ich zu", antwortete sie und erwiderte zum ersten Mal das Lächeln. „Wir werden wirklich ein sehr gutes

Team abgegeben." Sie gab Acht, ihr Gefühl des Triumphs zu verbergen.

Obwohl er diese Runde verloren hatte, war er so aufmerksam, die Tatsache zu verbergen, dass sie ihn kein bisschen ausgetrickst hatte.

* * *

NELSON'S BÜCHER UND SCHALLPLATTEN in der städtischen Markthalle waren auf zwei Stockwerken logisch aufgeteilt. Das Erdgeschoss war für Bücher gedacht, der größere Bereich für Belletristik, der kleinere für Sachbücher. Letztere waren hauptsächlich Biographien berühmter oder berüchtigter Menschen, dazu noch Werke über die imperiale Geschichte Großbritanniens und ägyptische Archäologie sowie eine kleine Auswahl Reisebücher. Die Plattenabteilung befand sich oben, wo auf Regalen alle Neuerscheinungen standen, vorwiegend Singles und LPs.

Sally arbeitete oben und trug ein schickes, gebrauchtes Business-Kostüm. Sie stellte eine Auslage von Platten mit aktuellen Hits aus den Charts auf eines der Regale. Gregory Trent, der junge Filialleiter, sah makellos aus mit seinem Ziegenbart und dem Nadelstreifenanzug. Er notierte auf der Theke im Erdgeschoss Verkaufszahlen in ein Geschäftsbuch.

Ein Sturm wütete von neuem vor den Fenstern, begleitet von mehr Donner und Blitzen. Gregory legte seinen Stift beiseite und schaute dem Regen zu, der die Scheibe hinunter floss. Er schloss die Vordertür ab, schaltete die Erdgeschosslichter aus und rief die Treppe hinauf nach Sally.

„Es wird wieder schlimmer, Sally. Ich habe gerade abgesperrt. Ich denke, ich sollte dich nach Hause bringen."

„Ich bin sowieso gerade fertig, Mr. Trent."

Er trat auf die Treppe und schaute nachdenklich auf ihre

Auslage. „Sehr gut. Du bist ein Naturtalent, was diese Arbeit angeht. Und bitte...Greg."

Er stand etwas zu dicht vor ihr. Sie war sich nicht sicher, ob es Absicht war, jedoch würde sie nichts riskieren. Sie ging weg und stellte die obere Reihe Platten auf das Regal. Sie starrten sich gegenseitig von der jeweils anderen Seite der Auslage an. Sie erwiderte sein Lächeln und dachte, sie sollte ihr Bestes tun, um höflich zu sein.

„Wie hat dir dein erster Tag gefallen, Sally?",

fragte er und hob die Augenbraue in Erwartung ihrer Antwort. Sie war froh, als sie sah, dass er nicht nochmal versuchte, sich zu nähern.

„Oh, ich habe jede Minute geliebt, Greg. Das wollte ich immer tun", log sie, ohne noch etwas zu sagen. Ihr war so, als sollte sie nicht zu überschwänglich wirken.

Er zeigte auf die Poster und Auslagen, die jetzt die Freiräume im zweiten Stockwerk einnahmen. „Du hast den Laden hier wirklich umgekrempelt! Und wir haben so viele Neukunden gewonnen!"

Sie war froh, dass er nicht weiter ausholte. Aber sie wusste, die meisten Männer, die hereinkamen, taten dies, um sie zu sehen. Sie wäre froh, wenn dieses Novum nachließ.

„Bist du sicher, es ist für dich in Ordnung, wenn ich am Freitag ganz früh aufbreche, dass ich zum Konzert in die Stadt kann?"

Sie hatte ihn schon einmal gefragt und er hatte gesagt, dass er dachte, es wäre kein Problem. Aber sie musste sich sicher sein.

„Natürlich." Er lächelte sie an. „Du musst auf dem Laufenden bleiben. Du bist Nelsons größtes Plus!"

Plötzlich verspürte sie so eine Freude. Eines Tages beschloss sie, wäre ihr größtes Plus, entsprechend bezahlt zu werden.

* * *

Der Sturm wütete, als wäre er entschlossen, in einer Nacht die Stadt weg zu spülen. Greg setzte Sally in der schäbigen Reihenhausstrasse ab. Sie winkte ihm nach, als er davonfuhr, dann eilte sie in Josies Haus.

Red beobachtete das von einer Gasse auf der anderen Straßenseite aus. Er war nass bis auf die Haut und sah sehr mitgenommen aus. Er konnte Sallys Gestalt durch die dünnen Vorhänge eines der oberen Fenster sehen. Er starrte das Fenster mit leerem Blick an.

Vielleicht würde sie ihm verzeihen, wenn er mit ihr sprach. Schließlich hatte er ihr nichts Schlechtes gewollt. Wenn Mouth sie so sehr beneidete, so konnte er es nicht ändern. Er war nicht schuld. Sicher hätte sie Verständnis dafür.

Er wollte nur, dass es wieder so wurde, wie vor diesem schrecklichen Samstag, als alles allmählich in die falsche Richtung lief.

Sie musste ihm zuhören. So konnten sie nicht weitermachen.

Er eilte zur Tür und hob seinen Arm, als wolle er anklopfen. Dann senkte er ihn wieder, als wäre er plötzlich gelähmt. Einen Moment starrte er die verschlossene Tür an, dann wandte er sich vom Haus ab.

Das war sinnlos. Sie würde ihm nicht zuhören. Es war nichts eingetreten, wodurch sie ihre Meinung geändert hätte. Für sie war er ein Mörder, ein Verbrecher ohne Gewissen, der einen armen gehörlosen Jungen in einen entsetzlichen und unverdienten Tod getrieben hatte. Er war eine Bestie, den normale Menschen zu meiden hatten. Ein schießwütiger Irrer, der ebenso locker Menschen tötete, wie er einen Teddy in der Schießbude auf der Kirmes gewann.

Plötzlich kam ihm ein Gedanke: Vielleicht hatte sie es bereits ihrer Tante erzählt.

Aber nein, das konnte er nicht glauben. Hätte Sally Josie von Mouths Vergewaltigung oder Raggys Tod erzählt, hätte die Polizei sie alle festgenommen und hinter Schloss und Riegel gebracht. Er würde auf einer Pritsche liegen, unter einer Decke, auf dem besten Weg, der abgehärtete Schurke zu werden, als den ihn die Zeitungen bald bezeichnen würden.

Es brachte nichts, hier abzuhängen. Seine Beziehung zu Sally war vorbei. Jetzt war ihm klar, was er zu tun hatte.

* * *

Sally hängte ihr neues Kostüm an die Garderobe. Sie war stolz auf ihr neues Äußeres und wollte die Kleidung unbedingt sauber halten. Sie saß in Unterwäsche auf ihrem Bett und rauchte eine Senior Service, während sie den *New Musical Express* las. Die Klänge von Radio Luxembourg, die aus einem nagelneuen Kofferradio drangen, erfüllten den Raum.

Josie hatte sich gefreut, die sie Stelle bei Nelson's bekommen hatte. Sally glaubte nicht, dass ihre Tante wirklich davon ausgegangen war, dass sie sie bekam. Aber sie hatte nicht locker gelassen, bis Josie das geliehene Geld angerührt hatte, um ihr neue Klamotten zu kaufen. Jetzt, wo sie ihren ersten Lohn erhielt, konnte sie das Geld zurückgeben.

Die Stelle als Verkäuferin hing im Schaufenster bei Nelson's aus. Josie hatte sie Samstagmorgen gesehen, als sie auf der Jagd nach Schnäppchen in den billigeren Geschäften gewesen war. Als Sally damals zu Hause ankam, nass und niedergeschlagen, fand sie das Haus leer vor. Ihr zerrissenes T-Shirt hatte sie in den Mülleimer geworfen und ließ sich ein Bad einlaufen. Als Josie zurück kam, war sie in der Küche und trank eine Tasse Tee.

Die Nachricht ihrer Tante, dass bei Nelson's eine Stelle frei war, hatte alles, was sonst noch an diesem Morgen passiert war, in den Schatten gestellt. Sie hatte die Läden nach Klamotten und Schuhen abgegrast und war dann direkt zu Nelson's gegangen, wo sie bei Gregory Trent ihr Bewerbungsgespräch hatte. Und das war's. Plötzlich hatte sie ein neues Leben. Sie war 15, hatte also das Recht, am nächsten Montag mit der Arbeit zu beginnen.

Greg hatte ihr das Radio geschenkt. An diesem Montagmorgen war er nur deswegen nach draußen gegangen, hatte es gekauft und gesagt, dass es ihre Pflicht war, mit der Musikszene in Kontakt zu bleiben. Im Laden wurden der New Musical Express und andere Zeitschriften verkauft, sodass sie sich einfach bedienen und sie lesen konnte, wenn ihr danach war.

Sie zündete sich noch eine Zigarette an und dachte, wie unabhängig sie doch war. Wann immer sie wollte, konnte sie sich selbst Zigaretten kaufen und sich im Laden so viele Schallplatten anhören, wie sie wollte. Sie war ein paar schmuddeligen Jungs, die Zeitungen verteilten, nichts mehr schuldig. Sie fühlte sich plötzlich ziemlich erwachsen.

Sie nahm die zwei Tickets für das Konzert von Jerry Lee Lewis aus der Kommode neben ihrem Bett und dabei musste sie an Red denken. Sollte sie ihm eines der Tickets zurückgeben? Schließlich hatte er sie bezahlt. Red tat ihr leid. Er war so nett und großzügig gewesen.

Was immer an jenem Tag unten am Fluss passiert war, es war sicherlich ein Unfall gewesen. Red war nicht die Art Mensch, die dumm und gewalttätig war. Wenn etwas schief gelaufen war, dann war es sicher Lens Schuld. Wo immer er auftauchte, gab es Ärger. Es gab solche Menschen. Und sie wusste, Len hatte sich bereits in einen Frauenhasser verwandelt, wie sein Vater. Sie hatte so eine vage Vermutung, dass dies von der sexuellen Macht kam, die Frauen über Männer hatten. Deswegen mussten sie bestraft werden.

Aber Red war anders. Er war so sensibel. Die Art Junge, bei der sich Mädchen sicher fühlten. Ein Junge, der selbstlos und hingebungsvoll war. Jetzt tat es ihr leid, dass sie ihn angeschrien hatte. Aber sie wurde verletzt und er hatte sie nicht gerettet. Dieser schlaue Fuchs, Len Dykes, hatte ihn ausgetrickst, und ihre Wut und Furcht hatte sie an Red ausgelassen.

Wenn sie ehrlich war, dann war es Reds Idee gewesen, dass sie sich einen Job in einem Plattenladen besorgte. Der Gedanke war ihr am ersten Tag im Kloster gekommen. Sie schuldete ihm etwas. Sie fragte sich, ob er sie nach Lens Vergewaltigung für verdorben hielt. Als sie auf die Konzertkarten schaute, kamen ihr die Tränen in die Augen und flossen still über ihre Wangen.

Sie nahm den Teddy unter der Daunendecke hervor, wo sie ihn immer aufbewahrte. Sie drückte ihn fest und wiegte ihn von einer Seite zur anderen.

* * *

Nancy saß am Küchentisch und tupfte sich die Augen mit einem Taschentuch ab. Red, der klitschnass und zerstreut war, eilte im Raum auf und ab.

„Ich kann nicht glauben, was du da erzählst, Ronnie", schluchzte Nancy. „Es ist...grauenhaft!"

Sie nahm ein frisches Taschentuch und wischte sich die Augen.

„Es tut mir leid", sagte Red, zuckte hilflos mit den Schultern und brachte kein Wort mehr heraus. „Es...tut mir leid."

Sie schnäuzte sich laut. „Warum, um alles in der Welt, hast du es uns nicht früher erzählt?"

„Davon wäre er auch nicht wieder lebendig geworden, oder?", erwiderte er scharf.

Sie weinte wieder. „Aber wir hätten darüber sprechen können. Pläne schmieden."

Plötzlich verlangsamte er seinen Schritt, als wäre er gegen eine Wand gelaufen.

Er konnte es nicht fassen und fragte seine Mutter voller Wut:

„Pläne? Was für Pläne? Pläne, Mouth oder Brock die Schuld in die Schuhe zu schieben?"

„Nein, Junge", protestierte sie. „Natürlich nicht."

Er glaubte ihr nicht. Allein was seine Mutter andeutete, kam ihm schon wie ein scheußliches Verbrechen vor.

„Was kann es sonst für Pläne geben? Ich kann nicht sagen, ich sei nicht dort gewesen. Shack hat uns alle gesehen. Wir hatten alle Luftgewehre...bis auf Raggy."

„Dein Vater hätte gewusst, wie man es regelt. Er wird jede Sekunde zurück sein, dann können wir reden."

„Wie *regelt* man so etwas?", fragte Red und schaute seine Mutter fuchsteufelswild an. „Ich habe auf einen Jungen geschossen und er ist gestorben. Es gibt nichts Gutes, außer man tut es."

Er ging zur Tür. Sie sprang auf und stellte sich vor ihn.

„Ronnie, warte auf deinen Vater!", flehte sie.

Er starrte sie an, wütend, trotzig und aufgelöst. „Ich habe schon zu lange gewartet",

sagte er, schob sie sanft zur Seite, öffnete die Hintertür und ging hinaus. Nancy eilte ihm nach.

Es war dunkel. Ein Regenschleier ergoss sich auf die Erde. Die Kanäle waren voller Wasser, das von den durchnässten Hügeln kam. In der Victoria Road stand das Wasser Zentimeter hoch.

Red rannte die Straße hinunter, durch das Wasser. Nancy folgte ihm, dann stand sie allein in ihren Sandalen auf der Straße.

Sie rief ihm nach, sodass ihre Stimme den prasselnden Regen und das tosende Wasser übertönte, wie der Ruf eines verzweifelten Nachtvogels.

„Warte, Ronnie! RONNIE!"

Red rannte weiter. Er schaute nicht zurück.

16

R ed stand im strömenden Regen am Fuß der Treppe des
Polizeireviers. Blitze krachten über den Dächern der
Stadt und Donner grollte und hallte im Tal. Er ging auf dem
Asphalt auf und ab und schaute dann zu den Doppeltüren am
Eingang. Sein Entschluss hatte ihn so weit gebracht und jetzt,
wo er vor der kritischsten Entscheidung seines Lebens stand,
überkamen ihn Zweifel.

War er dazu bereit, wegen Mordes angeklagt zu werden?
Konnte er mit einer sehr langen Haft im Jugendgefängnis
leben, der dann, wenn er 18 wurde, eine im
Erwachsenengefängnis folgte? Seine Eltern könnten schon tot
sein, ehe man ihn entließ. Die Welt hätte ihn völlig vergessen.
Und was würde er über Mouth und Brock sagen? Wenn er ihre
Namen preisgab, würde man sie dann auch festnehmen?
Mouth könnte damit durchkommen; ein schlechter Ruf konnte
ihm sogar nützen. Aber Brocks Zukunft wäre dahin. Er würde
als Berufsverbrecher enden, außerstande, richtige Arbeit zu
finden, ausgenutzt von seiner anmaßenden Familie.

Aber ein Geständnis war das einzig Richtige. Wie Florrie es

angedeutet hatte, war es das, was er tun *sollte*. Er hatte keine Wahl.

Während er die Stufen emporstieg, hörte er, wie ein Fahrzeug am Bordstein anhielt. Eine Autotür schlug zu. Er wollte gerade durch die Doppeltüren gehen, als Hände ihn fest von hinten packten. Diese Hände zogen ihn zurück und drehten ihn um.

Es war Red Senior, dessen Gesicht fast bis zur Unkenntlichkeit von Angst gezeichnet war. Er packte seinen Sohn am Kragen seiner Jacke.

„Nein, Freundchen! Überlege dir gut, was du tust!"

„Weg von mir!", antwortete Red wütend. „Ich werde tun, was ich will!"

„Nein!", platzte es aus seinem Vater heraus. „Du hörst mir jetzt zu!"

Die ungewohnten Gesichtszüge seines Vaters waren voll brennender Intensität. Red hatte ihn noch nie so gesehen. Empörung war Red Seniors vorherrschende Eigenschaft. Das hier war etwas Anderes. Schockiert merkte Red, dass es Furcht war.

„Du darfst nicht dort rein, Junge! Das ist unser Ende! Dann können wir niemandem mehr in die Augen sehen."

„Ich bin es, der auf ihn geschossen hat!",

erwiderte Red und versuchte, sich loszureißen. Sein Vater hielt ihn weiter verbissen an der Jacke.

„Weg von mir! Das ist mein Leben! Weg von mir!",

schrie Red. Er merkte, dass sein Vater schwitzte. Es war kein Regen, der sein Gesicht und die Nasenspitze hinunter lief. Er empfand Ekel und gleichzeitig Mitleid für die ängstliche, schwitzende Gestalt vor ihm.

„Welche Zukunft steht uns in dieser Stadt bevor, wenn du dort rein gehst?", flehte sein Vater. „Denk darüber nach, Junge."

„Was steht mir überhaupt für eine Zukunft bevor?", antwortete Red wütend.

Er schaute verächtlich und riss sich los. Er versuchte, sich durch die Türen zu zwängen, aber sein Vater packte ihn wieder und zog ihn zurück.

„Hör mal, Freundchen. Wenn du dort reingehst, zerstörst du alles, wofür ich gearbeitet habe. Alles, weswegen ich ein Leben lang für meine Familie gearbeitet habe."

Red hörte auf zu zerren. Er sah seinen Vater an und bekam langsam Mitleid. Red Senior schien sich etwas zu beruhigen.

„Denk darüber nach, was du verlierst. Ein junger Mann könnte es heutzutage bis an die Spitze schaffen...durch regelmäßige harte Arbeit."

Red Senior schaute hoffnungsvoll seinen Sohn an. Red schüttelte den Kopf.

„Ich werde die Wahrheit sagen, Papa. Ist die Wahrheit nicht wichtig?"

„Natürlich. Aber du musst die Folgen abwägen. Ein Freund ist gestorben...und das ist tragisch. Aber es hat keinen Sinn, uns alle mit hinunter zu ziehen!"

Red dachte wieder an Mouths Worte:

Raggy war ein armes Kind. Man schert sich einen feuchten Kehricht um ihn.

„Also so läuft es, Raggy ist Geschichte und fertig. Wie beim Weihnachtsgeld letztes Jahr, oder Papa?"

Red Senior schienen die Worte zu fehlen. Stattdessen starrte er seinen Sohn flehend an. Red schaute seinen Vater finster an und fragte sich, wie ein erwachsener Mann so derart verzweifeln konnte.

„Die Folgen", wiederholte Red Senior. Scheinbar hatte er nichts weiter zu sagen. „Denk darüber nach, Junge."

„Bist du glücklich bei Wade's, Papa?"

Sein Vater fühlte sich ertappt. „Glücklich? Natürlich. Warum sollte ich es nicht sein? Es ist ein anständiger Posten. Und auch du wirst in ein paar Wochen dort anfangen."

Es lag nicht daran, was sein Vater sagte. Es lag an seinem

Blick, als er es sagte. Red merkte, Wade's war ein Kompromiss gewesen, ein willkommener Zufluchtsort, nach einem Albtraum des Krieges und russischer Konvois, die auch sein Vater hautnah miterlebt hatte. Er hatte die erstbeste Arbeit, die er bekommen konnte, angenommen und sich bis zum Vorarbeiter hochgearbeitet. Dann ging es nicht weiter, denn er war als Arbeiter ganz oben angekommen, war zu alt und hatte nicht die Qualifikation, noch höher aufzusteigen. Alle Vorurteile seines Vaters, von Arbeitern und Chefs, ergaben auf einmal Sinn. Seine Ausbrüche hielten ihn am Laufen, wie verbilligtes Benzin. Er hatte seinem Sohn sonst nichts zu bieten. Und sein dämlicher Sohn, dieser sture Esel, hatte beschlossen, dass dies der einzige Weg war...

...Knollen eintüten, bis zur Rente.

„Nun, Kumpel, hast du nichts zu sagen?"

Das Leben seines Vaters, sein Scheitern, wie auch das vieler anderer nach dem Krieg, die ihr Potential erkannt hatten, war in wenigen Sekunden an ihm vorüber gezogen. Er war zu schockiert, um zu antworten.

Ein Polizist in Uniform kam durch die Doppeltüren und blickte sie misstrauisch an.

„Alles in Ordnung?", fragte er.

Red Senior lächelte den Polizisten beruhigend an.

„Ja, sicher. Eine Sekunde, dann sind wir weg."

Reds Entschlossenheit erwachte von neuem. Er sah seine Chance.

„Nein...nichts ist in Ordnung! Ich möchte jemanden sprechen!"

Er eilte an seinem Vater vorbei in das Polizeirevier. Red Senior und der Polizist eilten ihm hinterher.

Red rannte hoch zum Schreibtisch. Sein Vater, der fuchsteufelswild war, wurde mitten im Gehen von diesem Polizisten und einem seiner uniformierten Kollegen gepackt.

„Hier geblieben!", warnte ihn der Polizist.

„Weg von mir!“, schrie Red Senior. „Das ist mein Sohn!“

„Sie sollten sich beruhigen oder wir müssen Sie in eine Zelle werfen“, warnte ihn der Polizist.

Red Senior wirkte plötzlich ausgezehrt. Die emotionale Last fiel von ihm ab, wie Wasser, das aus einem Gully floss. Plötzlich fand er sich auf einem Stuhl im Warteraum wieder. „Tut mir leid“, sagte er leise. „Ich habe...die Beherrschung verloren.“

Der Polizist blieb in der Nähe und behielt ihn gut im Auge, denn er wollte nichts riskieren.

Red umklammerte die Tischkante und wartete ab, bis er sich beruhigt hatte.

„Nun? Wie kann ich helfen?“, fragte der Dienst habende Polizist ungeduldig.

„Ich bin gekommen...um ein Tötungsdelikt zu gestehen.“

Der Polizist starrte ihn überrascht an.

* * *

Red saß am Tisch im Verhörzimmer. Ihm gegenüber stand der Polizist, der ihn vor Monaten zu der Schlägerei beim Tanz im Rugby Club befragt hatte. Vor dem Polizisten lag ein geöffnetes Notizbuch, auf dem eine leere Seite aufgeschlagen war. Er sah Red mit ungläubiger Miene an.

„Du erwartest, dass ich dir eine solche Geschichte abkaufe? Du bist mir vielleicht ein Komiker, Patterson. Schon letztes Mal, als du hier warst, hast du mir den letzten Nerv geraubt.“

„Aber ich habe auf ihn geschossen!“, protestierte Red.

Der Polizist schloss sein Notizbuch und lehnte sich in seinem Stuhl zurück.

„Natürlich hast du das. Du wolltest dem armen, kleinen Kerl unten am Fluss einen Schrecken einjagen, nachdem du zuvor vorgehabt hast, ihm eine Ente zum Abendessen zu schießen. Dann hast du ihn durch das Wasser gejagt, ihn zur

Strecke gebracht und ihn kaltblütig erschossen, ganz allein, ohne jeden Grund. Du bist mir vielleicht ein Komiker!"

„Das ist die Wahrheit", sagte Red matt.

Der Polizist wirkte verärgert. Er beugte sich vor, legte seine Ellbogen auf den Tisch und warf Red einen kompromisslosen Blick zu.

„Hör zu. Soweit wir wissen, ist dieser Bottomley in den Fluss gefallen und ertrunken. Es gab keine Anzeichen für eine Schussverletzung...zumindest nicht an den Stellen von ihm, die die Hechte noch nicht aufgefressen hatten."

„Aber ich habe ihm in den Kopf geschossen und er ist gestorben!" Für Red wurde das hier immer unrealistischer. Was konnte er sagen, dass ihm der Polizist glaubte?

„Kein Aber, Patterson. Fall abgeschlossen. Und so wird es bleiben. Raus hier, bevor ich dich festnehme, weil du dich zu wichtig nimmst und unnötig die Zeit der Polizei verplemperst. Oder willst du lieber einen Psychiater? Normale Menschen geben keine Morde zu, die es nicht gibt!" Dann ergänzte er noch: „Bist du einsam? Hast du keine Freunde? Reden deine Eltern nicht mit dir? Hast du Probleme mit dem anderen Geschlecht? Hat dir jemand gesagt, dass Masturbation eine Sünde ist?"

Red starrte den Polizisten verzweifelt an. Er begann: „Sicher, ich bin in Ordnung, ich wollte nur..."

„Ab nach Hause, Patterson. Tritt in einen Boxclub ein oder so etwas. Reiß ein paar Frauen auf. Das wird dich wieder zur Vernunft bringen."

Der Polizist erhob sich und hielt ihm die Tür auf. „GEH HEIM! Lass dich hier nie wieder blicken!"

Red saß noch etwas länger am Tisch. Dann, als ihm allmählich dämmerte, dass ihm keiner glaubte, stand er auf und verließ den Raum.

* * *

Red Senior fuhr mit seinem Ford Popular langsam durch die überschwemmten Straßen. Red saß benommen auf dem Beifahrersitz. Sein Realitätssinn war verschwunden ... und an seine Stelle war eine Welt getreten, die weder Sinn ergab noch irgendeine Bedeutung hatte. Es erstaunte ihn, dass ihn die Polizei nicht ernst genommen hatte. Mord stand offensichtlich ganz unten auf ihrer Liste von Prioritäten. Es war ihnen wichtiger, Leute wie Ingo und die Rocker zu jagen, denn sie zollten den hohen Tieren, die die Stadt leiteten, keinen Respekt. Sie waren mehr damit beschäftigt, junge Leute zu belästigen, um sie zu anständigen Bürgern zu machen.

Er fragte sich, was wohl gewesen wäre, wenn es Brock gewesen wäre, den man erschossen hätte. Die Situation wäre eine ganz andere gewesen. Brocks Eltern hätten einen kurzen Prozess gewollt. Die Polizei hätte sowohl ihn als auch Mouth festgenommen und das Geständnis in den Zellen aus ihnen heraus geprügelt. Mouth hätte wohl versucht, ihm die Schuld in die Schuhe zu schieben. Aber er war ein Raufbold und ein berüchtigter Unruhestifter, der zur unteren sozialen Schicht gehörte. Solche Leute waren schuldig, bis sie ihre Unschuld beweisen konnten. Sie wären beide für sehr lange Zeit im Knast gelandet.

Also hatte er am Ende vielleicht sogar Glück gehabt. Glück, dass Raggy arm war.

Aber dieses Glück gab ihm kein besseres Gefühl. Er hatte einen wehrlosen Jungen erschossen...und niemanden interessierte es. Niemanden bis auf ihn. Er hatte die Wahrheit gesagt, war aber nicht frei. Plötzlich hörte er seinen Vater sagen:

„Ich bin jedenfalls froh, dass es vorbei ist!"

Red fiel nichts ein, das er hätte sagen können, also sagte er nichts.

„So ein Tamtam wegen nichts", fuhr sein Vater fort.

Reds Wut brach sich Bahn. „Dann zählt Raggys Tod nicht?"

„Natürlich zählt er. Wie ich sagte: Es war eine Tragödie.

Aber wir alle müssen unser Leben weiterleben", plapperte Red Senior vor Erleichterung. „Deine Mutter wird sich freuen, dass alles zum Guten gekommen ist. Sie wird uns ein schönes Abendessen zubereiten."

Red schloss die Augen. Es war hoffnungslos. Plötzlich fühlte er sich viel reifer als sein eigener Vater.

„Würdest du das denn glauben?", schrie Red Senior auf. „Es hat aufgehört, zu regnen! Nun können wir zur Normalität zurückkehren. Noch ein paar Wochen, dann fängst du bei Wade's an. Da verdienst du gutes Geld, mehr als die meisten Jungs in deinem Alter."

Red stöhnte. Er bekam langsam starke Kopfschmerzen.

Red Senior bog in die Victoria Road. Jack Parnabys Jaguar parkte vor ihrem Haus.

„Und hier ist Jack und unsere Janet! Scheinbar sind sie wieder zusammen."

Red Senior hupte. Janet und Jack winkten lächelnd. Red dachte, seine Schwester sähe irgendwie anders aus, älter und viel gelassener.

„Sieht so aus, als hätten wir heute Abend einen vollen Tisch!", verkündete sein Vater und lachte erleichtert.

Red war schlecht. Er konnte nichts antworten.

17

———

Obwohl Mouth sein Feind geworden war und Brock, wie er selbst gesagt hatte, nicht länger sein Freund war, hatte Red das Gefühl, er musste sie wissen lassen, was auf der Polizeiwache passiert war.

Mouth kam nicht, um seine Zeitungen auszutragen. Red kam zu spät und stellte fest, dass Ralph bereits aufgestanden war und stöhnte, als er versuchte die Reifen des alten Fahrrads aufzupumpen.

„Ich hoffe, ich weiß noch, wie ich das verdammte Ding fahre! Wenn du Len siehst, lass es mich wissen!", schrie Ralph konfus und atemlos Red hinterher, der gerade ging, um Mouths Runde zu beginnen.

Als er in Battersby's Hof nachfragte, bekam er als Antwort nur ein Achselzucken und ein Kopfschütteln. Mouth hatte seine sieben Sachen gepackt und war, ohne etwas zu sagen gegangen. Einer von Torsten Battersbys Söhnen versuchte, ihm Mouths altes Fahrrad für fünf Schilling zu verkaufen.

Er radelte zum Schrottplatz von Dykes. An den verschlossenen Türen hing ein dreckiges Holzschild mit der unsauberen, handgeschriebenen Aufschrift *GESCHLOSSEN*.

Die Dinge ändern sich, stellte Red fest. Der handfeste Streit mit Mouth war ausgeblieben und er fühlte sich von allen verlassen.

Auf seinem Rückweg in die Stadt fuhr Frank Brockless vorbei und Red winkte, wie gewöhnlich. Aber Frank würdigte ihn keines Blickes. Den restlichen Morgen verbrachte er damit, Ralphs Küche zu streichen, gegen Mittag ging er zur Oberschule. Brock war nicht dort. Es ging das Gerücht, dass er aus unerfindlichen Gründen auf eine andere Schule, die hundert Meilen entfernt lag, gewechselt hatte. Red war nicht danach, den Versuch zu unternehmen, mit Edna zu reden. Also tat er nichts.

Er fühlte sich noch verlassener. Er fühlte sich wie Treibholz, das an eine öde Küste gespült worden war, als wäre er ein unbeachteter Gegenstand aus längst vergangener Zeit.

Er saß allein im Sumpf, rauchte eine Du Maurier und fragte sich, was er wegen Sally tun sollte. Er wusste, sie arbeitete bei Nelson's. Er konnte aber im Laden nicht mit ihr sprechen, für den Fall, dass sie wieder wütend wurde und ihr etwas über Raggy heraus rutschte.

Dann war da noch dieser Chef, der sie in seinem Sunbeam nach Hause fuhr. Also hatte er keine Möglichkeit, sie zu erreichen, ohne bei ihr zu Hause anzurufen. Aber Josie war da, mit ihren Knopfaugen und ihrer scharfen Zunge. Auch dies war also hoffnungslos.

Aber er konnte sie nach seinem Ticket für das Konzert von Jerry Lee Lewis fragen. Er hatte es bezahlt und es gehörte ihm. Das konnte er als Vorwand hernehmen, um mit ihr zu sprechen, auch wenn er nicht zum Konzert ging.

Er hatte jetzt einen plausiblen Grund gefunden, bei ihr zu Hause anzurufen. Er hoffte nur, Josie würde ihn nicht abwimmeln und Sally ihn nicht anschreien.

Er wollte ihr sagen, dass er nicht weniger von ihr hielt, nach dem, was Mouth getan hatte. Ein paar Typen würden sie als

Gebrauchtware sehen. Aber dies waren nur dämliche, egoistische Typen, die sich ohnehin um niemanden außer sich selbst scherten.

Nach dem Tee radelte er zu Josies Haus und klopfte mutig an die Tür. Während er auf der Straße stand und wartete, hatte er das Gefühl, über sein emotionales Leben würde in den nächsten paar Minuten entschieden. Da hatte er sich aber gewaltig geirrt.

* * *

Der Konzertsaal der Stadt war voll bis auf den letzten Platz. Das ganze Publikum war unter 25, die Mehrheit unter 20. Es gab ein paar Teds mit Blusen und Röhrenhosen, aber die meisten der Jugendlichen kleideten sich dennoch wie ihre Eltern und trugen Hemden mit Kragen, darüber Pullover. Ein paar von ihnen trugen sogar Sakkos und Krawatten. Kein einziger trug eine Levis. Die gehörten in die Welt von Beatniks und aufstrebenden, weißen Bluessängern.

Sally saß auf einem Platz im Seitenschiff, mitten vor der Bühne. Der Platz neben ihr war frei. Sie fuhr mit dem Finger über das Polster, als wolle sie es streicheln. Eine Träne lief ihr über das Gesicht.

Red kam mit einer großen Tüte Süßigkeiten. Überrascht starrte er sie an und fragte:

„Warum weinst du denn?"

„Ich bin so glücklich, Red", antwortete sie und lächelte ihn mit Tränen in den Augen an. „Ich bin froh, dass wir wieder zusammen sind."

Sie rutschte weiter vor und setzte sich auf den Platz im Seitenschiff. Sie nahm ihn bei der Hand.

„Es wäre echt eine Schande gewesen, wenn Mouth es verdorben hätte, nur weil er eifersüchtig ist", sagte Red.

„Ich bin jetzt darüber hinweg, was mit Len passiert ist, Red. Ich hoffe nur, dass ich ihn nie wieder sehe."

Ihre zweite Bemerkung entsprach voll und ganz der Wahrheit, aber die erste hatte nur den Zweck gehabt, ihn zu beruhigen. Das einzig Gute, was man Mouths Vergewaltigung abgewinnen konnte, war, dass sie nicht schwanger war. Aber sie würde sich die nächsten paar Jahre noch emotional belastet und körperlich geschändet vorkommen.

Er drückte ihre Hand. „Wenn er auftaucht, sag es mir, dann mache ich ihn fertig",

sagte er, bot ihr eine Süßigkeit an und sie aßen schweigend. Sie wischte sich mit einem feinen Taschentuch den Mund ab und gab gut acht, ihre schicke Kleidung von Nelson's nicht mit Karamell zu bekleckern. Red trug ein hellblaues Baumwollhemd und seine besten dunkelblauen Hosen. Er hatte das Gefühl, etwas zu sehr wie ein Polizist auszusehen.

Sie lächelte beruhigend. „Es gibt jetzt nur noch dich und mich, nicht wahr, Red?"

„Stimmt, Sal." Eine Welle der Erleichterung überkam ihn. „Nur dich und mich."

Im nächsten Moment hüpfte Jerry Lee Lewis, der Wilde Mann des Rock, auf die Bühne. Red und Sally stimmten in den Beifall der anderen ein.

Etwas vor ihnen, gegenüber vom Seitenschiff, wurde Red auf eine kleine Gestalt in einer schäbigen Jacke aufmerksam. Er hörte auf zu jubeln und starrte dorthin. Die Gestalt verformte sich zu Raggy, drehte sich zu ihm her und sah ihn an.

Entsetzt starrte Red Raggy an. Die Gestalt hatte tote Augen, wie die Augen des Landstreichers auf dem Kirchplatz der Kirche St. Margaret. Red drehte sich eine Sekunde weg und schaute dann wieder hin. Raggy war verschwunden. Statt seiner war jetzt ein junger Kerl dort, den er nicht erkannte.

Er drehte sich zu Sally, sie aber hatte nichts gemerkt. Der Beifall ging weiter, er aber konnte nicht mehr mitklatschen.

Er nahm den Tumult um ihn herum gar nicht wahr, als von neuem ein trostloses Gefühl in ihm erwachte. Er merkte, Raggy war zurückgekommen, um ihn heimzusuchen. Der Gedanke, dass er ihn vielleicht für immer würde heimsuchen, machte ihn fertig.

* * *

Red radelte schnell aus der Stadt, einen Rucksack auf dem Rücken. Das Tageslicht war fast noch nicht zu sehen; die Hügel und Wälder lagen noch im Dunkeln, unter einem Himmel, der sich langsam erhellte. Er radelte schnell den Berg hinauf und hielt an einem steinigen Felsvorsprung über der Stadt. Er stand zwischen den Steinen und schaute hinunter.

Er sah zu, wie die letzten Nebelschwaden aus dem Tal verschwanden, während die Sonne am östlichen Horizont aufging. Nie zuvor hatte er zu dieser Tageszeit ins Tal geschaut. Nie zuvor war ihm aufgefallen, wie klein die Stadt war, umgeben von solch leeren Horizonten. Sie schien ein sehr kleiner Ort für einen Menschen mit derart großen Problemen zu sein. Er konnte kaum glauben, dass man in einem Flusstal bei Sonnenaufgang überhaupt irgendwelche Probleme haben konnte. Er merkte, in Tälern ohne Menschen gab es keine Probleme. Die kamen tatsächlich mit den Menschen.

Während die Sonne höher stieg, erhaschte er einen Blick auf das Kloster. Dessen blasse Steine reflektierten das Licht. Er konnte die Kirche St. Margaret auf dem Hügel, wie auch das unebene Feld östlich, das Römerlager, sehen. Das Sonnenlicht brach sich auf dem Fluss und machte ihn zu einem Band aus geschmolzenem Silber. Ohne Menschen hatten auch Flüsse keine Probleme.

Er radelte über die Kuppe und verschwand allmählich auf der anderen Seite. Eine Meile entfernt, auf der Hauptstraße, wo der Abhang in breites Flachland mündete, konnte er Verkehr sehen. Er erreichte einen alten Steinbruch, steuerte das Fahrrad an den Rand und schaute nach unten. Dort ging es mehr als 30 Meter tief hinunter.

Er warf das Fahrrad über die Klippe des Steinbruchs und sah zu, wie es hinunter fiel. Als es auf dem Boden aufschlug, fiel das Vorderrad ab. Er schaute hinunter zu seinem Fahrrad, das nur noch Schrott war Es wirkte wie ein Symbol für den Scherbenhaufen, der sein Leben geworden war.

Er wandte sich ab und ging langsam den Hügel hinunter, Richtung Flachland. 20 Minuten lang ging er vor sich hin, ohne sich umzudrehen.

Er stand neben der Hauptstraße und versuchte, ein Fahrzeug zu stoppen. Die Autos fuhren vorbei. Sie ignorierten ihn. Ein paar Minuten später hielt ein Lastwagen am Seitenstreifen. Er rannte zu dem Lastwagen und kletterte ins Führerhaus. Dieser bog wieder auf die Straße und fuhr langsam weg, in die Ferne, in nördlicher Richtung, wo Schottland lag...

R ed erwachte aus seiner Phantasie und schaute auf seine neue Uhr, Marke Ingersoll. Die Uhr hatte er sich mit dem Geld gekauft, das er gespart hatte, als er in Jacks neuem Laden in der Sozialbausiedlung gearbeitet hatte. Es war nur eine zeitlich begrenzte Arbeit, denn schon bald würde er die Stadt verlassen. Aber nicht, um er ins Ungewisse zu stoppen, obwohl er seinen Abgang unzählige Male im Kopf durchgegangen war. Selbst den Steinbruch, wo er sich von seinem Fahrrad getrennt hatte, hatte er in Erwägung gezogen.

Aber das war gewesen, bevor er vom Forstamt gehört hatte.

Nach seinem zweiten und letzten Bewerbungsgespräch war er jetzt auf dem Rückweg in die Stadt. Sie hatten ihm gesagt, er sei genau die Art von Jugendlicher, nach dem sie gesucht hätten: Kräftig gebaut, intelligent...aber vor allem jemand, der das Land mit Freuden auf lange Zeit verwaltete.

Er hatte sie beeindruckt, dank Shack, mit seinem Wissen über Bäume, war aber persönlich enttäuscht, als er erfuhr, dass sie sich fast ausschließlich um Tannenwälder kümmern würden. Aber das war ein Schlussstrich unter die Vergangenheit, mitsamt der Sackgasse, die sich Wade's nannte.

Während der Zeit, die er bei Florrie Gaunt`s Biobauer gearbeitet und mit ihm über die Zukunft der Landwirtschaft gesprochen hatte, war ihm bewusst geworden, es gab einen anderen Weg, Lebensmittel anzubauen, als Chemikalien und Pestizide auf die Erde zu sprühen, was die meisten Bauern derzeit taten.

Die Ideen dieses Mannes hatten ihn so beeindruckt, dass er im Stillen entschieden hatte, dass er eines Tages selbst in die Landwirtschaft gehen würde. Aber zunächst brauchte er Geld und eine Arbeit, bei der er Kontakt zur Landschaft hatte. Das Forstamt schien ein guter Anfang zu sein.

„Das ist im Kommen", sagte der Bauer, als Red darauf zu sprechen kam. „So kommst du rein. Wer weiß, wohin es dich führt?"

Er fühlte sich bestätigt. Er war dem Bauern dankbar, für seinen weisen, unvoreingenommenen Rat. Im Leben war nicht alles schlecht. Es gab auch Lichtblicke.

Im September, in weniger als einem Monat, würde er ein Intensivstudium anfangen. Das Studium wäre verbunden mit praktischer Arbeit in den Wäldern. Er würde mehr über Bäume, Wasserscheiden und Entwässerungssysteme lernen, wie auch über Pflanzenarten, die an verschiedenen Orten heimisch waren, und ebenso über die Struktur des Untergrunds. Man würde ihn ermutigen, die Landschaft als Ganzes zu sehen, nicht als einzelne Teile, die nach akademischen Fachrichtungen voneinander getrennt waren. Er hatte das Gefühl, seine wahre Ausbildung hätte gerade erst begonnen.

Er war besonders froh darüber, denn er schuldete niemandem etwas. Er hatte den Job bekommen, weil er der war, der er war.

Wade's war für ihn die letzte Option gewesen. Er hatte erwartet, dass sein Vater explodierte, wie gewöhnlich, als er ihm gesagt hatte, dass er andere Pläne hatte. Jedoch hatte Red

Senior zu seiner Überraschung die Initiative seines Sohnes gelobt. Forstwirtschaft sei zweifellos eine Lebensaufgabe, hatte sein Vater gesagt. In diesem Beruf war man draußen, er war gesund und abwechslungsreich. Red Senior war vor Stolz auf seinen Sohn rot geworden. Red sah, die Erwartungen seines Vaters hatte er gänzlich übertroffen. Er war auf dem besten Weg, das Potential auszuschöpfen, das Red Senior nicht hatte ausschöpfen können.

Aber noch etwas Anderes bemerkte er in der unerwarteten Haltung seines Vaters: Erleichterung. Zunächst begriff Red nicht, dann merkte er, seine Pläne würden ihn aus der Stadt führen, in der er dauernd an ihre gemeinsame Schuld erinnert wurde. Was auf dem Polizeirevier geschehen war, würde für sie beide Vergangenheit und die klaffende Wunde würde vielleicht sogar anfangen, zu heilen.

Außerdem erfüllte sich Florrie Gaunts Vorhersage und er war zu ihrem gruseligen Bauernhaus geradelt, wo er ihr für ihren damaligen Ratschlag dankte.

Aber was am wichtigsten war: Er würde aus dieser Stadt herauskommen. Solange er dort war, quälten ihn Gedanken an Raggy. Egal, was er tat, er konnte die Gefühle von Scham und Selbsthass nicht loswerden. Er spielte sogar mit dem Gedanken, den Zeigefinger seiner rechten Hand abzutrennen.

Ihm dämmerte, wenn er das tat, würde er nicht mehr im Wald arbeiten können, also hatte er den Gedanken verworfen. Aber seiner Schuld konnte er nicht entkommen. Er hoffte, wenn er die Stadt verließ, könnte er sich davon befreien, sobald neue Aktivitäten die alte, eingefahrene Routine ersetzten...

* * *

Als der Zug in die Stadt fuhr, war es schon nach sieben Uhr. Sally konnte noch im Laden sein, denn sie arbeitete oft abends und richtete die Auslagen her. Er wollte ihr die Neuigkeiten mitteilen.

Obwohl er sie wegen seiner neuen Arbeit nicht mehr so oft sehen würde, so hoffte er doch, dass sie zusammen bleiben könnten.

Er nahm das Fahrrad aus dem Fahrradständer und radelte durch die Stadt zum Marktplatz. Nelson's hatte noch geöffnet, aber dieser Trent mit seinem dämlichen, kleinen Bart, teilte ihm mit, dass Sally schon auf dem Heimweg war. Er erwähnte noch, dass sie angeboten hatte, auf dem Weg ein dringendes Paket zum Pfarrhaus zu bringen.

Josie war allein zu Hause, als er anrief. So machte er sich auf, um sie auf dem Rückweg vom Pfarrhaus zu treffen. Dies waren nur 10 Minuten Fußweg.

Er radelte durch die schäbigen Reihenhausstraßen und bog auf den Hügel ein, der zur Kirche St. Margaret führte. Das Pfarrhaus war das letzte Haus ganz oben, direkt neben dem Kirchplatz. Hierher hatte er täglich die Morgenzeitungen geliefert, ehe er seinen Job an den Nagel gehängt hatte.

Im Pfarrhaus war es ganz dunkel. Er ließ sein Fahrrad am Eingangstor stehen und ging zur Tür. Er fragte sich, ob er anklopfen und fragen sollte, ob Sally bereits da war. Er wusste, verpasst hatte er sie nicht, aber das Pfarrhaus war nicht gerade klein und sie war vermutlich in den hinteren Teil gegangen.

Kaum erreichte er die Treppe, sah er das Paket, mit der Briefmarke von Nelson's darauf. Das Paket, das einem Buch glich, lag an der obersten Stufe. Das war seltsam, und er war sogleich in Alarmbereitschaft. Wie konnte er sie verpasst haben? Er schrie:

„Hallo? Sally?"

Stille. Der Vorgarten des Pfarrhauses lag still und ruhig da. Im Haus brannte kein Licht. Kein Hundegebell war zu hören.

Dann hörte er plötzlich Sallys Stimme klar und deutlich im ruhigen, windstillen Abend:

„Weg von mir! Weg!“

In seinem Kopf hatte er sofort Erinnerungen an den desaströsen Tag im Kloster.

Mouth, dachte er. *Verdammt!*

Er sprintete den Pfad des Vorgartens entlang, dann zum Tor hinaus. Wieder hörte er ihre Stimme und versuchte herauszufinden, woher sie kam.

* * *

Er fand sie auf dem Kirchplatz. Zuerst konnte er nicht aufnehmen, was er dort sah. In der einsetzenden Finsternis, unter den Bäumen auf dem Kirchplatz, kauerte eine Gruppe von Gestalten. Sie schienen sich über etwas, das auf dem Boden lag, zu beugen. Wieder hörte er Sallys Stimme:

„Weg von mir! Lasst mich in Ruhe!“

Dann hörte er eine Stimme aus der Vergangenheit, und es dauerte ein paar Sekunden, bis er sie erkannte, sagen:

„Du hältst dich für schön, nicht wahr? Wenn ich mit dir fertig bin, wirst du die hässlichste Nutte dieser Stadt sein!“

Einen Moment später war er bei ihnen. Drei junge Mädchen flohen, ehe er sie aufhalten konnte, aber er erwischte Cathy Raines am Arm, ehe diese mit dem Rasiermesser in der Hand auf Sally losgehen konnte.

Er entriss Cathy das Rasiermesser und schlug sie kräftig ins Gesicht. Cathy fiel rückwärts hin, gegen die Wand, es gab einen dumpfen Schlag und sie fiel zu Boden. Sally rappelte sich auf.

„Oh...Red!“,

rief sie und klammerte sich fest an ihn. Er wollte sie umarmen und mit Küssen überhäufen, stattdessen richtete er seine Aufmerksamkeit auf Cathy, die an der Wand kauerte und sich abstützte. Er drückte sie wieder zu Boden und rief:

„Du bleibst hier! Ich bringe dich ins Pfarrhaus und rufe die Polizei. Ich kann bezeugen was du tun wolltest und sie werden dich wegen versuchter Körperverletzung festnehmen. Man wird dich für ein paar Jahre einsperren!"

Das war eine leere Drohung. Er glaubte nicht an die Kirche und noch weniger an die Polizei. Aber es funktionierte. Ohne die Hilfe ihrer Freunde sackte Cathy umgehend in sich zusammen und brach in Tränen aus.

„Nein, Red, bitte", flehte sie. „Entschuldige. Entschuldige. Hol nicht die Polizei."

„Für eine Entschuldigung ist es zu spät", brummte Red. „Du bist eine gewalttätige Verbrecherin, die eingesperrt werden sollte!"

Er erinnerte sich daran, dass Sally ihm vor wenigen Wochen genau dasselbe gesagt hatte. Diese Erinnerung hemmte ihn. Cathy schien ihre Chance zu wittern.

„Wir können doch ins Geschäft kommen, Red, wenn du nicht zur Polizei gehst",

sagte sie und schaute ihn ernst und ohne die geringste Arglist an.

„Welche Art von Geschäft meinst du?", fragte er misstrauisch.

„Ich sage dir, was mit diesem Raggy Bottomley wirklich passiert ist."

* * *

Sie saßen auf der Mauer des Kirchplatzes und es wurde langsam dunkel. Red setzte sich direkt zwischen die beiden, wobei Sally auf der einen Seite sich an ihn klammerte und Cathy auf der anderen abwechselnd weinte und redete.

„Es war die Nacht, in der Len so betrunken war", begann sie. „Ich glaube, er hat in einem Laden in der Stadt eine Flasche Wein gestohlen und ist an der Espresso Bar vorbeigekommen, als ich sie gerade verließ."

Er zerrte mich in eine Gasse, war aber zu betrunken, um

irgendwas zu tun. Er war sehr aufgebracht, wegen seinem Vater. Er sagte, er hätte gedacht, dass er ihn vielleicht töten müsse und er fragte sich, was das wohl für ein Gefühl wäre. Also sagte er, dass er auf diesen Raggy Bottomley geschossen hat, um es herauszufinden.“

Red verschlug es den Atem. Er merkte, wie Sally sich aufrichtete und hörte, wie sie geschockt keuchte.

„Was erzählst du da, Cathy? Wie konnte Mouth auf Raggy schießen? Er war hinter mir. Und mein Gewehr ist versehentlich losgegangen.“

Cathy sagte wahrheitsgemäß: „Er mag hinter dir gewesen sein, aber er hat auf ihn geschossen. Zumindest hat er das gesagt. Und dann hat er dir die Schuld in die Schuhe geschoben, denn er hat gesehen, wie dein Gewehr losgegangen ist. Er sagte, er hätte es ja auf den schleimigen George Brockless geschoben, der sei aber nicht nahe genug dort gewesen und sein Gewehr war wohl nicht geladen.“

Obwohl er Cathy misstraute, gab es etwas an der Art, wie sie ihre Geschichte erzählte, das Red überzeugte, dass sie die Wahrheit sagte. Es gab keine zeitraubenden Ausschmückungen, keine dramatischen Posen. Nur die schlichten, furchtbaren Einzelheiten.

Cathy weinte etwas, ganz leise, rieb sich die Augen und fuhr fort:

„Dann sagte Len, dass er nach einer Weile das Gefühl hasste, Raggy erschossen zu haben. Also hat er sich entschlossen, stattdessen seinem Vater eine Tracht Prügel zu verabreichen, dass dieser nicht arbeiten konnte.“

Bilder und Gesprächsfetzen aus der Vergangenheit spukten in Reds Kopf herum. Von dieser plötzlichen Fülle unvollendeter Gedanken und Ideen wurde ihm schwindlig. Er brauchte Zeit, dass er sich einen Reim auf all das machen konnte. Er musste allein sein.

Er schaute Cathy direkt in die Augen und fragte: „Ist das die Wahrheit?"

Sie nickte. Wieder flossen ihre Tränen, scheinbar ungezwungen.

„Ich wünschte, er hätte es mir nie erzählt, Red. Das hat mich wochenlang runter gezogen. Ich habe mich nicht getraut, es dir zu erzählen, denn dann hätte er gewusst, dass ich es war. Dann hätte er es mir heimgezahlt und mir etwas getan. Aber jetzt, da er nicht mehr ist, habe ich keine Angst mehr. Ich bin froh, dass du weißt, was er getan hat."

Er reichte seine Du Maurier herum und sie alle rauchten im Stillen, bis sie sich beruhigt hatten.

„Wohin ist Mouth gegangen?", fragte er schließlich.

„Zu seinem Onkel Dan", antwortete Cathy. „Auf den Jahrmarkt. Nächstes Jahr kommt er für zwei Wochen zurück. Ich muss mich weiter verstecken."

Red konnte sich nicht vorstellen, dass Cathy sich versteckte, aber er sagte nichts. Es war an der Zeit, dass er Sally nach Hause brachte.

Er holte das Fahrrad aus dem Pfarrhaus und die drei gingen den Hügel hinunter. Cathy entschuldigte sich erneut und Sally vergab ihrer ehemaligen Widersacherin zähneknirschend.

„Ich hoffe, wir können jetzt Freundinnen werden, Sally", meinte Cathy mit Tränen der Dankbarkeit in den Augen. „Ich stehe immer für dich ein, versprochen."

Damit ließ sie sie allein und Red brachte Sally zu Josie's Haus zurück.

„Glaubst du das alles?", fragte er.

„Es ist unglaublich…aber es hat sich nicht so angehört, als hätte sie es erfunden."

„Genau das habe ich auch gedacht."

In der Gasse gegenüber vom Haus hielt er sie eine Weile. Als sie sie sich scheinbar etwas entspannt hatte, ließ er sie zögerlich rein.

Er musste vieles klären. Die Nacht würde lang werden.

* * *

Er lag in seinem Bett und versuchte, sich die Ereignisse der Flut im April zusammen zu reimen. Er ging die Jagd auf Raggy durch, über die überschwemmten Felder, bis zu dem Moment, wo ihr Opfer sich umdrehte, sie anstarrte und vor Furcht und Panik *nein, nein, nein!* schrie. Aber etwas kam ihm auf einmal seltsam vor. Er ließ die letzten Bilder der Jagd immer wieder an sich vorbeiziehen, ein schauerliches Bild nach dem anderen. Vorher hatte er nicht die Nerven dazu gehabt. Aber schließlich war er sich sicher:

Als Raggy aufgeschrien hatte, hatte er nicht ihn angeschaut, sondern woanders hin, hinter sich...

Brock war sehr weit weg gewesen, also...

Raggys Aufmerksamkeit musste hauptsächlich Mouth gegolten haben.

Dann ergab alles ein Bild:

Mouths berechnender Gesichtsausdruck, während sie auf der Mauer des Kirchplatzes hockten, von wo aus sie zum ersten Mal die überschwemmten Felder beobachteten. Es war ein Gesichtsausdruck, den hatte er nicht ergründen können. Hatte Mouth von Anfang an vorgehabt, Raggy zu erschießen? Dann:

„Raggy ist nützlich.

Nützlich wozu? Als Späher, oder als Probe für etwas Größeres?

Und wer hatte diese schicksalhaften Worte geschrien?

Seht mal! Da ist ein Wilder Mann! Ein Wilder Mann...seht! Schnappen wir ihn uns!

Red wusste, er hatte diese Worte nicht gesagt.

Mouth hatte Raggy kaum eines Blickes gewürdigt, bis zur Jagd auf den Wilden Mann. Dann hatte er plötzlich genug Enthusiasmus, ihn eine halbe Meile durch die Felder zu jagen.

Er und Mouth waren bis auf die letzten paar Meter Kopf an Kopf gerannt, als Mouth plötzlich und auf unerklärliche Weise zurückgefallen war...

Dann die plötzliche und erschütternde Schuldzuweisung:

Verdammt, Red! Du hast ihn erschossen!

Mouth hatte sich die Geschichte, die sie erzählen würden, recht schnell ausgedacht:

...wir sagen, Raggy hätte sich von uns gelöst, nachdem wir mit Shack gesprochen haben. Er ist einfach abgehauen, wie er es eben so tut...nicht?

Dann hatte Mouth einfach mitgespielt. Unten am Fluss hatte er nach Raggy gesucht...vielleicht sogar, weil er alarmiert war, wegen dem, was er getan hatte... Dann, am Tag im Sumpf, als sie über den tödlichen Schuss gesprochen hatten, hatte er die Furcht vor einem Geständnis bei ihnen gesät.

Ein Kind mit einem Kopfschuss. Das sieht nach Absicht aus...nach einer Hinrichtung. Man würde uns für immer einsperren.

Jetzt, wo Mouth die Schuld jemand anderem zugeschoben hatte, musste er sich um Brock kümmern:

Dann solltest du ihn besser schnell umbringen, Red. Und ihn anschließend im Klosterbrunnen versenken, oder?

Und:

Einen hast du schon umgebracht, Red. Beim nächsten wird es leichter.

Von Anfang an hatte er die Abfolge von Mouths Lügen und Erfindungen geglaubt, bis zu dem Punkt, da er versucht hatte, ein Verbrechen zu gestehen, das er nicht begangen hatte.

Die Tatsache, dass er sich an einen zweiten Schuss nicht erinnern konnte, war nicht überraschend, schließlich rauschte das Wasser sehr laut. An diesem Tag war so viel geschehen. Viele Momentaufnahmen waren durch Mouths Anschuldigungen aus seinem Gedächtnis getilgt worden.

Während diese lange, schlaflose Nacht ihren Lauf nahm, verging sein Schuldgefühl. Das passierte nicht plötzlich. Nach mehreren schlaflosen Stunden stellte er fest, es hatte ihn endlich verlassen.

Ihm fielen Florries Worte wieder ein:

Du bist nicht frei, bis die Wahrheit nicht ausgesprochen ist.

Cathy hatte die Wahrheit gesagt. Und endlich war er von seiner Schuld befreit.

Aber da war nicht einfach ein luftleerer Raum. An die Stelle seiner Schuld war das Grauen darüber getreten, was Mouth getan hatte: Wie er den Mord detailliert geplant hatte, von dem Moment an, da sie zur Flut hinunter geschaut hatten. Dann hatte Mouth einfach seine Zeit abgewartet, bis sich eine Gelegenheit bot...

Was Red fast ebenso schockierte wie der kaltblütige Mord, war die Erkenntnis, dass Mouth nie sein Freund gewesen war. Oder, wenn er es gewesen war, seine Eifersucht wegen Sally seine Seele so sehr vergiftet hatte, dass auch noch das letzte bisschen Treue dahin war.

Etwas verwirrte ihn noch immer...warum hatte Florrie Gaunt nicht gesehen, dass Mouth der Übeltäter gewesen war? Warum hatte sie so getan, als wäre er allein der Schuldige? War Hexerei so katastrophal unvollkommen?

Dann sah er, dass Florrie gemerkt hatte, dass er eine Lektion verdient hatte. Viele Lektionen. Über Menschen, das Leben, sich selbst...und dass die Wahrheit schließlich ans Licht kommen und ihn von seiner Schuld befreien würde. Er wunderte sich über die unerschütterliche Entschlossenheit seiner Großtante. Sie hatte ein aufwendiges Spiel mit ihm gespielt...und ihm kein einziges Mal einen Hinweis auf seine mögliche Unschuld gegeben. Er würde durch leidvolle Erfahrung lernen müssen.

Um etwa fünf Uhr schlief er ein. Als er eine Stunde später aufwachte, hatte er das Gefühl, um 50 Jahre gealtert zu sein. Er musste zu Jacks Laden, um nach den Zeitungsbündeln zu sehen, dass sie niemand stahl. Hätte er sich nicht so erschlagen gefühlt, er hätte gelacht.

Der Text von *The Rime of the Ancient Mariner* spukte in seinem Kopf herum, als er durch die Stadt zum Laden in der Sozialbausiedlung radelte.

* * *

Jack setzte Janet um 07:45 Uhr beim Laden ab, sodass Red zurück konnte, um zu frühstücken. Sie nahm Fahrstunden, damit sie Jacks expandierendes Geschäft noch besser unterstützen konnte. Er hatte versprochen, ihr ein Auto zu kaufen. Deshalb hoffte sie, beim ersten Mal zu bestehen. Da der Prüfer zu den Stammkunden von Ralph gehörte, ging sie nicht davon aus, dass es Probleme geben würde. So lief es nun mal.

Sie hatte gelernt, dieses Spiel zu ihrem eigenen Vorteil zu spielen. Einen Teil des Gehalts, das sie im Geschäft erhielt, wurde ihr bar ausgezahlt. Dieses Geld wurde verwendet, um die Druckkosten für die Zeitschrift der Gruppe und gelegentliche kleinere Ausgaben, die sie hatten, zu decken. Alle zwei Wochen fuhr sie mit dem Zug in die Stadt und traf sich mit Charles, der jetzt als Koordinator der Gruppe fungierte. Sie trafen sich ganz locker in Kaffeehäusern und Pubs, wobei Charles immer als erstes kam, um einen Blick auf die Gäste zu werfen. Sie trugen identische Aktenkoffer, die sie heimlich austauschten, bevor jeder seiner Wege ging. Der Koffer von Charles enthielt eine Rolle verschlüsselter Notizen, die sie über die Aktivitäten und Pläne der Gruppe auf dem Laufenden hielten. In ihrem Koffer befanden sich Geldbündel aus Noten zu jeweils ein und fünf Pfund.

Dougs Tod war für alle ein Schock gewesen. Es gab keine Zusammenstöße mit der Gruppe und den Behörden mehr. Sie waren viel tiefer in den Untergrund gegangen, vertrieben die Zeitschrift unter der Hand und im Geheimen beobachteten sie

Radikale Studentengruppen. Es gab keine offizielle Mitgliedschaft, denn das hätte Spione angelockt. Stattdessen gab es einen internen Ausschuss, der sich an unterschiedlichen Orten traf und die Richtlinien, wie auch die verdeckten Aktionen beschloss. Alle potentiellen Sympathisanten mit Rang und Namen, wurden bedacht auf Abstand gehalten.

Jack gegenüber erwähnte sie nie, dass sie die Gruppe unterstützte, und zu ihrer Erleichterung hakte er auch nie nach. Wenn er diesen Verdacht hatte, so hatte er ihn nie geäußert. Hin und wieder hatte sie den Eindruck, dass er wusste, sie hatte etwas vor. Er bevorzugte es jedoch, sie nicht herauszufordern. Ihre Beziehung war rein geschäftlich, selbst in zärtlichen Augenblicken. Sie wollte, dass es so blieb.

„Hallo, Schwesterherz", sagte Red grinsend, als sie den Laden betrat. „Wann ist die Hochzeit?"

Über dieses Thema redete sie gerne. „Wir denken an Oktober. Jack organisiert alles."

Er schaute etwas besorgt als er fragte: „Muss ich mir einen Anzug kaufen?"

„Das wirst du ganz sicher müssen. In schwarz. Das ist ein nobler Anlass. Da sind keine hellblauen Anzüge und rosa Anzugschuhe erlaubt! Und keine Levis!"

Sie lachten.

„Kannst du mir keinen Anzug ausleihen? Das wäre billiger."

„Du Geizkragen!"

„Ich habe horrende Ausgaben, wenn mein Studium anfängt. Für Lernmittel und Fraß."

Natürlich hätte er die. Aber sie wollte, dass er zu ihrer Zukunft seinen Teil beitrug, ungeachtet seines Grolls gegen Jacks Konservatismus.

„Halbe-halbe."

„Das ist abgemacht!"

Sie sah ihm nach, als er davon radelte. Er hatte sie alle

überrascht mit dieser Bewerbung beim Forstamt. Ihr war gar nicht aufgefallen, dass ihr Bruder überhaupt etwas Ehrgeiz besaß. Sie hatte angenommen, er würde bei Wade's landen, wie eine Blaupause seines Vaters.

Ihr Bruder hatte so eine Art Krise durchgemacht, die scheinbar zu der Zeit angefangen hatte, als dieser Bottomley verschwunden war. Ihr Vater schien alles darüber zu wissen, was sie an den stillen Blicken sehen konnte, welche die beiden sich hin und wieder zuwarfen. Aber weder ihr Vater noch ihr Bruder hatten je ein Wort darüber verloren.

Was immer zwischen Vater und Sohn geschehen war, ihr Bruder war daraus als der Stärkere hervorgegangen. Keine Zurschaustellung väterlicher Autorität mehr. Nicht mehr die Erwartung, dass das Kind sich rechtfertigte. Red Senior und Nancy verhielten sich scheinbar so, als hätte ihr Sohn irgendeine versteckte Macht über sie. Es war alles sehr seltsam.

Geheimnisse, dachte sie. Die haben wir alle; die einen verändern das Leben mehr, die anderen weniger.

EPILOG

Das Sonnenlicht glitzerte auf dem Fluss. Spätsommerblumen blühten an den Ufern. Enten schwammen friedlich auf dem Wasser. Die letzte Brut von Uferschwalben verfeinerte ihre Jagdkunst auf den Weiden am Flussufer.

Tommy Page fischte nach lebenden Ködern an einer alten Anlegestelle im Osten der Stadt. Er sah den Uferschwalben zu und fühlte sich betätigt. Das Leben ging weiter. Und er fühlte sich mit ihm verbunden. Tatsächlich hatte er sich an diesem Nachmittag im August so eins mit der Natur gefühlt, dass er fast überwältigt war von dem Gefühl der Freude, das ihn erfüllte.

Ein Schatten fiel ans Flussufer. Erschrocken schaute Tommy hoch, es waren aber nur ein paar kleine Wölkchen am sonst klaren Himmel. Der Schatten hatte keine sichtbare Ursache. Die Weiden am Flussufer hinter ihm bewegten sich plötzlich im Wind. Er senkte seine Rute und schaute sich um.

Ja, hier! Was war das? Tommy dachte, er hätte in den Büschen etwas gesehen: Eine Gestalt, bekleidet mit seltsamen, altmodischen Klamotten, so einer Art Bauernbluse und Schlaghosen.

Aber kaum hatte er die Gestalt gesehen, war sie auch schon wieder verschwunden. Tommy rieb sich nachdenklich den Hals und fischte weiter. Manchmal konnte die Welt ein seltsamer Ort sein. Menschen, die Stunden allein an Flussufern verbrachten, wussten das nur zu gut.

* * *

Es war der erste Sonntag im September. Langsam fuhr Red mit dem Fahrrad durch die Stadt, wobei er im Stillen mit den Orten Kontakt aufnahm, die er so gut kannte. Am nächsten Tag würde er sein einjähriges Studium in der Stadt beginnen. Obwohl er zu den Vorlesungen täglich mit dem Zug pendeln würde, so war es dennoch ein großer Schritt und er verspürte das Bedürfnis, richtig geerdet zu sein.

Er winkte den Rockern zu, die sich wie immer außerhalb der Espresso Coffee Bar auf dem Marktplatz versammelt hatten.

„Vergiss uns nicht, Red!", rief Ingo.

Die Rocker lachten.

Er schaute rein, um Ralph zu sprechen. Der brütete am Ladentisch über einem Geschäftsbuch.

„Diese elenden Zahlen ergeben einfach keinen Sinn", grummelte Ralph. „Besonders bei Zigaretten. Bist du gut in Mathe?",

Red fühlte einen Stich von Schuld in sich. Er wusste, dass Jack sicher war, dass sein Vater besser Buch führte. Er schüttelte den Kopf.

„In letzter Zeit habe ich nur Bäume im Kopf, Ralph."

Er fuhr raus, um Florrie Gaunt zu treffen und er half ihr, die drei keifenden Mutterziegen im alten Obstgarten anzubinden.

Florrie musterte ihn mit ihrem festen Blick. „Jetzt kannst du dein Leben regeln, Kumpel, damit dein Leben sich zum Besseren wendet."

Er war ihre seltsame Art zu sprechen gewohnt.

„Wir sehen uns dann im Wald", sagte er.

„Richtig, Kumpel. Wir *sehen* uns."

Am späten Nachmittag rief er Sally an, und sie gingen zusammen am Fluss spazieren. Sie saßen am Flussufer, unterhalb des Klosters, und rauchten *ihre* Stuyvesant.

„Für mich ist es etwas Neues, dir Zigaretten zu schenken."

Sie lachten ausgelassen, wie es alte Freunde tun.

„Freut mich, dass du wieder am Fluss spazieren gehen kannst, Red. Heute ist es echt toll hier."

„Ich dachte, ich könnte mich ihm nie wieder stellen", gab er zu.

Sie sahen den Uferschwalben zu, die über die sonnigen Felder jagten.

Das musste er fragen: „Hier zum Kloster hinunterzukommen...ist das für dich in Ordnung?"

Sie dachte einen Moment nach, dann nickte sie. „Solange wir nicht in die Nähe dieses Kellers gehen." Sie sah ihn fragend an. „Konntest du dein Luftgewehr verkaufen?"

„Ich habe mich entschlossen, es zu behalten. Vielleicht habe ich dafür Verwendung, wenn ich draußen in den Wäldern bin."

„Das wird auch keine schlechten Erinnerungen aufflammen lassen?"

„Das wird es wohl. Aber ich muss mit ihnen leben. An damals gab es auch gute Erinnerungen. Du warst die beste von allen."

Sie lächelte und drückte seine Hand. Sie schnitten einen Strauß Wildblumen, die zwischen den Weiden wuchsen, Storchschnabel, Wicke und Schafgarbe. Das besiegelten sie mit Grashalmen, die Red in den Fluss warf.

„Für Raggy", sagte er feierlich. Jetzt hatte er vor dem Fluss noch größeren Respekt. Es war gerade so, als wäre der Fluss auf eine Art auch ein Mentor gewesen.

Als sie Hand in Hand durch die Ruinen des Klosters streiften, kam es ihm vor, als wären sie ein altes Ehepaar.

„Wir haben viel durchgemacht, nicht wahr, Red?",

fragte sie und ihm war, als könne sie seine Gedanken lesen.

„Sehr viel", stimmte er zu. „Aber wir sind noch da. Zusammen."

Eine Stunde lang lagen sie im Gras des Kreuzgangs, das die Sonne erwärmt hatte. Als sie sich liebten, wurde er an das erste Mal erinnert, gefühlsmäßig vor Jahrhunderten, als sie ihre Unschuld verloren hatte. Aber der Sex mit Sally war jetzt wesentlich besser. Er notierte sich im Geist, dass er einen Ort finden musste, wo sie es bei Wintereinbruch tun konnten. Das konnte schwierig werden.

Sie lächelte ihn an.

„Es gibt jetzt nur noch dich und mich, Red, nicht wahr?"

„Das stimmt, Sal."

Er küsste ihre straffen Brüste.

„Nur dich und mich."

* * *

Als Red am Morgen darauf im Zug saß, hatte er das Gefühl, dass die Zukunft ihn weit weg von der Stadt bringen würde, in der er so viele quälende Monate verbracht hatte. Er konnte kaum glauben, dass es diese traurigen Zeiten gegeben hatte und er kurz davor war, eine völlig andere Welt zu betreten.

Vielleicht musste er am Ende Raggy danken, der eigentlich der Auslöser dafür war, dass er sein Leben umgestaltet und in eine neue Richtung gelenkt hatte.

* * *

Der Waldboden auf der Lichtung, mitten im Wald des Wilden Mannes, war überzogen mit einem Muster aus Sonnenlicht und Schatten. Es war schwierig, sich auf Einzelheiten zu konzentrieren, denn das Muster änderte sich dauernd, Blätter und Äste tauchten auf und verschwanden, wenn das Sonnenlicht und die Schatten der Bäume sich änderten. Es war schwer zu sagen, was echt war und was nicht. Aber eines stand fest: Wahr und unwahr waren in diesen Momenten untrennbar.

Die Bäume bewegten sich plötzlich, als zöge ein Wind vorbei. Die Blätter auf dem Boden der Lichtung wirbelten, als durchströme sie ein unsichtbarer Geist...

Shack war von einem Jagdausflug in sein Lager im Wald zurückgekehrt und damit beschäftigt, sein Gewehr zu säubern und zu ölen. Er saß auf einem Baumstumpf beim Feuer, wo ein Kaninchen auf einem Spieß briet. Ein Bündel Schlingenpflöcke lag zu seinen Füßen und ein säuberlich aufgeschichteter Holzstoß stand auf der einen Seite des Feuers.

Es war windstill, aber das Laub der nahe gelegenen Bäume wurde plötzlich kräftig geschüttelt und der Blätterteppich neben seiner Feuerstelle tanzte wie verrückt.

Shack hörte auf, sein Gewehr zu putzen und schaute auf. Er war aber nicht besorgt. Nur der Geist des wilden Waldes zog vorbei.

Sehr geehrter Leser,

Wir hoffen, Ihnen hat es Spaß gemacht, *Die Schuld* zu lesen. Falls Sie einen Moment Zeit haben, hinterlassen Sie uns bitte eine Kritik auch wenn es nur eine kleine ist. Wir möchten von Ihnen hören.

Mit freundlichen Grüßen,

Ian Taylor, Rosi Taylor und das Team von Next Chapter

Die Schuld
ISBN: 978-4-82412-791-4

Verlag:
Next Chapter
1-60-20 Minami-Otsuka
170-0005 Toshima-Ku, Tokyo
+818035793528

5 März 2022

www.ingramcontent.com/pod-product-compliance
Lightning Source LLC
LaVergne TN
LVHW041502170726

843492LV00005B/1345